트레치메

트레치메

우은선 소설집

도화

차 례

폭설 · 7
트레치메 · 35
여름의 오후 · 59
비너스 · 89
만항재 · 125
몽마르뜨의 눈물 · 157
수필처럼 쓴 소설 · 185
지리산 가던 날 · 205

해설 / 상처와 구원을 아우르는 큰 산 _ 김성달 · 237
작가의 말

폭설

왜 이렇게 불안한 것일까. 마음에 있는 무언가 석연치 않은 것이 없어지질 않는다. 창밖의 불빛을 세어보다가, 노래를 불러보다가, 하나에서 백까지 세어 보기도 한다. 신은 깊은 잠에 빠져 있는지 차창에 머리를 기댄 채 고개를 떨구고 있다. 나는 하릴없는 사람처럼 배낭을 열었다 닫았다 하며 고개를 돌려 뒤를 돌아본다. 희미한 형체들만 웅크려 있다. 누가 누구인지 보이지 않는 어둠 속에서 얼굴들을 더듬어 누군가를 찾는다. 차 안이 더운 것도 아닌데 자꾸 목이 마른다. 사물함에 있는 물병을 꺼내 한 모금 마신다. 그 여자가 버스에 막 올라섰을 때 난 하마터면 그 애의 이름을 부를 뻔했다. 그 애의 이름이 목을 타고 올라와 입 밖으로 튀어 나가기 직전 그 여자는 무표정한 얼굴로 나를 지나쳐 맨 뒤 정해진 자리로 가서 앉았다. 입안의 이름은 깊은 안도의 숨과 함께 목 뒤로 넘어갔다. 내 목소리를 통해서는 두 번 다시 툴리워지길 원치 않던 이름이었다.

깜박 잠이 들었던 것 같다. 버스의 쏠림에 눈을 뜬다. 버스는 춘천 톨게이트를 벗어나 국도로 들어선다. 여전히 어둠 속이다. 눈발이 흩날리더니 금방 그쳐버린다. 간간히 지나가는 먼 마을의 불빛들이 고향 마을의 강 건너처럼 아득하다. 아무리 달려도 끝날 것 같지 않은 터널처럼 어둠은 사라질 줄 모른다. 앞서가던 흰색 승용차 불빛이 점점 가까워진다. 버스의 불빛에 눌려 비켜주리라 생각했던 승용차는 굳세게도 1차선을 고집한다. 속도를 높이지도, 그렇다고 비켜주지도 않는다. 기사는 상체를 운전대에 붙이고 승용차를 주시하고 있다. 승용차를 빙계로 긴장을 늦추고 싶은 것인지 아니면 인내를 갖고 기다리는 것인지 알 수는 없다. 오 분여를 더 버티던 흰색 승용차가 2차선으로 넘어간다. 버스는 승용차를 밀어 부칠듯한 기세로 2차선 쪽으로 완만한 포물선을 그리며 바짝 다가서더니 이니 제 자리로 돌아와 곧장 달려 나간다. 놀라서 속도를 줄인 흰색 승용차는 이내 뒤처져 보이지 않는다. 남의 영역을 침범해 버티다 밀려난 자의 쓸쓸함처럼 도로는 한동안 정적이 감돈다. 여전히 어둠 속을 버스는 달린다. 앞차도 없는 한밤중의 도로를 바라보고 앉아 있으면 진공 상태 같을 때가 많다. 진공 상태 속에서 버스가 서 있고, 내가, 옆 사람이 그림처럼 걸려 있고, 진공 상태 속에서 다리가 지나가고 터널이 지나간다. 버스가 또 한 번 휘청거린다. 운전기사가 한 손으로 뒷목을 두드리고 있다. 서울서 버스에 오를 때부터 충혈되어 있던 기사의 눈. 낮잠을 자두지 않은 기사에 대한 불신감은 버스에서 종종 밤을 지새우게 한다. 이달 들어 벌써 몇 번째인가 한밤중 달리는 버스에서 밤을 지새우는 일이…

도저히 끝날 것 같지 않은 어둠은 설악 휴게소에서 잠시 멈춘다. 수런거리는 사람들의 움직임이 마치 어둠 속에서 꿈틀거리는 빛 같다. 신은 마이크를 들고 오늘은 꼭 아침 식사를 모두 해줄 것을 당부한다. 새벽 두 시 반인데 아침 식사라니. 칫솔과 지갑을 챙겨 들고 밖으로 나간다. 우모 속으로 파고드는 한기가 소백산의 칼바람처럼 예리하다. 다시 버스 안으로 올라가 고어텍스를 꺼내 입고 나온다. 밖은 온통 하얗다. 역시 설악이다. 식당 안으로 들어가 된장찌개를 시킨다. 신이 버스에 남아 있는 사람들을 데리고 나온다. 오늘은 밥을 먹어야 올라갈 수 있어요. 눈 쌓인 설악을 한두 번 가본 사람들이 아니건만 오늘따라 왜 저러는지 모르겠다그 중얼거리며 주변을 두리번거린다. 그 여자는 보이지 않는다. 그 아이일까? 그 아이일 것 같기도 하고 아닌 것 같기도 하다. 훤칠한 키나 단발머리는 비슷하지만 그 아이는 50킬로가 될까 말까 한 가녀린 몸이었는데 저 여자는 60킬로도 훌쩍 넘긴 두툼한 몸이다. 무표정한 얼굴의 그 여자가 반짝거리며 빛나던 그 아이일 리는 없을 터인데도 그 아이가 떠오르는 순간 갑자기 가슴이 서늘해진다.

진영 씨 오랜만이야.
조다. 그도 신 대장처럼 영리 산악회를 운영하고 있다.
이 산악회에 웬일이세요?
오늘 설악산 전문 산악회 대장들 총집합긴 거 몰랐어? 설악이 폭설 때문에 입산 통제된 것이 벌써 한 달째야. 눈은 그쳤는데 길이 뚫려 있지 않으니 통제가 풀리질 않는 거지. 국립공원관리공단 직원 두 명이 중청에서 오색까지 설피를 신고 하산을 해서 길을 만들어 놨대고, 희운각에서 신흥사까지도 설피 신고 두 사람이 하산해서 길은 있는데 중청에서 희운각까지 길을 못 뚫었대. 그래서 설악산 귀신들 데리고 지금 길 뚫으러 가는 거라구. 설악산 덕분에 먹고 사는 사람들인데 올해는 눈 때문에 굶어 죽게 생겼어.

그제야 내 전화를 받던 신의 말투가 이해된다.

설악산 가시게요? 눈 많이 온 거 아시죠? 근데 저랑 어느 코스를 같이 가셨죠? 혹시 이름이… 아 진영 씨구나. 오랜만이라서 누군지 몰랐어. 심설 산행하고 싶어서 전화한 거지? 그런데 이번에는 꽤 많이 온 모양이야. 그래도 진영 씨라면 충분해. 같이 가자구. 장비는 다 있을 테지만, 오버 트라우저랑 바라크라바 철저히 챙기고 아이젠도 예비로 하나 더 가져와야 해, 라며 이름과 전화번호와 인원수만 받아 적던 다른 날과는 달리 산행 경험과 누군지를 꼬치꼬치 캐묻고 산행 장비까지 당부했었다.

된장국에 밥을 말아 말끔히 먹어둔다. 그때까지도 여전히 그 여자는 보이지 않는다. 이빨을 닦고 버스로 돌아오면서 힐끔 뒤를 보니 그 자리에 그대로 앉아 있다. 나를 본 것인지, 아니면 보지 못한 것인지, 잠을 자고 있는 것인지, 자는 채 하는 것인지 알 수 없는 일이다. 조의 말에 의하면, 산악 대장들 십여 명과 설악산 길에 능통한 사람 십여 명을 제외하고 이십여 개의 남는 자리를 일반 신청자들 중 선별했다고 하는데, 그렇다면 그 여자가 그 아이일 가능성은 거의 없다. 그 아이가 산을, 게다가 폭설이 내린 설악산에 선별 당해서 올 리는 없다. 나는 일단 아닐 것이라고 여기며 눈을 감고 잠을 자려 시도한다. 잠을 자둬야 설산에 오를 수 있을 것이다. 떠오르는 그 아이에 대한 기억은 거부하면 할수록 또렷해진다. 짧은 미니스커트를 입고 단발머리를 찰랑이며 카페로 들어서던 모습이, 내 앞에서 전혀 떨림도 없이 그분을 좋아한다고 말하던 그 입매가, 몇 년이 흘러 못 잊으면 또 만날 터이니 그때는 모른 척해달라던 그 당돌함이… 신열이 올라온다. 얼마쯤 지났을까. 수런거리는 소리에 눈을 뜬다. 오색 탐방소 입구에 차가 세워져 있다. 모자를 찾아 눌러쓴다.

오색은 봉우리들에 둘러싸여 고요하다. 길가에 자동차 몇 대가 눈에 덮여 움직이지도 못한 채 방치되어 있다. 얼마나 저렇게 눈 속에 묻혀 있었을까. 어느 해는 지독한 홍수에 마을을 날려 보내고, 어느 해는 산사태에 묻혀 많은 것들을 잃어버리고, 이제 폭설 속에서 숨소리 죽이며 잠들어 있는 오색이라는 작은 마을. 몇십 년 전 죽음의 계곡에서 등반 훈련을 받던 끓는 피들이 자주 찾던 곳, 그때도 그들은 이곳을 지나 산으로 들어가며 돌아가는 길의 따뜻한 온천을 그렸을지도 모른다. 설악에 오르다 폭설을 만나 끝내 실종되어 이듬해 어느 계곡에서 싸늘하게 발견된 기자도 며칠을 여기에 머물며 기사를 서울로 올려보냈다. 오면서 가면서 들르는 많은 산사람들의 이야기가 산봉우리 틈 사이마다 운무처럼 끼어 있는 작은 마을… 오늘도 나는 그 길목을 지나 설악으로 들어가려 한다.

신은 마이크를 잡고 오늘의 산행에 대해 설명을 한다. 휴게소에서 조가 내게 말한 것과 다른 것은 없다.

설악산이 전면 입산 통제된 상태입니다. 지금 우리 팀 40명은 설악으로 들어갑니다. 설악산 전체에 우리밖에 없습니다. 길을 뚫는데 협조해 달라는 공단 측의 연락을 받았습니다. 서울에서 설악산의 지형을 잘 아는 사람들 거의가 오늘 이 버스 안에 모였습니다. 오 대장이 앞서 걸을 겁니다. 여러분은 그 발자국만 밟아서 올라가셔야 합니다. 눈이 워낙 많이 쌓여 있고 길을 가늠할 수가 없기 때문에 잘못 밟으면 얼마만큼 들어갈지 장담 못합니다. 절벽 아래 계곡일 수도 있습니다.

차 안이 시끄러워졌다. 신은 설명을 계속했다.

일단 우리는 중청에서 모두 모일 겁니다. 중청에서 희운각까지는 평소에도 까다로운 길이지만 오늘은 아예 길이 없습니다. 중청부터는 저와 조대장이 앞설 겁니다. 그 코스는 여러 분도 아시겠지만 한 발자국만 잘못 디뎌도 바로 낭떠러지니까 꼭 앞서간 사람의 발자국만 밟으셔야 합니다. 여기 계신 분들은 그동안 오색 천불동 구간을 우습게 보셨던 분들이실 텐데 오늘만은 긴장하고 산행에 임해 주셔야만 합니다.

산행 설명을 마친 신 대장은 사람들의 옷차림을 일일이 점검한다. 전에 없던 일이다. 스패츠로는 어림도 없으니 오버 트라우저를 입으라고 권한다. 신 대장과 조, 그리고 몇몇 사람은 가슴까지 올라오는 오버 트라우저를 입고 있다. 히말라야 에베레스트 봉을 정복하기 직전의 등반가처럼 비장한 표정이다. 스틱을 편다. 얇은 장갑을 끼고 두꺼운 벙어리 장갑은 배낭 옆에 끼운다. 손이 시릴 때 재빨리 꺼내기 쉽게 하기 위해서다. 바라크라바를 쓸까 말까 하다가 머리 위로 뒤집어쓰고 그 위에 방한 모자를 쓴다. 방수가 되는 바지인, 오버 트라우저를 입고 안경까지 쓰고 나니 완전 무장이다. 누가 누구인지 구별하지 못한다. 맨 뒷자리의 그 여자가 자꾸 거슬린다. 고개가 저절로 돌아가는 것을 가까스로 참는다. 이대로 모르는 사람인 채로 지나가길 바란다. 배낭을 점검하고 스틱을 챙기는데 나를 스쳐 누군가가 문밖으로 나간다. 그 여자다. 바라크라바는 쓰지 않고 보라색 재킷을 입고 밖으로 나가 스틱을 공단 사무실 앞 의자에 기대어 둔 다음 등산화 끈을 단단히 조여 매고 두 팔을 돌려 몸을 푸는 그 여자가 어찌 그 아이일 수 있는가. 나는 온전치 않은 위안을 반복하며 배낭을 짊어지고 밖으로 나선다.

신은 오라는 사람과 그의 친구를 앞세우고 걷는다. 나는 재빨리 그 뒤를 따른다. 다른 팀과 섞일까 봐 나는 지금 두렵다. 날은 그리 춥지 않다. 저 산 위는 영하 20도를 오르내릴 것이다. 폭설과 혹한의 협공은 공포다. 40명의 사람들은 랜턴 불을 밝히며 일사불란하게 움직이고 있다. 아직은 걷는데 불편함이 없다. 신이 엄살을 부린 건 아닌지 의심될 정도다. 30분쯤 걸었을까. 발이 무거워지기 시작한다. 눈이 제법 많다. 오와 그의 친구는 저만치 앞서간다. 신은 뒤의 일행들이 늦어지자 잠시 걸음을 멈추고 기다린다. 같이 기다릴까 망설이다가 그냥 진행한다. 그 여자가 저 뒤 팀의 무리에 있을 것이다. 국립공원 관리 공단 직원이 내려온 발자국은 설피를 신고 하산하면서 길을 표시만 해놓은 것과 마찬가지기에, 오와 그의 친구가 걸었다 해도 덜 다져져 있어 밟을 때마다 푹푹 들어간다. 몇 번씩이나 균형을 잃고 넘어지려 한다. 몇 걸음 내딛는 것조차 숨이 차다. 속도를 조금 늦추려다가 그대로 걷는다. 오와 그의 친구의 불빛은 점점 작아진다. 걸음이 아주 빠르다. 불빛이 가물가물하다. 너무 멀리 있다. 뒤를 돌아보니 역시 불빛이 보이지 않는다. 고립이다. 갑자기 바람 소리가 커진다. 옆에 있는 나뭇가지까지도 툭 부러진다. 누군가 옆에 다가와 주기를 기다렸던 것처럼 바람도 나무도 일제히 기척을 한다. 눈이 흩날린다. 뒤 팀을 기다리려 조금 서 있으니 체온이 급강하한다. 천천히 걸어도 뒤 팀은 오지 않는다. 뒤에서는 누군가 잘 걷지 못하는 사람이 있을 것이고 그 사람이 그 여자일 것이라고 짐작한다. 보이다 사라지다를 반복하는 앞서간 불빛 두 개만이 희망인 듯이 부지런히 걷는다. 발자국 위에 내 발을 올려놓고 다른 발을 무릎 위까지 들어 올려 걸음을 옮겨 놓고 다른 발 또 역시 허벅지까지 들어 올려 옮기는 걸음걸이에도 이젠 제법 익숙해졌는지 뻐근했던 두쪽 허벅지도 잠잠하다. 여기가 어디쯤일까. 수십 번 오르내린 길이건만 어딘지 가늠할 수도 없다. 이렇게 눈이 내린 날에도 여러 번 올라왔는데 오늘의 눈은 어찌 된 것인지 도저히 위치를 알 수가 없다. 바람은 여전히 불고, 여기저기서 뚝뚝거리며 나뭇가지 부러지는 소리들이 들리고, 나무들 사이로 무언가 휙 지나간다. 두런거리는 사람 소리가 들리는 것 같아서 뒤를 돌아보면 후다닥거리는 바람만 급히 지나간다. 나뭇가지 모양은 수시로 모양을 바꾸어 새가 되었다가 동물이 되었다가 사람으로까지 변해버린다. 울고 싶을 만큼 혼자다. 혼자라고 생각하니 살면서 혼자이지 않은 적이 한 번도 없다. 아이들과 있을 때도, 친구들과 있을 때도 나는 늘 혼자였다. 혼자여도 혼자였고 함께 있어도 혼자였다. 혼자라는 공포를 어차피 혼자였다는 것으로 달랜다. 무서움이 조금씩 사라지기 시작한다. 그 여자가 생각난다. 점점 추워진다. 어쩌다 이렇게 된 것일까.

어쩌다 이렇게 된 것일까. 나는 억울하고 힘이 들 때마다 그 말을 중얼거렸다. 초등학교 때, 욕심 많은 담임 선생님의 꾐에 빠져, 동생들 육성회비로 내 일 년 치 육성회비를 납부해 버린 일로 아빠한테 처음으로 심한 꾸중을 듣고 울며 그 말을 했다. 어쩌다 이렇게 된 거지? 중학교 때 날 놀리던 삼촌의 아끼던 손수건 몇 개를 아궁이에 넣어 태운 것을 할머니께 들켜 혼났을 때도 그렇게 중얼거렸다. 어쩌다 이렇게 된 거지? 대학 졸업 후, 보는 시험마다 떨어지다가 간신히 붙어 들어간 회사에서 두 달을 견디지 못하고 뛰쳐나와 허탈감에 뒷골목을 터덜거리며 중얼거리던 말이기도 했고, 죽을 때까지 나보다 더 너를 사랑하는 사람은 못 만날 거라며 장담하던 남자가 변해갈 때마다 나는 그 말을 중얼거리며 울었다. 그 사람이 남편이었고 그즈음 그의 마음속에 그 아이가 있었다.

그 아이만은 프기할 수 없어.

남편은 빌었다. 그 아이는 남편의 다섯 번째쯤 되는 여자였다. 내가 만난 여자만 센 숫자였다. 눈감아준 여자도 그 만큼이었으며, 남편의 요청으로 내가 떼어 놓은 여자도 있었고, 임신을 핑계로 집까지 찾아온 여자와 실랑이를 벌이다가 경찰서에 간 적도 있었다. 거기에 강남 술집 새끼 마담들까지 합친다면 열 손가락이 부족할 판이었다. 들킬 대마다 이혼을 비장한 무기처럼 들고 외치는 내게 남편은 매번 잘못을 빌었다. 이혼은 남편에게 여성 편력만큼이나 무서운 아킬레스건이었다. 여자들을 쉽게 사랑했고, 쉽게 떠나보냈으며, 내게 들킨 여자는 바로 정리했던 남편이었다. 그런 남편이 그 아이만은 포기할 수 없다고 했다.

그 아이만은 봐줘. 이혼도 절대로 할 수가 없어. 나는 당신 없이는 안돼. 그 아이만 봐주면 다시는 다른 여자 안 만날게.

몇십 년간 보아온 남편이 아니었다.

차라리 술집 여자를 만나세요. 그건 내가 봐줄게요.

당신이 헤어지라면 헤어질게.

남편은 더 이상 말하지 않았다. 대신 늘어진 어깨로 출근했고, 힘없는 얼굴로 퇴근했다. 차라리 십오 년 전처럼 며칠 동안 전국을 떠돌다 온다거나, 몇 년 전처럼 치악산 자락의 식당에서 며칠 동안 술만 마시다 쓰러져 병원에서 연락을 받는 것이 낫겠다 싶었다. 그러나 남편은 집에서 회사를 변함없이 오고갔다. 역시 말문을 닫은 채. 그를 정말 잃게 될지도 모른다는 불안감이 고개를 들기 시작했다. 이혼을 두려워하기는 남편처럼 나도 마찬가지였다. 일에 있어서는 맹렬한 사자 같은 그가 가정에서는 다정한 아버지고 책임감 강한 남편이었다. 내가 하고 싶은 모든 일을 지원해 주었다. 단지 다정함이 넘쳐 다른 여자들에게까지 흘리고 다니는 것이 문제였다. 나는 그의 여자들을 초월했고 조종할 수 있다고 믿었기 때문에 더 이상 그의 여자관계가 남편과 나 사이에 별 영향을 미치지 못한다고 생각했다. 살면서 일어나는 사소한 충돌일 뿐이었다. 그런데 이번만은 남편이 달랐다. 남편에게 그 아이를 만나게 해 달라고 말했다. 단호한 남편을 설득해서 그 아이를 만났다. 그 아이는 긴장한 얼굴로 내게 나타났다. 오늘처럼 눈발 흩날리는 어느 겨울이었다. 나는 그 아이와 만나는 것을 눈감아주는 대신, 생활비를 두 배로 올려줄 것을 요구했다. 남편은 그러겠다고 했다. 그러겠다고 말하는 남편이 미워 친정집을 다시 지어달라고 했다. 이번에도 머뭇거리지 않고 그렇게 하겠다고 했다. 양평에 있는 땅도 내 앞으로 이전해 달라고 말했다. 양평 땅은 다음 사업을 시작하려고 사 둔 그가 아끼던 땅이었다. 잠시 침묵하더니 그렇게 하겠다고 했다. 그것만은 안 된다는 말을 기대했던 나는 심한 배신감을 느꼈다. 얻은 것이 넉넉한 생활비와 양평 땅과 친정집이었다면 내가 잃은 것은 그가 그토록 많은 말썽을 부리면서도 한 가닥 잃지 않고 있었던 그 무엇이었을 것이다. 그 무엇은 세월 같고 물 같은 것이라서 결코 돌이킬 수 없는 것이 되었고, 그 절망감은 씻어내도 퍼내도 없어지지 않는 흠집으로 남아 이후의 내 생에 질기게도 따라붙었다.

눈발이 흩날리더니 멈춘다. 갈수록 눈의 깊이는 깊다. 허리까지 빠진다. 기온은 급강하한다. 콧물이 흐른다. 옷소매로 콧물을 닦아낸다. 뒤를 돌아볼 여유도 없다. 그들이 어디쯤 갔는지 그들이 어디쯤 오는지도 알 수가 없다. 어쩌면 뒤의 팀은 하산했을지도 모른다. 그렇지 않다면야 이렇게 오지 않을 수가 없지 않은가. 그럼 나는 어떻게 하란 말인가. 마치 은밀한 음모에 휘달린 사람처럼 공포스럽다. 이 산속에 나만을 고립시키기 위해 계획된 음모. 마지막 능선쯤 되는 것인지 바람이 불더니 또 휙 하니 무언가 지나간다. 흠칫 놀라며 또 그 자리에 멈춘다. 아득하다. 마치 나는 아주 오래전부터 여기에 서 있었던 것 같다. 저 앞에도 눈이고 저 뒤에도 눈인 이곳에서 아주 오래전부터 살아온 것 같다. 여기 서서 바람을 맞고, 슬픔을 겪고, 가슴을 안고 울부짖었던 것 같다. 아이들의 깔깔거리는 웃음소리가 들리는 따뜻한 저녁도 여기에서 맞은 듯하고, 사람들의 시선 밖으로 밀려나지 않기 위해 처절하게 웃고 일하고 달리던 내가 여기 눈밭에서 아주 오래도록 머문 것 같다. 누구일까 나는. 그리고 그녀는. 내가 태어나면서부터 처음 말하기 시작했던 단어들을 떠듬거린다. 내가 느꼈을 감정들이 투명하게 회오리치며 빙빙 돌기 시작한다. 불렀던 노래들도 들려온다. 뒤에서 누군가의 목소리가 들린다. 내가 노래를 부르면 누군가가 내 노래를 따라 부른다. 누군가가 나를 부축해서 함께 걷는 것 같다. 혼자 걷겠다며 뿌리친 것도 같고, 그 사람의 얼굴을 흘깃 쳐다본 것도 같다. 그 아이도 본 것 같고 대청봉에서 휘청거리며 신선대와 화채와 공룡을 바라본 것도 같다. 너무 졸려서 눈길에 주저앉아 잠깐만 자다 가겠다고 할 때, 누군가가 억지로 잡아 일으켜 걷게 한 것도 생각난다. 푸른 바다도 보았을 것이다. 지리산 거림 계곡도 얼핏 보인다. 거기서도 이 노래를 불렀었지.

눈을 떠보니 어느 방에 내가 누워있다.
여긴 어디예요? 어떻게 된 거예요?

여기 중청산장인데 기억 안 나세요? 큰일 날 뻔 하셨어요. 혼자 들어오시더니 한 켠에 배낭을 놓고 누우셨어요. 여기서 누우시면 안 된다고 말씀드렸는데 대답이 없으셔서 보니 정신을 잃으셔서 방으로 모셔왔어요.

매점 의자에 앉아 있던 공단 직원이 깨어나서 다행이라며 정황을 이야기한다.

그 여자분이 쭈욱 옆에서 지켜 주셨어요. 그 여자가 옆에 두 무릎을 감싸고 앉아있다. 내 눈빛을 피한다. 움푹 들어간 눈이며 짙은 눈썹이며 찰랑거리는 단발머리며 그 아이다.

이렇게 만나네. 윤이 맞지?

우린 그 아이의 끝 이름자를 따서 윤이라 불렀다. 말이 없다.

고마워. 간호해줬다며. 산에서 만나다니… 산은 언제부터 다녔어?

3년 정도….

그녀는 웅얼거리듯 대답한다. 그리고 고개를 들어 나를 바라본다. 그 눈빛을 보며 동대문에서 버스에 올라탔을 때 그 아이가 나를 알아보았다는 것을 안다. 그녀를 처음 봤을 때의 불안을, 휴게소에서의 두리번거림을, 마주치면 어쩌나, 라는 염려를 무색하게 할 정도로 그녀는 담담하다. 넌 그래서는 안 되는 거라고 소리치고 싶다. 그녀가 떠난 후 남편과 내게 어떠한 일들이 일어났는지… 침묵 속에서 죽도록 힘들었던 시간을 어떻게 견디어 냈는지… 어젯밤 윤이를 처음 봤을 때의 것과 같이 묵직한 통증이 기억 속을 헤집고 다니며 흔들어 놓는다. 아니 기억이 통증을 불러일으키는 것일 게다. 그녀의 눈빛을 바라본다. 흔들림이 없다. 나는 당신네들의 그 고통과 아무런 상관이 없노라는 눈빛이다. 윤이를 이 방에서 내보내고 싶다는 마음과 몇 명 안 되는 일행 중에 그녀가 있어 다행이라는 마음이 뒤섞인다. 뺨이라도 때리면서 왜 그랬느냐고 따져 묻고 싶은 마음과, 어떻게 살았으며, 무엇을 하고 살고 있는지 물어보고 싶은 마음이 또 섞인다. 신이 코펠에 끓인 라면과 햇반을 가지고 들어온다. 흘깃 윤이를 본다. 그러더니 신은 다시 윤이를 유심히 바라본다.

아는 사이예요?

예. 조금.

윤이를 보는 신의 눈빛에서 남편이 그녀를 만나던 때의 눈빛을 읽는다. 허기가 순식간에 사라진다. 신에게 라면을 먹지 않겠다며 코펠을 들려 떠밀어 내보낸다. 헷갈리던 마음들은 이내 그녀에 대한 적대감으로 변한다. 윤기도 사라지고 살도 두껍게 올라 이제는 제법 중년티가 나는 윤이에게 아직도 처음 만난 신이 그런 눈빛을 보내는 것을 보니, 아끼던 양평 땅까지 내게 넘기면서 남편이 지키고 싶어 했던 그녀의 힘에 대해 분노가 치밀어 오른다.

나가줄래? 혼자 있고 싶어.

그녀가 일어나 나간다. 그녀가 나간 그 자리가 외롭고 슬퍼진다.

또 눈이 내리기 시작한다. 처음에는 조금씩 흩날리더니 조금 후 함박눈이 되어 쏟아진다. 또 폭설인가. 눈은 우리가 생각했던 것 이상으로 많이 쌓여있다. 잘못 발을 딛기라도 하면 가슴까지 빠질 정도이다. 그런데 또 눈이 내리다니. 공단 직원은 산 아래 사무스와 몇 번인가 통화를 하더니, 신 대장을 부른다. 신 대장의 얼굴이 굳어있다. 이대로 눈이 계속 쏟아지기라도 하면 우리들은 여기서 묶이게 된다. 모두들 걱정스럽게 눈을 바라본다. 우리에게 지금 설악의 눈은 더이상 감상의 대상도 아름다움의 대상도 아니다. 치열하게 맞서 싸워야 할 적이다. 저 눈을 뚫고 어떻게 저 아래 세상으로 내려갈 것인가.

산장 앞에서 눈을 지켜보고 있는데 누군가 내 옆으로 다가온다. 윤이다. 내 헷갈리는 마음을 알 리 없다.

왜 그랬어? 왜 그렇게 떠났어?

그녀는 말이 없다.

떠났으면 잘 살 것이지, 잘 살아서 백화점 명품샵에서 치렁치렁한 너를 보게 할 것이지, 이렇게 서럽게 눈이 쏟아지는 산에 혼자 온 너를 보게 하다니.

그랬다. 남편은 윤이를 다시 만나게 되면서 그 이전의 남편으로 돌아갔다. 일에도 더 추진력이 있어졌고, 내게도 그전보다 지극했다. 단, 내가 문제였다. 잃어버린 그 무엇 하나 때문에 휘청거렸다. 술을 마시기 시작했다. 술은 달콤했다. 술의 세상 속에서는 남편에 대해서도 윤이에 대해서도 둔감해졌다. 그 둔감함이 그리우면 몰래 술 속으로 스며들어 날카로운 내 신경들을 어루만졌다. 술에서 깨어나면 또 칼끝처럼 날카로운 신경을 감추고 살아가야 했다. 남편이 차라리 순진한 남자였다면, 그래서 한순간 빠져든 것이었다면, 싶은 날도 많았다. 남편은 밤 열 시까지는 꼭 귀가를 했다. 그 시간이 지나도 남편이 안 들어오면 난 그녀에게 전화했다. 언제 보냈느냐고. 남편이 출장이라도 가면 나는 또 그녀에게 전화했다. 출장은 따라가지 말라고. 남편에게 그녀의 흔적이라도 냄새 맡아지면 나는 그의 침대 속으로 파고들었다. 가끔 아주 가끔 윤이도 내게 전화를 걸어왔다. 그럴 때는 나도 그녀와 무슨 이야기인지 몇 시간씩 이야기를 나누기도 했다. 남편에게 늘 말했다.

윤이가 딥지는 않아요. 나는 천천히 기다렸다. 서두르지 않았다. 친구가 술에 빠져 있는 내게 산에 가자고 손을 내밀었다. 청바지에 운동화를 신고 올라간 산에서 돌뎅이에 걸려 넘어지지 않으려고, 앞 사람과 떨어져 혼자이지 않으려고 기를 쓰고 걸었다. 걷는 동안은 아무 생각도 나지 않았다. 내려오면 며칠은 술 생각이 나지 않았다. 산에 올라 잃어버린 것들을 잊어가며 시간이 흘러갔고, 나는 나대로, 남편은 남편대로 차츰 익숙해질 무렵 그녀가 홀연히 떠나갔다. 남편은 또다시 절망했다. 말도 없었다. 우리 관계는 윤이가 있었을 때보다 더 악화되었다. 그녀가 떠나간 것이 내 탓이라 여겼다. 회사는 엉망이었고 시간만 나면 그녀를 찾아다녔다. 윤이의 고향집 앞에 차를 주차해 놓고 며칠씩 지키고 오기도 하고 그녀의 언니와 동생들 집을 수소문해서 찾아가기도 했다. 그토록 떠나가길 바라던 사람이었는데 나도 어느새 윤이를 찾고 있었다. 남편과 내 삶의 균형을 잡아줄 유일한 대책이 윤이 뿐인 것처럼 그녀가 필요해졌다. 윤이는 감쪽같이 우리들의 포위망에서 사라졌다. 외국으로 나간 것도 아니었다. 어느날 문득 텅 비어버린 윤이의 빈자리는 남편과 나의 관계만 악화시킨 것이 아니었다. 남편의 회사 형편까지도 악화되어 결국은 내게 준 양평 땅까지 팔아 뒷수습을 해야 했다. 물론 친정집 재건축은 자연스럽게 없던 거로 되었다. 남편과 나는 회복되지 못하는 각자의 상처들을 안고 그때 이후 명목상의 부부로 살아왔는데, 칠 년이라는 세월을 뛰어와 그 아이 윤이는 폭설이 내린 설악산 산장에서 중년의 여자가 되어 내 옆에 서있다. 폭설처럼 무지막지했던 그녀와 함께했던 그날들을 고스란히 안고서…

다행히도 삼십 분쯤 퍼붓던 눈발이 조금씩 옅어지기 시작한다. 저 아래 신선대와 범봉이 눈발 사이로 희미하게 보인다. 우리들은 누가 먼저랄 것도 없이 등산화 끈을 조이고 스틱을 챙기고 아이젠을 신는다.

소청쯤에 나서니 이제는 햇빛이 든다. 화채와 공룡, 용아장성까지 조망이 터질 정도로 구름도 걷혔다. 눈이 햇빛을 받아 수천만 개의 빛으로 날아오른다. 소청에서 희운각까지 내리막길은 러셀이 전혀 되어 있지 않아서 위험하다. 남자 어른 키보다 높이 쌓여 있는 눈은 한 발 내딛는 순간부터 주눅 들게 한다. 신과 오가 앞장서 러셀을 하면서 내려간다. 그 뒤 차례는 신과 오가 지정한 순서대로 따라가야 한다. 오늘 같은 상황의 이 길은 설악산을 수십 번 오른 사람도 길을 찾아내지 못한다. 한 발이라도 잘 못 내디디면 어느 계곡으로 구를지 알 수가 없다. 나는 걸으면서도 윤이를 살핀다. 아직 눈 산행에는 서툰 걸음이다. 이십 분쯤 내려가던 신과 오는 더 이상 진행이 힘든지 뒷사람과 교대를 한다. 몇십 년 된 산꾼도 폭설 앞에서는 나약하다. 윤이는 내 뒤를 묵묵히 따라온다. 아이젠이 미끄러운지 자꾸 발을 턴다.

  한 시간 정도 걸리는 희운각까지의 내리막길을 세 시간이나 걷는다. 희운각에서 국립공원관리공단 직원들이 반갑게 맞이한다. 무사히 길을 뚫고 내려온 우리들에게 커피와 컵라면을 내어준다. 천불동은 설피로 러셀을 해놨다고 하니 편안한 마음으로 일어선다. 그러나 무너미 고개 내리막길을 내려와 커브를 돌고 철 난간이 있는 데쯤 와서 우리들은 모두 질려 버리고 만다. 공포를 동반한 놀라움. 철 난간 손잡이 부분이 내가 디딘 발아래로 1미터는 내려가 있다. 평소에 사람들이 걷도록 만들어 놓은 길 위에서부터 눈의 높이를 잰다면 160센티미터 내 키보다 높을 것이다. 그 아래는 물 대신 눈으로 채워진 계곡이다. 손잡이의 위치를 확인한 이후엔 한 발자국 앞으로 내딛는 것조차 겁이 나 발만 들었다 놓았다 반복한다. 디딜 발자국의 앞에 있는 발자국을 스틱으로 지그시 누르고 힘을 분산시킨 다음 발을 옮긴다. 조심스럽게 철 계단을 오르는데 스틱이 눈 속으로 쑥 들어간다. 나는 중심을 잃고 발을 헛디딘다. 우르르 발밑의 눈이 무너지고 내 외쪽 발이 바깥으로 미끄러진다. 눈 계단을 벗어나 계곡 쪽으로 뻗어 나간 왼쪽 발. 재빨리 오른발에 힘을 주어보지만 나는 이미 균형을 잃고 오른쪽 무릎을 꿇고 엉거주춤 쓰러진다. 앞에 가던 오가 얼른 스틱을 내민다.

진영 씨 내 스틱을 잡고 가만히 있어. 움직이지마. 움직이면 무너져.

무너지면 10미터 계곡이다. 눈 속으로의 추락이다. 눈이 녹을 때까지 찾지도 못한다. 나는 오가 내민 스틱을 잡고 오가 시키는 대로 아주 천천히 오른쪽 무릎을 펴고 일어나 간신히 왼쪽 발을 수습한다. 오도 내 뒤의 윤이도 하얗게 질려있다. 산 쪽으로 바짝 다가가 걷지만 산 쪽도 역시 난간 바깥으로 미끄러질 수 있는 위험이 있다. 정확히 발자국만 밟아야 하는데 앞서 이십여 명이 지나간 발자국은 이미 계곡 쪽으로 많이 무너져 있어서 발끝과 스틱에 온 힘을 주고 버텨야 한다. 식은땀이 저절로 흐른다. 폭설 후의 천불동은 공포다. 폭설 후의 내 생이 그러했듯이. 잘못 발을 디뎌 가슴까지 오는 눈 속에서 탈출하느라 앞에 가는 사람 도움을 받기를 두어 번. 난간 위의 뭉개진 눈 위를 걷는데 자꾸 미끄러져 앞 사람의 도움을 받기를 서너 번. 그렇게 엉금거리며 내려간다. 뒤에 따라오던 윤이. 그녀도 몇 번인가 눈 속으로 미끄러져 들어가 주변 사람들의 도움으로 건져 올려진다. 나 역시 본능적으로 그녀를 향해 손을 내밀어 그녀가 저 아래 눈 속으로 빠지는 것을 막고 있지만 그 손이 자꾸만 저려오는 것을, 그 손을 그냥 거두고 싶어지는 것을 내 눈빛은 숨기지 못한다. 신이 저 앞에서 소리친다.

양폭까지만 가면 됩니다. 양폭부터는 단전하니까 모두들 조심하시고 힘내세요.

어느 순간부터 내 뒤에 따라오던 윤이가 보이지 않는다. 내 뒤에 그녀가 바짝 따라 왔었고, 그 뒤로 부부가 멀찍이 따라왔었는데 그녀는 보이지 않고 부부만 저만치 엉금거리며 걸어 내려오는 게 보인다. 혹시 하는 생각과 이상한 생각이 교차한다. 앞에 가는 신을 불러 윤이가 안 보인다고 말해야 할까. 저 부부에게 물어봐야 할까. 그러다 나도 모르게 그냥 걷는다. 오겠지 뭐. 내가 알게 뭐야. 상상이 꼬리를 문다. 좀 전에 내가 미끄러졌던 그곳에서 만약 그 아이가 미끄러졌다면… 그곳은 누가 잡아당겨 주어야만 빠져나올 수 있는 곳이다. 혼자 빠져나오려 발을 움직이다 보면 더 깊이 빠져들어간다. 발을 잘못 디뎌 계곡으로 빠졌다면… 그 아이 키의 두 배쯤 되는 눈 속에 빠졌다면 그 누구도 지금 이 상황에서는 그 아이를 찾아낼 수가 없다. 천화대 들어가는 잦은 바위골 입구에 다다르니 난간이 없는 안전한 길이 나온다. 물을 마시며 기다린다. 한참 후 부부가 걸어온다. 기진맥진한 모습이다. 좀 더 기다린다. 바람이 불지 않으니 춥지 않아 다행이다. 기다리면서 생각한다. 나는 누구를 기다리는가. 그래도 윤이는 오지 않는다. 나는 무엇을 기다리는 것일까. 윤이는 여전히 안 보인다. 어찌된 일일까. 내 앞에 갔을까. 그럴 리는 없다. 그렇다면. 마음 속의 두 개의 다른 그림자를 본다. 산장에서 헷갈리던 그 마음과는 또 다르다. 와야 한다는 것과 이대로 그 아이가 나타나지 말았으면 하는 그것.

신흥사 버스 정류장까지 오니 다들 축제 분위기다. 살아왔다는, 무사히 내려왔다는 것 하나로 서로 부둥켜안는다. 신은 그 정도로 눈이 많을 줄 몰랐다면서 앞뒤를 오가며 러셀하면서의 무용담을 이야기한다. 사십 년 설악산을 다니면서 처음 보는 폭설이었다고 하니 방송에서 떠들던 80년 만의 폭설이 맞는 말인가 보다. 맨 뒷자리를 본다. 비어있다. 신에게 말을 해야 하나. 말하고 싶지 않다. 영리 산악회의 특성상 출발 시간이 되면 오지 않은 사람들은 두고 그냥 출발한다. 말하나 마나다. 오늘은 그래도 30분의 여유를 준다. 조금 뒤에 뒷자리를 보니 그 여자의 자리에 다른 사람이 앉아 있다. 신 대장은 인원 파악을 하더니 출발!! 을 외친다. 그 아이 대신에 누가 탔단 말인가.

　버스가 온천장을 지나 대명 콘도 앞을 지난다. 사람들은 모두들 지쳐 쓰러져 자고 있다. 새벽 세 시부터 열여섯 시간의 사투였으니 그럴 만도 하다. 울산바위가 보인다. 거대한 눈 괴물이 살아 있는 산. 그 괴물은 지금도 천불등으로 공룡으로 중청으로 몸을 낮추어 이동하고 있을 것이다. 누군가가 앞으로 나오며 기사님께 뭐라고 말한다. 버스가 서고 그 사람이 내린다. 맨 뒷자리에 앉았던 그 사람이다. 미시령 터널을 들어서는데 또 눈이 오기 시작한다. 터널을 빠져나오니 함박눈으로 바뀌어 있다. 우리가 죽음의 공포와 닿서며 뚫어 놓은 그 발자국 위에 또 눈이 쌓일 것이다. 윤이… 아파온다. 아마도 봄이 되어 눈이 녹으면 뉴스에 나올 것이다. 30대의 여자 시신이 천불동 계곡에서 발견되었다고… 아니면 일간지 신문에 일단 기사로 아주 짧게 한 줄로 나오고 마는지도 모른다. 혹은, 내가 눈 속에 빠져 허우적거리고 있을 때, 그녀는 나를 지나쳐 내려와 다른 차를 이용해 서울로 향하고 있는지도 모른다.
　서울이 가까워져 오면서 눈발이 약해지기 시작하더니 그친다.

나는 더 이상의 폭설은 없을 것이라 믿었다. 그러나 살면서 문득 내가 거기에 묻고 온 것이 그녀였는지 아니면 다른 무엇이었는지 생각할 때면 그것은 또 다른 폭설이 되어 나를 짓누르곤 했다. 남편이 내게 이런 말을 하기 전까지는.

"윤이 말이야. 잘 사나 봐. 누가 백화점에서 남편과 같이 있는 걸 봤대. 만삭이었대."

트레치메

지린내가 진동했다. 낯선 곳에 대한 설레임을 가로막고 선 그 냄새는 도시를 어둡고 음울하게 만들었다. 가방을 앞으로 돌려 꼭 쥐고 종종걸음으로 걸어갔다. 드럭드럭, 트렁크의 바퀴가 보도블록의 이음새에 부딪칠 때마다 수선스럽게 소리를 냈다. 보도블록의 크기만큼이나 그 소리는 잘게 갈라졌다. 내 속의 어느 부분이 바퀴에 맞닿은 것 같았다. 길 건너편에서 흑인 몇 명이 나를 보고 히죽거렸다. 고개를 돌렸다. 누군가를 보고 웃는 것인지 알 수 없는 히죽거림이었다. 그 사이 트램이 내 앞을 지나갔다. 차 안에는 몇 명의 사람들이 앉아 있었고 그들은 무심하게 나를 또는 어딘가를 바라보고 있었다. 후덥지근한 바람이 내 목덜미를 훑고 지나갔다.

도시는 똑같은 거리, 비슷한 집들로 들어서 있어 집 찾기가 쉽지 않았다. 커다랗게 간판이 걸려 있으리라던 내 예상은 빗나가 건물들 외벽에는 어떤 표시도 되어 있지 않았다. 그 집은 네 번째 블록에 있다고 했다. 네 번째 횡단보도를 건너니 막다른 길이었다. 다시 갔던 길을 돌아오면서 문패들을 살폈다. 그래도 내가 찾는 집은 없었다.

"24번 플랫폼에서 나와 좌측으로 걷다 보면 노란 간판이 있어요. 거기서 우회전해서 네 번째 블록에 있는 건물이에요."

주인의 말을 들으며 찾기 쉬울 것이라고 판단해 픽업도 사양했다. 집을 찾느라 거리를 몇 번 왔다 갔다 하면서 그 제의를 거절했던 것이 후회되기 시작했다. 지린내도 싫었지만 전봇대나 가로수 아래 방치된 사람의 것인지 개의 것인지 구별되지 않는 분비물은 내가 있는 곳이 어딘지 의심하게 했다. 전봇대를 멀리 비켜 걸었다. 한 건물 앞에서 주소를 확인하며 서 있는데 저쪽에서 한 동양인 남자가 걸어왔다. 혹시 내가 찾는 집의 주인일지도 모른다는 생각에 잠시 기다렸다. 그 남자는 힐끔거리며 나를 지나쳐 갔다.

그 집은 네 번째 블록의 중간에 자리 잡고 있었다. 문패는 내 키보다 높은 위치에 12호쯤의 고딕체로 층수와 상호명이 적혀 있었으며, 사람의 손이 닿아 반질반질한 초인종이 각 층마다 달려 있었다. '키오민박'이라 한글로 쓴 문패가 7자 옆에 붙어 있는 것을 확인하니 눈물겹게 반가웠다. 작고 오목해진 초인종이 잘 먹히지가 않았다. 몇 번 시도한 뒤에야 간신히 눌러졌다. 육중한 철문이 열렸다. 대성당의 문이나 중세의 성문처럼 영화에서나 보았던 그 철문이었다. 엘리베이터를 기다렸다. 4층에 멈추어 있었던 엘리베이터는 한참 후에야 도착했다. 누군가가 잡고 있는 것이라 생각했으나 잠시 후 나는 그것이 아니란 것을 알았다. 엘리베이터는 너무 낡았고, 너무 느렸다. 정원 다섯 명이라고 쓰인 그 기계는 설 때마다 덜컹거려서 아랫배에 힘을 몇 번 준 뒤에야 7층에 간신히 내릴 수 있었다. 다음부터는 계단을 이용해야겠다고 생각했다.

"어서 와요. 역시 젊은 사람이라 집을 잘 찾아왔네요."

머리가 하얗고 거대한 체구의 여자가 나를 맞았다. 주인이었다. 전화로 들었을 때의 카랑카랑한 목소리와는 달리 살집이 두툼한 얼굴의 표정이 없는 사람이었다. 그녀는 나를 6층으로 데리고 내려갔다. 아치형 천장으로 꾸며진 낡은 계단은 지나치게 가팔라서 큰 가방을 들고 내려가기가 불편했다.

"이 건물이 400년 되었어요. 이곳의 건물들은 밖에 간판도 차양도 설치할 수 없어요. 내부 수리를 하는 것도 시청의 허가를 맡아야 하고 그것마저도 허가받기가 참 어려워요."

그제서야 비슷비슷한 건물, 가파른 계단, 느리고 낡은 엘리베이터들이 이해되었다. 그녀는 한 침대를 가리켰다. 침대 네 개가 일렬로 놓여 있는 방이었다. 도미토리룸의 침대 하나를 보며 먼 이국의 서먹함이 서운함으로 변했다. 그 순간의 내 표정을 나도 알 수 없었다. 내 표정을 의아한 듯이 바라보던 여자는 사물함의 열쇠를 건네주면서 짐 정리를 하고 올라오라고 말하고 밖으로 나갔다. 침대마다 개인 사물함이 머리맡에 놓여 있었고, 작은 옷장도 네 개가 서 있었다. 침대나 옷장들은 하얀색으로 칠해져 있었다. 방 한 귀퉁이에 멍하니 앉아 있자니 온몸에 힘이 빠졌다. 창문을 열었다. 아래에서 위로 여는 것이었다. 잘 열리지도 않았다. 어딘가에 녹이 슨 것 같았다. 옷장에 트렁크와 가방을 통째로 넣고 잠금장치가 단단히 잠겼는지 확인하고 밖으로 나오니 주인은 스텐 볼에 담긴 쌀을 씻고 있던 중이었다. 스텐 볼의 색깔이 유난히 빛났다. 중세의 무사가 금방이라도 튀어나올 것 같은 이 거리와 이 집과는 그 스텐 볼이 어울리지 않는다는 생각이 들었다. 그녀는 이 집의 구조에 대해 설명해줬다. 7층의 구조는 한국의 집들과 다를 것이 없었다. 큰 거실과 주방이 있었고 방 네 개가 있었다. 방 하나는 주인 부부가 쓰고, 나머지 방은 민박을 받고 있었는데 아직 방학 전이라 그런지 많은 침대들이 비어 있었다.

작은 방에는 일층 침대 두 개를 들여 이인용으로 만들어 놨고, 큰 방은 이층 침대 세 개를 들여놓았다.
 "벌써 로마에 온 지 10년이 넘었네요. 처음에는 참 힘들었는데 지금은…"
 주인은 혼잣말처럼 중얼거렸다. 지금은… 다음에 생략된 말은 '살만해요'일 것이었다. 내가 베란다로 간다거나 주방에서 숟가락을 놓는 일을 거들거나 할 때 나를 유심히 살펴보는 것 같았다. 저녁을 먹고 와인을 한잔씩 하자고 하는데 피곤이 몰려왔다. 내게 묻고 싶은 말과 하고 싶은 말이 많은 것 같았지만 피곤한 표정을 보더니 일찍 쉬라고 했다.
 "시차 적응하는데 며칠 걸릴 거예요."
 반쯤 열린 창문을 통해 밖을 내다보았다. 금방 쓰러질 것 같았으나 잠들지는 못했다. 밤이 되니 더웠던 바람이 선선해졌다. 맞은편 건물에도 불이 켜져 있었다. 내가 있는 창문처럼 똑같은 색깔의 똑같은 형태의 똑같은 창문이었다. 건물의 벽이 워낙 두꺼워 거리가 잘 보이지 않았다. 고개를 창문밖으로 내밀었다. 거리가 보였다. 모여 있는 흑인들의 무리가 여기저기 더 많아져 있었다. 멀리 트램이 지나가고 있었다. 화려하지도 깨끗하지도 않은 이 도시에 사람들이 그토록 열광하는 이유가 도대체 무엇인지 궁금해졌다. 그곳은 어느 쪽에 있을까?

지린내와 음울한 흑인의 무리와 개의 배설물부터 보게 된 이 나라에 그토록 신비한 봉우리가 있다는 것이 실감 나지 않았다. 여기는 어디인가. 나는 대체 어디쯤에 와 있는 걸까. 생각이 불빛 따라 번졌다가 흘러갔다.

"돌로미테에 가고 싶어."
내가 말하면 그는 피식 웃곤 했다.
"가면 되지…"
돌로미테가 어디 있느냐고 묻지도 않았다. '가면 되지'라고만 했다.
"네가 그곳에 가고 싶다면 그럴만한 이유가 있겠지. 그 이유가 네 안에 있건, 네 밖에 있건."
그랬다. 꼭 가야만 할 것 같은 것도 이유일 수 있다면, 꼭 가야만 할 것 같은 그 무엇이 내가 거기 가고자 하는 이유였다.
"사람은 가끔 그럴 때가 있어. 그곳에 가면, 그 사람을 만나면, 그것을 한다면 무엇인가 내 삶의 획기적인 전환이 될 거라고 믿고 싶을 때가 말이야. 네가 지금 그럴 때인가 봐. 그곳이 네게 그러한 곳인 것 같아."

초등학교 교장 선생님이었던 아버지는 명예퇴직을 했다.

정년퇴임을 3년 앞둔 해였다. 돈이 당장 필요해서였다. 그 몇 억이 넘는 퇴직금은 받는 날로 없어졌다. '빚잔치'를 했다고 이웃 사람들이 수군거렸다. 그러나 빚은 갚은 돈 만큼 남아 있었다. 빚쟁이들이 매일 찾아왔다. 노름하는 곳에서 고리로 빌린 돈이라서 갚지 않아도 된다고 했던 아버지가 원망스러웠다. 문을 열어주지 않으면 전화로 협박했다. 형제들이 의논해서 빚을 나누기로 했다. 은행에서 대출을 받아서 일단 갚고 그 돈을 갚아 나갔다. 작은 회사의 경리로 일하는 내 월급으로 이자 내고 생활하느라 늘 허덕였다. 그것은 찰거머리처럼 질기게 달라붙어 떨어지지 않았다.

그는 몇 년째 결혼하자고 졸랐다. 나는 침묵했다. 결혼 비용은 그렇다 치고, 이 빚마저 그에게 감당하게 할 수는 없었다. 그도 더 이상은 결혼 말을 입에 담지 않았다. 내 옆구리에 손을 걸쳐놓은 채 지루하게 몇 년간 관계가 지속되었다. 그동안 나는 여전히 이자에 허덕였고, 빚은 그대로였으며, 내 나이 만 서른을 훌쩍 넘겼다.

그날은 은행 대출금 갱신하는 날이었다. 신분증을 들고 종각 근처의 은행에 들렀다. 몇 년 전에 비해 거의 줄어들지 않은 대출금 숫자를 바라보며 서류에 싸인까지 하고 나니 서류 한 개가 더 있어야 한다며 이튿날 다시 오라고 했다. 이틀 연속 조퇴한다고 인상 쓸 과장의 얼굴이 떠올랐다. 명동을 멍하니 쏘다니다 터덜터덜 광화문역을 향해 걷고 있었다. 그때 시청 광장에서 건물과 건물 사이로 지는 일몰을 보았다. 시멘트 벽 사이로도 저렇게 아름다운 일몰을 볼 수 있구나, 하며 바라보는데, 시청 전광판에 붉은 노을도 물든 거대한 봉우리 세 개가 나타났다. 그 앞에는 큰 배낭을 멘 여자가 지친 듯한 몸을 스틱에 의지한 채 그 봉우리를 바라보고 있었다. 어디에서 왔는지 어디로 가는 건지 모르지만, 아득하게 먼 길을 걸어온 듯한 모습이었다. 전광판의 붉은 봉우리와 시멘트벽 사이의 일몰의 조화는 잠시 후 사라져 버렸다. 전광판의 영상이 다시 나타나지 않을까 하는 기대로 근처의 카페에 자리를 잡고 전광판을 뚫어지게 바라보고 있었지만 끝내 그 영상은 더 이상 나타나지 않았다. 짧은 시간 동안 보았던 붉은 봉우리와 먼 길을 걸어왔을 그 앞의 여자에 대한 그림은 강렬했다.

 그날부터 그 봉우리에 대해 검색하기 시작했다. 히말라야? 아니었다. 거긴 설산이 있을 뿐이었다. 킬리만자로? 역시 아니었다. 알프스, 로키, 중국의 산들을 모두 다 뒤져보았지만 찾을 수가 없었다. 시청 전광판에 나온 것이면 사진이 아니라 그림일 가능성이 클 것이라고 그가 말했으나, 그 봉우리 앞에 선 그녀의 뒷모습 때문에 그건 그림일 수가 없다고 확신했다.

체구에 비해 큰 배낭, 지쳐 보이는 뒷모습, 간신히 지탱하고 있는 스틱, 봉우리를 올려다보며 중얼거렸을 그녀의 기원. 그것은 분명 그림은 아니었다. 살아있는 사람만이 보일 수 있는 모습이었다. 언젠가 봤을 것 같은 모습이었고, 언젠가는 볼 것만 같은 모습이었다.

내 말대로 그것은 실제로 존재하는 거대한 암릉이었다. 트레치메라고 불리웠다. 이탈리아 북부 알프스산맥에 속한 돌로미테, 거기에 있는 세 개의 봉우리 이름이었다. 일몰이 되면 빛의 각도에 따라 분홍빛이었다가 황금빛으로 변하고, 나중에는 불타는 듯한 붉은 빛으로 변한다고 했다. 돌로미테에 대한 자료를 찾기 시작했다. 알프스는 자료가 많았지만 모두 프랑스에 속해 있는 봉우리에 대한 자료였고 돌로미테에 대한 자료는 거의 없었다. 해외 사이트로 들어가 돌로미테 자료들을 찾아다가 번역기에 넣어 읽었다. 번역기의 글들은 주어와 서술어조차도 엉망이었기 때문에 그 문장을 다시 꿰맞추는데도 오랜 시간이 걸렸다.

"가고 싶어, 트레치메."

나는 그 후로도 버릇처럼 말했다.

"가면 되지."

그런 말을 주고받으며 또 시간이 흘렀다. 공항의 문도 열 수 없을 만큼 약한 경제력의 나는 그보다 더 시들어가고 있었다. 인터넷에서 돌로미테에 대한 자료를 찾았고, 저렴한 항공권을 검색했그, 적당한 가격의 게스트하우스를 찾아 헤맸다. 그렇게 아무런 계획도 없이 언제 간다는 보장도 없이 인터넷 속에서 예약하고 계획하고 또 혼자 그 계획들을 무기한 연기시키면서 개화와 낙화를 경험하고 희망과 절망 사이를 오고 갔다.

그때 숙박업소 안내 사이트에서 한 줄의 광고를 발견해냈다. '아르바이트 구함. 한인 민박, 숙식 제공, 기간 한 달 반' 로마 거주 한국 사람이나 조선족을 원한다고 했다. 일할 동안 숙식을 제공한다는 말에 더 이상 머뭇거릴 수가 없었다. 그날 당장 로마의 민박집 주인에게 간곡한 메일을 썼다.

'서울에 사는 서른세 살의 미혼이다. 꼭 일을 하고 싶다. 일을 하는 동안 열심히 하겠다'고 보냈다. 이튿날 답장이 왔다.

'로마에 있는 사람을 원하고 서른세 살이면 궂은일을 하기에는 너무 젊다'는 것이었다.

'나는 이탈리아에 가야 한다. 거기에서 꼭 가봐야 할 곳이 있다. 청소하고 설거지하는 일이라면 나이와 상관없이 자신 있다'면서 다시 메일을 보냈다.

며칠 동안 답장이 없었다. 매일 메일함을 들락거렸다. 신경 쓰느느ㅡ 중요한 결산을 못 한 탓에 과장에게 심하게 질책을 당하기도 했다. 일주일쯤 지나서 답장이 왔다. 통화를 하고 싶으니 로마 시간으로 오후 일곱 시에 전화하라고 했다. 나는 그쪽 시간의 저녁 시간대에 맞추어 새벽 두 시에 전화를 했다.

"방학이면 배낭 여행객들이 로마로 몰려들어 일손이 부족해요. 그동안 딸이 한국에서 들어와 도와주고 들어가고 그랬는데 이번에는 두 달 동안 아이들과 아프리카 여행을 가기로 했대요. 정말 올 수 있어요? 딸에게 메일을 읽어 줬더니 사정이 있는 사람 같으니 일을 시켜보는 게 어떻겠냐고 해서요."

나는 가겠다고 얼른 대답해버렸다. 그랬다. 대답해버렸다. 적지 않은 항공료를 부담하면서까지 굳이 거기까지 가서 일하려고 하는 나를 그쪽에서는 이해하지 못하는 듯 보였다. 한국 관광객이 로마에서 아르바이트를 하는 것은 불법이어서 비밀로 해야 한다고 했다. 일하는 한 달 반 동안 주인 부부의 조카가 되기로 합의하고 출국 날짜를 정했다. 모아둔 돈으로 항공료를 먼저 구입했다. 모스크바를 경유하는 비행기는 직항에 비해 훨씬 저렴했다. 수화물 분실사고로 유명한 항공사였지만 그런 것은 그렇게 중요하지 않았다. 그런 다음 회사에 사표를 냈고, 나머지 돈으로 석 달 치 이자를 선입금했다. 사표를 내는 내게 과장이 왜? 냐고 물었을 때 나는 좀 더 보수가 센 M마트로 가기로 했다고 말했다.

"여기서 아르바이트를 해서 돈을 마련해서 떠나지 그래. 그곳까지 가서 일을 할 필요가 있는 거야?"

그가 걱정스럽게 말했다.

"여기선 모든 게 다 땅속으로 스며드는 것 같아. 돈도 가족도 젊음도 꿈도 사랑도 다 사라질 것 같아. 내 뒤를 잡는 것들이 너무 많아. 이렇게 떠나지 않는다면 나는 녹아 버리고 말 거야."

은행의 대출금에 짓눌려 집에 오던 날, 그날 보았던 시멘트 벽 사이의 일몰, 전광판의 그 봉우리, 그리고 봉우리를 올려다보던 여자의 뒷모습은 나를 강하게 이끌었다. 한 번도 가본 적도 없었던 그 나라로.

모스크바에서 로마행 비행기로 갈아탔다. 아슬아슬한 걸음으로 위태하게 환승 게이트를 찾았다. 쉴 새 없이 주변을 두리번거렸고, 입술은 말라서 립밤을 몇 번이나 덧발랐다. 옆자리에 금발의 여자가 앉았다. 네 시간 동안의 파트너였다. 그녀가 나를 보며 자꾸 웃었다. 그녀는 내게 무슨 할 말이 있는 것 같았다. 잠시 후 승무원이 내게 와서 자리를 바꾸어 달라고 부탁했다. 옆자리의 여자가 일행과 떨어져 있어 불편하다고 말했다. 창가 자리를 내준다는 것이 싫었지만, 누군가가 몸이 불편하다는 말에 바꾸어 주었다. 출발 직전의 고요한 기내에서 자리를 옮겨가고 있는 동양의 여자에게로 사람들의 눈길이 쏠렸다. 옮겨간 자리는 세 자리 중에서 가운데 자리였다. 오른쪽에는 젊은 남자가 앉아 있었고, 왼쪽에는 나이를 가늠하기 힘든 나이 든 남자가 앉아 있었다. 소련인 아니면 이태리인일 것이었다.

"아리가또?"

왼쪽의 남자가 물었다. 일본인이냐는 질문을 이렇게 했다.

"노, 아임 코리안."

그는 잘 알아듣지 못하는 말로 엄지손가락을 치켜들었다. 한국 사람을 좋아한다는 말일 것이었다. 노스냐 사우스냐 묻지 않는 것을 다행이라고 생각했다.

"아 유 러시안?"

그는 이태리인이라고 했다. 왜 이태리에 가느냐고 물었다. 돌로미테에 가기 위해서라고 했더니 왓? 했다. '돌로미테'를 영어로 손바닥에 적어주었다. '돌로미테?' 하며 고개를 갸웃거리더니 고개를 끄덕였다. 눈 감고 있던 오른쪽의 남자가 몸을 뒤척였다. 기내식이 나왔다. 정체불명의 음식은 덮어두고, 빵에 버터만 발라먹었다. 왼쪽 남자는 승무원에게 맥주를 달라고 하여 내게 권했다. 영어에 서툰 그와 역시 영어에 서툰 나는 쉬지 않고 묻고 열심히 대답했다. 모스크바와 로마의 하늘 중간쯤에서 그와 이야기를 하고, 기내식을 먹고, 맥주를 마시고, 잠이 들고, 다시 일어나 이야기를 하는 동안 나를 랩처럼 감싸고 있던 불안감은 조금씩 느슨해져 갔다.

새벽에 잠이 깼다. 비가 오는지 물소리가 들렸다. 창밖을 보니 비가 오는 것 같지는 않았다. 고개를 내밀어 거리를 내려다보았다. 거리를 청소하고 있었다. 두 대의 차는 양쪽으로 나뉘어 호스로 물을 거리 곳곳에 뿌려대고 있었다.

나는 주인 여자를 이모라고 불렀다. 이모는 일주일 정도는 쉬면서 바티칸과 콜로세움을 다녀오라고 말했다. 내겐 그럴 시간이 없었다.

"오늘만 쉬고 내일부터 일할께요."

오후에 이모는 나를 데리고 테르미니 역에 나갔다. 역의 지하에 있는 마트에서 치즈 볼과 양배추를 사기로 했다. 테르미니 역으로 가는 길목은 이민자들의 거리 같았다. 흑인, 동양인, 남미인으로 삼삼오오 모여서 담배를 피우거나 침을 뱉거나 킬킬거리며 장난을 치고 있었다. 중국집도 많았고, 동대문의 뒷골목에서나 볼 수 있는 자질구레한 물건들을 진열해 놓고 파는 노점상들도 즐비했다. 그들은 중국인이거나 흑인이었고 가끔 현지인도 있었다. 근처 젤라토 가게에서 젤라토를 하나씩 먹었다. 젤라토는 이 도시의 상징과도 같은 아이스크림이라고 말했지. 1.5유로였다. 한국 돈으로 2,000원 정도 되는데 맛은 근사했다. 지하 한 켠에 자리 잡고 있는 화장실은 사용료를 받고 있었다. 이모에게 화장실도 돈을 받더라고 했더니 그게 테르미니 역 근처가 지저분한 이유라고 했다.

"아프리카 난민들이 유럽 각국으로 밀입국해 들어왔어. 각 나라에서는 비상이 걸렸지. 그 사람들을 적발해서 추방시켰어. 그런데 로마 교황청에서 난리가 난 거야. 교황청이 있는 이 나라에서 갈 곳 없는 난민을 추방시키는 것은 옳지 않다고 당장 추방을 멈추라고 한 거지. 그래서 많은 난민들의 만만한 나라가 이탈리아가 되었는데, 그들이 가장 많은 곳이 이곳 테르미니 역이야. 난민이 돈이 어디 있겠어. 화장실까지 돈을 내라고 하는 이 나라가 문제인 거지. 거리 곳곳에 방뇨를 하고, 지나가는 사람들 가방 소매치기하고, 강도질하며 연명을 해나가지. 테르미니 역은 위험한 곳이니까 늦은 밤에 혼자 나오면 안 돼."

지린내는 여전히 진동했다. 지린내가 아프기 시작했다. 냄새이기 이전에 슬픔이었다. 그 냄새는 이 도시의 어디까지 파고 들어간 것일까. 어디까지 파고들어 갔기에 새벽마다 물을 극성스럽게 뿌려대도 없어지지 않는 것일까. 뿌리 깊은 것은 또 있었다. 내 아버지의 빚이 그랬다. 아무리 이자를 내고 원금을 갚아도 쉽게 뿌리를 드러내지 않았다. 그건 슬픔을 넘어 고통이었다.

일하는 시간은 아홉 시부터 여덟 시까지였다. 아침에 일어나 부엌의 그릇들을 씻고, 7층 방 네 개와 6층 방을 청소하면 오전이 지나갔다. 간혹 이불 빨래가 밀리면 저녁 늦게까지 이불 빨래에 매달려 있기도 했다. 한국에서 방학이 시작되었는지 열흘쯤 지나니 빈 침대가 없었다. 문의 전화가 걸려오면 예약이 완료된 상태라는 말을 반복해야 했다. 이모는 내가 쓰는 방에 손님을 제일 나중에 배정했다. 일주일 후 처음으로 손님이 들어왔다. 스물일곱 살의 은행원이었다. 그녀는 파리에서 유레일패스를 타고 밤새 달려와 새벽녘에 도착했다. 새벽의 테르미니는 매우 위험한 곳이라는 것을 그녀는 듣지 못했던 것일까. 새벽녘이었는지 늦은 저녁이었는지 기억에 없다. 화장실에 다녀오다 혼자 주방에 앉아 있는 그녀를 발견하고 말을 걸려고 한 발 디뎠을 때 그녀의 얼굴이 보였다. 혼자 울고 있었다. 그녀 생각에 나는 그날 밤 잠을 설쳤다. 그녀는 3일을 이 방에서 지내고 나폴리로 간다며 떠났다. 맑게 웃던 그녀의 눈물이 한참 동안 잊혀지지 않았다.

대학생 딸과 엄마가 들어왔다. 런던에서 유학 중인 딸을 만나러 왔다가 함께 이태리 여행을 하기로 했다던 모녀였다. 한식이 그리워 한인민박을 찾았다고 했다. 2인실이 남아 있는 민박이 없어서 도미토리로 들어왔다는 딸의 말투는 불만이 가득했다. 아마도 딸은 엄마와는 달리 호텔을 원했던 모양이었다. 언뜻 보면 친구 같은 그 모녀는 쉴 새 없이 다투었고, 금방 화해했으며 그러다가 또 다투는 것을 반복했다. 저녁에 돌아올 때면 갖가지 과일들을 한 보따리 사들고 들어와 나누어 주었다. 이혼 후 죽고 싶었던 적이 많았는데 딸 때문에 살아왔다던 그 엄마의 말은 스물일곱 살 은행원의 눈물만큼이나 오래 남았다.

많은 이들이 이틀 또는 사흘을 묵고 떠났다. 기억나는 이도 있었고, 말 한마디 나누어 보지 못한 이들도 있었다. 그들은 내가 일어나기도 전에 일어나 아침을 먹고 나갔고, 밤늦게 돌아왔다. 무엇 때문에 저렇게 많은 이들이 새벽부터 밤늦게까지 거리를 쏘다니는 것인지 이해를 할 수 없었다. 처음에 테르미니 역 지하의 마트에 간 것 이외에는 문밖 외출을 전혀 하지 않았다. 가고 싶은 곳이 있었기에 그곳에 가기 전에는 다른 곳은 의미가 없었다. 돌로미테를 아느냐고 물어본 적도 있었다. 아는 사람이 전혀 없었다. 돌로미테는 이탈리아에 살고 있는 이모까지도 알지 못했다. 그곳이 실제 있는 것인지 나조차도

의심스러울 정도였다.

일이 끝나고 즈방 쪽 베란다에서 빨래를 널었다. 식탁에서 남학생 두 명이 맥주를 마시고 있었다. 제대하는 날 바로 로마로 출찰했다고 했던 학생들이었다. 비행기 타는 거 힘들다며 고개를 절레절레 흔들며 며칠 전 이 민박집으로 들어왔었다. 짧은 머리와 말투가 아직은 경계에 서 있어 보였던 그들의 얼굴에서 보였던 들뜸과 불안과 설레임과 기대가 무척이나 신선해 보였다.

"누나 맥주 한잔하시죠?" 식사 시간에 몇 번 마주쳤다고 맥주를 권했다.

"오늘은 어디 갔다 왔어요?" 내가 물었다. 그건 이곳에 있으면서 학생들에게 묻는 의례적인 질문이었다.

"바티칸에서 하루 종일 있었습니다. 와 대단하던데요. 종교도 없고 그림에 대해서도 모르지만 감동이었습니다. 몰라도 감동적인 거 그런 게 정말 예술인 거죠."

바티칸을 다녀온 학생들의 대부분이 비슷한 말들을 했다.

"올드브릿지에서 젤라토도 먹었겠네요."

얻어들은 바가 있어 물었다.

"예. 블로그마다 적혀 있어서 우리도 찾아갔어요."

"누나는 토마에 오신지 몇 년 되셨어요?"

한 학생의 물음에 나는 웃었다.

"한 달 되었어요."

나를 로마에 거주하는 한국인으로 알았던 것 같았다. 내가 돌로미테 이야기를 꺼내자 한 학생이 거기를 알고 있었다.

"이탈리아와 오스트리아 최대의 산악 격전지라죠. 제가 모시던 소령님이 독일 유학 중에 가셨다고 하더라구요. 격전지 순례라는 명목으로 갔었는데 정말 아름다운 곳이라고 자주 말씀을 하셨었어요."

나는 이곳에 와서 처음으로 돌로미테를 알고 있는 사람을 만나 말이 많아지기 시작했다.

"그분 말씀으로는 세 개의 봉우리를 볼 수 있는 산장이 있다고 해요. 거기를 예약하려면 몇 달 전부터 대기해야 하는데 언젠가는 꼭 그 산장에서 며칠 묵고 싶다고 하셨어요."

그 산장은 로카텔리 산장이었다. 그 산장을 예약하기 위하여 몇 번이나 메일을 보냈었다. 그래도 답장이 없어 독일 언어권이라는 정보를 듣고 독일어로 메일을 보냈더니 겨우 답장이 왔었다.

"내가 거기 3일을 예약했잖아요. 트레치메를 중심으로 그 주변 길들을 모두 걸을 거예요. 그리고 하루쯤은 하루 종일 그 봉우리를 바라보고 무작정 앉아 있을 거예요."

목소리가 들떠 있었다. 그들이 권하는 맥주를 나도 모르게 두어 잔 마셨다.

"누나. 바로 서울로 들어가시면 안 됩니다. 로마를 돌아보셔야 해요. 왜 그렇게 돌로미테만을 고집하시는지는 모르겠지만, 누나가 찾는 무언가가 거기에만 있다고 생각하시는 건 잘못된 거예요. 그건 누나가 다른 세상을 알지 못하기 때문이에요. 다른 세상도 보셔야죠. 그래도 돌로미테라면 정말로 누나에게 거긴 특별한 거겠지요. 여기까지 오셨는데 로마를 그냥 지나가시면 후회하십니다. 로마는 도시 그 자체가 거대한 유적입니다. 우대한 곳이에요."

이 축축하고 음울한 도시의 무엇을 내게 그는 보라고 하는 것일까. 여기에서 일이 끝나는 다음날 밀라노 가는 기차를 예매했다는 말에 그는 흥분하며 나를 말렸다. 어린 학생이긴 했지만 간절한 눈빛과 말투였다. 무언가에 짓눌려 많은 시간 살아낸 적이 있는 사람처럼, 어딘가에 가면 무언가 보일 것 같아 맹목적으로 집착했던 기억을 잊지 못하는 사람의 그것처럼, 그래서 나는 너의 그것을 알고 있다고 말하는 것처럼.

그래서일까. 쉬는 날 학생들이 아침에 나갈 준비를 하면 그들 주위를 서성거렸다. 몇 번 다주쳐서 편안한 학생이면 오늘

어디 가느냐고 물어보곤 했다. 모두들 시내투어를 한다거나, 바티칸을 간다거나, 오르비에토를 간다고 했다. 바티칸 투어에 나선다는 내 또래의 여자 손님을 따라 나도 같이 가기로 했다. 한 푼이라도 아껴야 하는 처지의 나로서는 몇 번이나 망설이던 끝에 내린 결정이었다.

지하철을 타려고 이른 시간 테르미니 역으로 갔다. 길이 젖어 있었다. 물청소를 한 것 같았다. 그래도 지린내는 여전했다. 길 한가운데 사람이 누워서 자고 있었다. 환풍구 위였다. 환풍구에서는 시원한 바람이 나왔다. 이른 시간인데도 로마는 뜨거웠다. 지하철은 서울만큼이나 사람들이 많았다. 전 세계의 사람들이 다 집합한 것 같았다. 로마에 온 지 한 달 만에 테르미니를 벗어나긴 처음이라 약간 긴장한 채 지하철을 두리번거렸다. 가방 조심하라는 눈짓을 같이 간 여자가 해주었다. 얼른 앞으로 돌리고 한 손으로 꼭 쥐었다. 바티칸 박물관이라는 곳에 도착했을 때 입장을 기다리는 줄이 끝없이 늘어서 있었다. 내리쬐는 햇빛에 두 시간이나 기다려야 했다. 기다리면서 둘러본 로마는 테르미니 역과는 달랐다. 꽃과 나무도 있었고, 거리는 깨끗했으며, 커피 향기와 음악이 거리에 흐르고 있었다. 물론 축축하지도 음울하지도 않았다. 로마를 봐야 한다는 그 학생의 말이 생각났다. 맞은편 카페에서 아이스 아메리

카노를 하나 사와서 나누어 마셨다. 박물관으로 들어가는 일은 까다로웠다. 가방을 조사했고, 여권을 조사했고, 옷차림까지 검사했다. 너무 짧은 치마를 입거나 슬리퍼를 신은 사람의 입장을 닫고 있었다. 계단을 올라 입구에 들어서니 화려한 천정화가 금빛으로 빛났다. 양쪽으로 늘어선 조각상들은 각기의 이름을 달고 서 있었다.

  사람에 밀려 그림을 제대로 보지도 못하고 걷다가 어느 한 공간으로 들어갔다. 마치 어디론가 스며들어 간 것 같았다. 다른 세상과 다른 세상의 이동 같기도 했다. 시끄러웠던 소음들을 모두 먹어 치우는 벽이라도 있는 것처럼 갑자기 고요해졌다. 불빛도 없었다. 사람들의 움직임의 속도도 느려졌다. 느린 움직임 소리만이 공간을 가를 뿐이었다. 서서히 빛이 들어오기 시작했다. 천정 아래 붙어 있는 창문에 의한 빛이었다. 주위를 두리번거렸다. 의자에 앉아 기도를 드리는 사람도 있었고 멍하니 벽을 바라보는 사람도 있었다. 거의 많은 사람들이 고개를 들고 천정을 바라보고 있었다. 나도 고개를 젖혔다. 보였다. 아! 입에서 소리가 나오는 순간 무언가 나를 강하게 치고 지나갔다. 아담에게 손끝을 내민 그 사람의 에너지였을까. 강한 어지럼증을 느꼈다. 많은 것들이 눈앞을 스쳐 지나갔다. 아담과 하와가 지나갔고, 웃시야와 요담과 아비야가 지나갔다. 다윗과 골리앗도 있었다. 술에 취한 노아는 나를 노려다 보며 무언가 말을 건네려다 말고 지나쳐 갔다. 천정 곳곳에서는 수많은 눈동자들이 내려다보고 있었다. 천정뿐만이 아니었다. 벽에서도 많은 인물들이 내 앞으로 다가왔다. 자신의 껍질을 손에 든 바르톨로메오가 지나갔고, 열쇠의 무게가 힘겨운 듯 구부정한 어깨를 늘어뜨리며 베드로가 지나갔다. 당나귀 귀를 한 미다스도 지나갔다. 뱀을 몸에 감고 있었다. 비아지노 다 체세나의 영혼도 함께 보였다. 그리고 고개를 젖히고 한 손에 팔레트를, 한 손에 붓을 들고 그림을 그리고 있는 한 사람이 있었다. 그 모습은 희미하지만 천천히 오래오래 내 앞에 머물렀다. 그가 지나가고 한 여자가 보였다. 무거운 짐을 어깨에 짊어지고 지치고 힘든 얼굴로 서 있는 여자. 아버지와 줄어들지 않는 빚과 축축한 테르미니 역과 떠도는 이민자들까지 그 여자 주변을 맴돌다 사라져갔다.

그 앞에 거대한 트레치메가 서 있었다.

여름의 오후

태풍이 올라온다고 했다. 남지나해에서 발효된 태풍은 일본을 지나 제주도에 상륙해서 침수나 농경지 피해를 입히고 남해안으로 북상 중이며 다음 주쯤 우리나라 중부내륙으로 올라올 것이라고 했다. 기수에게서 전화가 걸려왔다. 염려가 가득 묻어있는 목소리였다.

우리 가도 되냐. 태풍이 온다는데.

해마다 오는 태풍 겁낸 적 없다. 간다고 했으면 가야지.

선희에게 또 문자가 왔다.

비 많이 온대. 거기 계곡 길을 한참 걸어야 한다면서 괜찮을까?

걱정 마. 아마 우리가 가는 날에는 빗길이 올라오다 힘이 빠져 저 중국 쪽으로 방향을 바꿀 거야.

　나에게는 그동안 살아오면서 수년 동안 겪어본 경험에서 온 자신감이 있었다. 그것은 태풍이건 비건 눈이건 내 이동경로를 피해서 갈 것이라는 믿음이었다. 그 믿음은 이제까지 단 한번도 어긋난 적 없었다. 몇 년 전, 지리산에 폭우가 내려 산사태가 나 입산 통제가 되었을 때 나는 지리산 종주 일주일을 앞두고 있었다. 서울은 30도를 오르내리는 불볕더위가 계속되고 삼각산 계곡이 말라 바닥이 보일 정도의 속 타는 가뭄이었는데 남쪽은 계속되는 비로 이재민까지 생겼다고 했다. 지리산행을 감행해야 하나 마나를 고민하다가 간신히 얻은 연휴까지 낀 휴가가 아까워 무작정 떠나기로 결정했다. 내가 다니는 회사는 음료수와 생수를 공급하는 곳이었기 때문에 여름에 휴가를 난다는 것은 몇 년에 한번 있을까 말까였고 게다가 연휴까지 덤으로 얻는 휴가는 좀처럼 만나기 어려운 로또였다. 선희는 부모님 덕에 일하지 않고 놀고 있어 상관없지만 기수의 휴가도 반납하기 어려웠다. 출발하던 날 서울에 비가 쏟아지기 시작했다. 불볕더위와 가뭄의 끝에 오는 비라 모두들 반가워했지만 지리산으로 가야 하는 초보 산꾼에게는 전국적인 장마가 반가울 리 없었다. 일기예보를 아무리 검색해도 우산에 사선으로 그어진 빗줄기 표시만 가득했다. 올림픽 대로엔 물이 철벅거렸다. 앞차에서 튀겨진 물폭탄과 내리는 비는 앞 유리창의 시야를 거침없이 가로막았다. 와이퍼를 최고 속도를 올리며 물을 밀어냈다. 와이퍼에서 삐익삐익 가는 쇳소리가 들렸다. 한남IC에서 경부고속도로로 들어서면서 비는 속도를 높이며 쏟아졌다. 고속도로 위의 차들이 비상 깜빡이를 켜며 서행했다. 기흥휴게소에서 비는 한계를 모르는 듯 퍼부었고 기수는 젖은 바지를 털며 투덜거렸다.

비가 내리면 지리산 올려다보며 놀다가 오려고 가긴 간다만 이러면 놀기라도 하겠냐.

나는 기수의 바지를 손수건으로 닦아주며 동문서답을 했다.

비 올 때는 반바지를 입는 거야.

대전을 지날 때쯤 내리던 비는 한계를 보이며 조금씩 줄어들기 시작했다. 덕유산이 보이는 고속도로를 지날 때는 남쪽의 하늘이 빗속에서도 밝아오는 것이 보였다. 지리산에 도착하니 비가 그쳐있었고, 계곡은 입산통제가 풀리지 않았지만 성삼재에서 올라가는 능선은 통제가 풀려있었다. 우린 비에 씻겨 말끔해진 지리산속에 들었다. 지리산을 사랑하는 사람들은 지리산에 '오른다'라고 말하지 않고 '든다'라고 했다. 피어오른 야생화는 더 선명한 빛으로 몸을 흔들고 있었고 산풀에서 나는 향기는 온 산에 그윽했다. 길가에 처음 보는 버섯들이 여기저기서 피어나고 있었는데 그 빛과 모양의 오묘함에 우리는 빠져들었다. 그동안 내린 비는 산 아주 깊숙한 곳에 숨어있는 야생의 독버섯까지 끌어 올리고 말았다. 독이 있어 더 아름다운 것이라고 기수가 우겼고 선희는 독이 있어 꺾이지 못하기에 오기로 더 아름답기 위해 기를 쓰는 거라고 했다. 반야봉에서 반야봉에 대한 이야기를 하며 비 갠 지리산 능선 사이사이에 떠다니는 운무에 감탄하고 있는데 엄마에게 문자가 왔다. 서울은 지금 물난리가 났다. 넌 어디냐. 비 오는데 산에 올라가지 마라. 난 노고단에서 찍은 바다 같았던 구름 사진들을 엄마에게 전송했다.

　이후로도 내게 그런 일은 많았다. 한라산에 폭설이 내려 대중교통까지 마비가 되었다는 뉴스가 나올 때 나는 제주도행 비행기 안에 앉아있었다. 비행기에서 내려 숙소에서 하룻밤을 보내고 새벽에 간신히 성판악까지 도착하니 한라산 전역의 통제가 해제된 바로 그 순간이었고, 나는 아무도 밟지 않은 눈 위를 걸어서 한라산을 올랐다. 그때 본 설경은 로키산맥을 트레킹하고 알프스를 갔다 오고 히말라야 트레킹을 다녀온 이후에도 내게 무엇과 비교할 수 없는 최고의 설경이었다. 아무도 닿지 않은 호숫가 사라오름, 호수를 빙 둘러싼 나무들 위에

숭고하게 피어오른 눈꽃들은 눈물이 찔끔 나오도록 아름다웠다. 진달래 대피소와 그 주위에 설레설레 엉겨진 눈들과 그 눈을 어슬렁거리며 바라보며 빵이나 커피를 마시는 사람들의 풍경도 하나의 아름다운 설경이었다. 백록담과 관음사 내리막길의 가파른 경사길도 설경에 취한 나를 힘들다는 생각을 하지 못하게 했던 그 기억. 지리산에서와 마찬가지로 힘든 역경을 보내고 나면 산은 더욱 아름다워진다는 것을 알았다. 덕유산에서도 마찬가지였다. 삿갓재 대피소에서 일박을 하고 우리 일행은 육십령을 출발했다. 삿갓재까지 가는 동안 간간이 눈발이 날렸다. 모두 별거 아닐 거라고 생각했다. 근데 아무래도 하늘빛이 자꾸 무거워지는 게 심상치가 않았다. 나는 일행들을 설득시켜 삿갓재 대피소 가기 전의 삿갓재에서 황점 마을로 하산했다. 하산 길에 눈이 쏟아지기 시작했다. 그 눈은 삼일을 계속해서 내렸고 삿갓재 대피소에 묵었던 사람들은 국립공원 관리공단 사람들의 통제하에 그곳에서 4일을 지내야 했다. 영각사 철계단에서는 40대 남자가 내리는 눈을 피해 급히 하산하다 실족사했다는 뉴스가 나왔다.

　이런저런 경험들로 긴급 재해경보는 여행이건 산행이건 내가 움직이는 데 별다른 영향력을 행사하지 못했고, 나는 내가 원하면 일기예보와 상관없이 언제든 어디든 맘대로 계획을 했고 짐을 꾸렸다. 동물적인 감각이 있어 위협을 정확히 재빨리 감지한다고 믿었고 그 믿음에 의지했다. 구룡령에서 진동리까지의 산행은 중간지점인 조경동에서 비박을 하기로 하고 짠 계획이었다. 선희가 방송 프로그램에서 아침가리골이라는 곳을 봤는데 너무 아름답더라는 것이었다. 가본 적이 있지만 물속을 걷는다는 특별한 경험 외에는 별다르다고 생각하지 않았는데 선희가 봤을 때는 특별했던 모양이었다. 거기보다는 마장터 새이령이나 화암사 신선대를 가고 싶었으나 기수도 선희의 의견을 존중하는 편이기 때문에 그냥 아침가리골을 가기로 결정했다. 너가 보지 못한 또 다른 아침가리골을 볼 수 있을 거라는 기대감도 있었다. 그 대신 방동약수터에서 넘어가는 소당도로는 별로 내키지 않으니 좀 힘들더라도 구룡령에서 시작하자고 말했다. 체력에 자신이 없는 선희도 아침가리에 대한 욕심인지 해보겠노라고 했다. 방동약수터에서 넘어가는 12킬로보다 무려 10킬로가 더 긴 코스를 무거운 비박 배낭을 짊어지고 걷는 것은 힘든 것이다. 그래도 첫날은 조경동까지니까. 이번에도 우리는 셋이었다. 기수와 선희 그리고 나. 우리는 초등학교 동창생이었다. 초등학교 때의 그 아이들은 모습만 희미하지 기억에 없었다. 우리가 간난 것은 초등학교 체육대회를 준비하면서였다. 개교 70주년이라고 선배들이 각자

회비를 내서 성대하게 체육대회와 노래자랑을 하는 행사였다. 지역사회의 모든 사람들이 학교 선후배나 마찬가지였으므로 작은 읍내는 행사를 준비하면서부터 들썩거렸다. 누구는 얼마를 냈고 누구는 무엇을 모교에 기증했고 모이기만 하면 다들 그 얘기였다. 전통이 오래된 학교이니만큼 졸업생도 많고 성공한 사람들도 많아 찬조금 이야기만 나오면 끊이질 않았다. 그즈음 우리 동기 재경 모임이 서울에서 있었고, 거기서 같은 자리에 앉았던 그 애들을 만났다. 맨 처음 산 이야기를 꺼낸 것은 선희였고 추진했던 것은 나였고 성실하게 참석하는 것은 기수였다. 산을 함께 다닌다고 생각했는데 시간이 가면서 우리는 산뿐만 아니라 모든 생활을 함께하고 있었다. 선희는 어렸을 때 잠시 전학을 왔다가 가버린 파랑새 같은 아이였다. 중학교 선생님인 아버지의 전근지를 따라 이사 왔는데 엄마가 피아니스트였다. 긴 머리를 옆으로 내어 묶은 갸름한 얼굴, 긴 치마를 입고 선희를 맞이하던 피아니스트 엄마는 어린 내게 신비의 대상이었다. 선희는 말이 없고 친구 없이 혼자 다녔는데 그 아이에 대한 동경이 짝사랑으로 이어지기도 전에 다시 전학을 갔다. 오랜 시간이 흘러 결혼했을 나이에 결혼을 하지 않은 선희를 동창회에서 만났을 때 많이 설레었다. 그리고 지금은 글쎄 어떤 마음인지 잘 모르겠다.

우리는 동서울 터미널에서 만났다. 들머리와 날머리의 교통편이 애매해서 버스와 택시를 이용하기로 했다. 구룡령에 가기 위해서는 양양시외버스터미널까지 이동해서 택시를 타야 했다. 동서울 터미널에서 두 시간 반이면 양양에 도착했다. 서울의 하늘은 흐렸다 맑았다 변덕을 부렸는데 강원도로 들어서면서부터 깨끗한 하늘과 시원한 바람에 저절로 기분이 좋아졌다. 기수는 기분이 좋은지 휘파람을 불었다. 그랬다. 기수는 휘파람을 잘 불었다. 학교 바르 앞에 사는 우리 집을 지나쳐야 기수네 집으로 갈 수가 있었다. 늘 휘파람을 불며 지나가던 애가 바로 기수였다. 첫 번째 재경 모임 때 기수는 내 옆자리를 굳이 고집하며 앉아서 말했었다.

야 니가 너네 집 매일 지나가면서 휘파람 불었어. 왜 그랬는 줄 아냐? 너랑 친구하고 싶어서 그랬어. 너 모르고 있었지? 같은 반을 한 적이 한번도 없었기에 얼굴만 아는 기수가 그런 말을 해서 놀랐었다. 여자도 아닌 남자애가 말이다.

야 그럼 늦었지만 지금부터 우리 친구하자. 술친구.

그날 우리는 친구 결연식까지 하고 밤을 새워 광화문을 돌면서 옛날이야기를 하고 또 했다. 그때 늦도록 남아 술 먹던 일곱 경의 친구들 중 유일한 여자애가 선희였다. 기수가 휘파람을 부니 그 가벼운 음률 따라 마음이 더 들떴다. 오늘 가는 코스는 백두대간에 속하는 길이었다. 언젠지는 몰라도 백두대간 종주는 꼭 해보리라 마음먹었었기 때문에 미리 가보는 백두대간 일부 코스에 대한 설레임도 한몫했다.

양양터미널에 도착해서 택시를 타고 구룡령으로 향했다. 용이 구불구불 아흔 아홉 구비를 넘은 고개답게 길은 계속 구불거렸다. 선희가 이른 아침 출발해서 잠도 부족한 데다가 꾸불거리는 고갯길을 오르니 멀미가 나는 듯했다. 기수가 선희에게 물을 한 모금 먹였다. 태풍이라고? 날씨는 산행하기에 딱 좋은 덥지도 춥지도 않은 날씨였다. 난 또 한번 나의 길에 대한 자신감에 혼자 으쓱하며 웃었다. 구룡령. 고갯길. 그 이름이 주는 친근감에 사방을 둘러보았다. 고갯길에 올라서 있을 때의 이 기분과 산 정상에 올라가서 내려다보는 느낌이 비슷해서 난 차를 운전해 여행을 해도 꼭 고갯길에서 한참을 머무르곤 했다. 한계령, 만항재, 이화령 같은 고개 위에서는 꼭 커피를 마셨다. 산과 산을 이어주는 마루턱에 오르면, 산이 산과 맞닿아 있는 것처럼 모든 세상 모든 사람들과 소통할 수 있을 것만 같았다. 우리가 갈 산을 보았다. 지도상으로도 그렇게 어렵지 않은 길이었지만 실제로 보아도 능선길이 부드러워 걷기는 수월할 것 같았다. 그래도 15킬로가 넘는 비박 배낭을 메고 있기에 자만할 수는 없었다. 짐이 무거우면 작은 오르막에도 쉽게 지치는 법이다. 선희에게 무거운 것은 한두 개 달라고 했다. 선희는 김치 봉지를 빼서 내게 주었다.

처음부터 나무 계단이었다. 숲으로 들어가자마자 숲 냄새가 났다. 밤새 땀 흘리며 모아놓은 비밀병기들을 내뿜어내듯 나무들에게서 나온 나무냄새 풀냄새는 온 산을 가득 채우고 있었다. 심호흡을 했다. 호흡길을 따라 숲이 내 속으로 깊게 들어와서 그곳의 묵은 찌꺼기들을 희석시켰다. 몽글거리며 나쁜 내 안의 것들과 섞이면서 내 피부로 내 손끝으로 내 날숨으로 빠져나갔다. 우리는 누가 먼저랄 것도 없이 킁킁거렸다. 산에 오면, 수도권에서 좀 멀리에 있는 산일수록 산의 냄새는 깊었다. 선희는 몸이 해독되는 느낌이라고 했던가. 기수가 앞장을 서고 선희가 중간에 서고 내가 마지막에 가기로 했다. 각자의 컨디션대로 걷다가 정해진 곳에서 만나는 방법 그것이 우리의 산행 방법이었다. 걷다 보면 중간에 만나서 물 한잔 마시고 같이 걷기도 하고 또 걷다가 보면 헤어지기도 했다. 먼저 가는 사람이 커피를 마시고 싶으면 중간에서 커피를 끓여놓고 기다리기도 했다. 우린 이것을 따로 또 같이라고 말했다. 지리산 같은 경우는 점심 먹을 곳에서 만나고 잠잘 산장에서 만나기로 한 적도 있다. 온전히 혼자만의 산을 느끼는 걸음을 우리 셋은 좋아했다. 오늘은 갈전곡봉에서 만나기로 하고 걸었다. 완만한 오름이 계속되다가 갈전곡봉 직전에서 가파른 오르막이었다. 기수가 오르막 중간쯤에 배낭을 내려놓고 배낭에 기대어 앉아 있었다. 옆에 꽂아 놓은 스틱이 햇빛에 반사되어 한 줄기 빛이 휙 하고 움직였다. 마치 별이 잠깐 생겼다 사라지는 것 같았다. 선희는 기수가 있는 곳까지 올라가지도 못하고 아래에서 쉬었다. 선희의 걸음이 느리기 때문에 기수나 나 둘 중 하나는 선희 걸음에 맞춰 선희를 앞세우고 일정한 거리를 유지하며 걸었다. 선희는 괜찮으니 앞서가라고 하지만 땅을 파서 헤집어 놓은 산짐승들의 흔적을 수없이 봐왔기 때문에 선희 혼자서 걷게 할 수는 없었다. 저 위에 기수가 배낭에 기대어 앉아 있고 그 아래 선희가 앉아 있고 난 선희와 50미터쯤 거리에 앉아서 물을 마시고 배낭에 기대 누웠다. 1킬로 오르막을 오르려면 미리 에너지를 아껴야 했다. 다른 말이 필요 없었다. 내가 산을 떠날 수 없는 이유는 곳곳에 있었다. 이렇게 배낭을 베고 누웠을 때 내 주변의 나무들은 나를 중심으로 뻗어 올라 저 위에서 맞닿아 있었다. 나를 위해 나무들이 도열해 있는 것 같은 이 순간이 좋았다. 나무로 만든 삼각뿔의 집 안에 내가 누워있었다. 그 사이사이 하늘이 보였다. 나무 사이사이로, 하늘 사이사이로 구름이 지나갔고, 바람이 지나갔다. 내 세월들도 지나갔을 터이고, 내 사람들도 지나갔을 터이고, 내 사랑도 그 틈새를 지나 어디론가 흘러갔을 것이었다.

 기수가 출발하려는 지 몸을 일으켰다. 누운 채로 기수를 향해 손을 뻗어보았다. 기수의 몸은 내 손바닥 안에 가려졌다. 기수야. 불러도 잘 들을 수 없는 거리에서 기수도 일어나고 구부리고 배낭을 메고 스틱을 잡아 땅을 몇 번 두드리는 동작을 하며 꼼지락거렸다. 선희도 일어나 스틱을 챙겼다. 1킬로미터의 오르막은 온몸의 기운을 다 쓰게 하더니 나중에는 멍한 두통을 가져오고서야 끝났다. 거기에 갈전곡봉이 있었다. 갈전곡봉에 오르니 칡꽃 향기가 가득했다. 갈 자가 칡을 뜻하는 갈자였다는 걸 칡 향기를 맡으며 알았다. 우린 그 향기를 맡으며 점심으로 가지고 온 주먹밥을 꺼내서 먹었다. 주먹밥 안에도 칡을 넣은 듯 향기가 입안 그득히 들어와 머물더니 목으로 넘어갔다. 주변이 온통 칡이었다. 이름은 괜히 그냥 지어진 것이 아니었다.

 칡꽃 술 만들고 싶다.

 기수가 말했다.

 내일 따자. 오늘은 술 못 담잖아.

 내일 하산길에도 칡꽃이 있을까?

 없을 거야 아마. 방법이 없는 건 아니야. 조경동 가면 매점이 하나 있어. 거기서 술을 사서 술병에 직접 칡꽃을 넣으면 될 거야.

말려야 하잖아. 그냥 담으면 꽃의 수분 때문에 술이 상한다는 이야길 들었어.

약한 술은 상하는데 35도에 담으면 상하지 않아.

우리는 조경동에서 술을 담기로 하고 칡꽃을 땄다. 높이 있는 꽃일수록 싱싱했다. 스틱으로 가지를 내려 높은 곳의 꽃을 따려고 시도하다 실패하고 결국 낮은 곳의 꽃만 따기로 했다. 금방 한 봉지가 되었다. 예전 엄마가 칡꽃 술을 잘 담그셨다. 칡꽃 술은 빛깔도 훌륭했지만 향기도 정말 좋았다. 칡 줄기에 달려있는 꽃에서 나는 향기가 그냥 향기라고 한다면, 술에서 나는 칡 향기는 알코올에 추출되고 숙성되어져 깊고 오묘해진 향수 같았다. 따온 칡꽃을 내 배낭 곁주머니에 넣었다. 내게서 향기가 진동했다. 칡이 내게로 옮겨왔다. 갈전곡봉에서 가칠봉 가는 길은 전형적인 백두대간 길처럼 원시림 같은 깊은 숲이 우거져있었다. 그 숲 사이로 끝없이 이어진 길. 그 숲길을 걷다 보면 이 길이 어디선가 끝나지 않았으면 하는 간절함이 생겼다. 그 간절함이 백두대간을 걷는 이들을 만들어낸 것이 아닐까. 백두대간을 걷는 사람들이 왜 그렇게 백두대간 길에 대해 열정적인지 알 것 같았다. 가칠봉에서 기수가 비타민C를 하나씩 주었다.

이게 뭐냐?

세포 재생제니까 먹어둬. 우리 걷느라고 엄청 힘쓰는데 세포가 몇빅 개씩 죽어 나갈 거다 아마.

세포 재생제? 그럼 죽어가는 연애세포도 살려 주는 거야?

니 나이 몇인데 벌써 연애세포를 죽이고 있냐.

글쎄 저절로 죽는다. 미리 너무 많이 탕진했나 봐.

선희의 연애서포 얘기에 기수와 나는 번갈아 빈정거렸다. 서른네 살의 우리에게 세포 재생제는 다른 방향으로 유효했다. 젊다기에는 이십 대가 가버렸고 나이 들었다고 하기에 사십 대가 막막하게 너무 멀리 있었다.

우린 백세 세대야. 지금 연애세포는 아직 자라나지도 못했어.

기수가 또 배낭 위에 드러누우며 말했다. 연애에 대한 이야기를 하면 서로 조금씩 톤이 높아지고 말이 많아지는 것을 보니 우린 아직도 기나긴 사춘기를 통과하고 있는 중인지도 몰랐다. 산에 다니지 않았다면 나는 어디에 집중을 했을까. 아마 연애에 집중해서 결혼을 하고 지금쯤 아이가 하나나 둘쯤 있을지도 몰랐다. 산을 일찍 알았고 좋아하는 산을 향해 자유롭게 떠날 수 있음이 좋아서 결혼을 외면하고 살았다. 나는 그렇다 치고 선희와 기수는 산 때문에 결혼을 하지 않은 것은 아닐

여름의 오후 73

것이었다. 우린 한번도 결혼에 대한 이야길 해본 적이 없었다. 우리 모두가 결혼하는 것을 두려워하는 것처럼.

   삼거리에서 조경동 계곡 쪽의 내리막길로 접어들었다. 바람이 불었다. 바람이 무거웠다. 비가 섞여 있었다. 걸음을 재촉했다. 길이 가팔랐기 때문에 스틱과 발을 적절히 써야 내려갈 수 있었다. 기수와 나는 무거운 배낭 때문에 내리막에서 더 듬거렸다. 선희는 우리보다 배낭이 가볍기도 했지만 산길을 오르는 속도에 비해 가파른 내리막길에서 능숙했다. 그 능숙함은 체력보다는 오랜 산행에서만 얻을 수 있는 경험이었다. 나는 그런 선희의 산에 대한 노련함이 좋았다. 물소리가 들렸다. 계곡이 가까워졌다는 것이다. 계곡이 보인다는 것은 오늘 산행이 거의 끝나가고 있다는 거였다. 장소를 정해 텐트를 치기만 하면 이번 비박 산행의 어려운 코스는 더 이상 없다. 물소리가 들리면서 발걸음이 빨라지기 시작했다. 기수는 물소리가 들리면 오줌이 마렵다고 했었다. 난 물소리가 들리면 힘이 솟았다. 저만치 앞서가던 선희를 단번에 따라잡았다.

   조경동. 아침가리는 이름처럼 고요히 들어앉아 있었다. 동네랄 것도 없이 산으로 둘러싸인 어느 한 지점이었다. 바깥세상으로 통하는 길은 가파른 산길이거나 긴 계곡이 다였다. 그 계곡도 길이 제대로 나 있는 것이 아니어서 물길을 열다섯 번 정도 건너야만 되는데 물이 얕을 때에는 계곡의 물 위를 걸어서 다녀도 되지만 물살이 셀 때는 물살에 떠내려가는 사고도 많아 아주 위험했다. 아침에 해가 뜨기 전에 밭을 모두 간다고 해서 아침가리였다. 모두 떠나고 단 두 가구만이 살고 있는 조경동. 오지 중의 오지였다. 도착하자마자 가게에서 캔맥주를 사서 마셨다. 맥주는 걷느라고 달궈진 몸을 단번에 식혀주었다. 조경동 다리 아래 텐트를 치려고 했으나 아침가리 털보아저씨가 갈렸다. 설악산에도 지리산에도 아침가리에도 털보라는 이름을 가진 이는 살고 있었다. 태풍 예보가 있어서 텐트는 가급적 치지 말라고 했다가, 우리 고집을 꺾기 힘들다고 여겼는지 아저씨네 집 맞은편의 공터에다 치라고 했다.

"폭우경보가 내려서 오늘은 아무도 오지 않을 줄 알았어요."

전쟁이 날 경우 피난지로 정해질 정도로 인적이 드문 이곳에 어느 땐가 사람이 찾아들기 시작했고, 해 뜰 무렵의 환상적인 물안개와 아름다운 계곡이 방송에 나갔고 많은 사람들이 몰려오기 시작하면서 이제는 원주민은 없고 산행객이 더 많은 관광지가 되었다. 그 세월 아저씨가 지켜온 이 작은마을에 이제는 아무도 오지 않는 날이면 쓸쓸하고 외롭고 무서울 것이었다. 차가 들어올 수 있는 길이 있는지 다리 건너편에 지프차가 한대 세워져 있었다.

카레라이스로 간단히 저녁을 먹었다. 바람이 점점 차가워지면서 무거워지고 있었다. 새벽부터 일어나 힘든 길을 걸어서인지 날이 어두워지자마자 각자의 침낭 속으로 파고들었다. 그리고 땅속으로 스며들듯 깊이 잠들었다.

자다가 보니 이상한 소리가 들렸다. 무언가 우두두 두드리는 소리였다. 누가 이 밤중에 깨우는 거야, 라며 다시 잠들려는데 뭔가 이상했다. 빗소리였다. 아주 세찬 빗소리였다. 바람에 텐트가 휘청거렸다. 벌떡 일어났다. 텐트를 열었다. 바람이 비를 몰고 텐트 안으로 들이닥쳤다. 텐트가 더 심하게 흔들렸다. 계곡을 보니 물이 급격하게 불어나고 있었다.

기수야 선희야.

기수와 선희의 텐트가 동시에 열렸다.

텐트를 버리고 배낭 챙기고 등산화 신고 털보아저씨 집으로 들어가.

배낭 안에 침낭과 다른 짐들을 대충 구겨 넣고 아저씨 집으로 일단 뛰었다. 텐트와 매트리스와 타프는 그대로 둔 채였다. 심한 바람과 빗줄기에 텐트는 심하게 휘청거렸다. 털보아저씨도 걱정이 되는지 문을 열고 가게에 나와 있었다. 가게에 딸린 방으로 일단 들어갔다. 잠시 후 후레쉬를 들고 나갔다 온 아저씨는 온몸이 젖어 있었다.

안 되겠어. 비가 금방 그칠 것 같지 않고 이대로라면 순식간에 계곡물이 차오르니까 얼른 짐을 챙겨서 다리 건너에 있는 차로 가. 비옷 뒤집어쓰고 뛰어.

아저씨는 챙겨야 할 게 몇 개 있다며 안채로 들어갔다. 금방 따라올 거라고 말했다. 빗줄기는 점점 더 강해졌다. 계곡물 소리는 이미 어제의 그 소리와는 비교가 안 될 정도로 커져 있었다. 캄캄한 빗속에 배낭을 메고 뛰었다. 나와 기수가 먼저 뛰었고 선희는 비옷을 찾다가 옆에 있는 비닐을 뒤집어쓰고 뒤따라왔다. 아저씨가 준 차 키로 문을 열고 배낭을 뒤쪽 짐칸에 던져 넣고 차에 올라탔다. 금방 온다고 하던 아저씨가 오지 않고 있었다. 후레쉬로 강물을 비추니 이미 다리를 덮을 기세였다. 불과 이십여 분 동안 쏟아진 비였다. 아저씨를 소리 높여 불렀지만 그 소리는 빗소리와 계곡물 소리에 속절없이 묻혀버렸다. 비는 거대한 스펀지로 만든 벽 같았다. 기수가 아저씨를 부르며 문을 열고 달려 나갔다. 선희가 말렸다. 기수는 다리 쪽으로 뛰었고, 잠시 후 모습조차도 보이지 않았다. 선희와 나는 다리 위로 후레시를 비추며 초조하게 기다렸다. 물은 다리 위로 올라오기 시작했다. 다리가 잠기면 큰일이다. 이대로라면 다리가 잠기는 것은 순식간일 것이고 그럼 저 안쪽의 기수와 아저씨는 어쩌란 말이냐. 핸드폰을 꺼내 들었다. 통화가 안 되는 지역이라고 했다. 선희와 나는 차 밖에서 기수와 아저씨를 불렀다. 어둠 속 저편에, 물줄기 저편에, 거대한 강물 저편에서는 아무런 대답도 없었다. 이미 물은 다리를 덮었다. 다리 건너편에서 뭔가 꾸물거렸다. 후레시를 비추니 후레시 속에서 기수와 아저씨가 이쪽으로 오는 것 같았다. 오다 오지 못하고 휘청거리는 듯 불빛과 물빛 속에서 형태가 이리저리 일그러졌다. 그대로 뛰면 올 수 있을 것도 같았다. 그러나 그들은 거기서 더 이상 움직이지 못하고 뒤로 물러났다. 불빛과 물빛을 교차하며 유영하던 그들이 영역 밖으로 사라졌다. 다리 위에서 넘실거리는 물은 차 있는 곳까지 밀고 들어왔다. 물들의 속도는 아주 빨랐다. 목이 쉬도록 기수와 아저씨를 불렀고 저쪽에서도 무어라 소리치는 것 같았다. 그리고 잠시 후 그 소리마저도 들리지 않았다. 물은 다리까지 침범하고 이제 차까지 어찌할 모양이었다. 나는 '산으로 올라가'라고 다리 건너를 향해 소리친 후 차에 시동을 걸었다. 선희가 또 한 번 저쪽을 향해 소리 질렀다. 산으로 올라가! 차에 올라탔다. 다리 양옆으로 가로막아놓은 차폐막 때문에 차를 몰고 다리를 건너 그들을 태워 올 수도 없었다. 그렇다고 진동리나 다른 곳으로 갈 수도 없었다. 상류가 이러하다면 하류인 진동리의 상황은 더 무서울 것이었다. 일단 이 계곡을 되도록이면 멀리 그리고 빨리 벗어나야 했다. 길도 보이지 않았다. 길이건 들이건 물로 흥건했다. 그 물들은 일제히 계곡 쪽으로 방향을 잡고 있었다. 세상이 온통 물로 가득 차 있었고 그 물들은 우르르 우리를 향해 일제히 달려드는 것 같았다. 우리는 물을 뚫고 그 방향을 거슬러 운전했다. 물의 반격은 대단했다. 산란기가 되면 강물을 거슬러 올라와 남대천까지 와서 알을 낳고 간다는 연어도 이렇게 힘들게 죽을힘을 썼겠구나. 운전대를 잡은 손에 핏대가 섰다. 와이퍼가 수시로 움직여도 쏟아지는 빗줄기를 감당하지 못했다. 헤드라이트 불빛 속으로 온통 물로 가득 찬 세상이 보였다 사라졌다 하다가 물결처럼 일그러졌다. 눈물이 나왔다. 어차피 앞이 잘 보이지 않으니 눈물쯤이랴. 기수와 아저씨는 방동 약수터 가는 언덕으로 올라갔을까. 피했을거야, 라고 생각하면서도 지금의 이 상황을 인정할 수 없었다. 내리는 비가 굵기를 줄이기 시작했다. 차를 언덕길 옆에 세웠다. 그쯤이면 물이 아무리 차올라도 안전했다. 선희랑 가늘어진 빗줄기 속에서 조경동 다리 쪽을 바라보았다. 불과 백오십 미터 거리가 아득했다. 거긴 물소리와 빗소리가 만들어낸 지옥 같았다.

 아주 순식간이었다. 세상이 바뀌는 것은. 그러나 아주 긴 시간이기도 했다. 시간 속 어느 부분이 굴곡져 있어서 그곳에 들어가면 시간을 멈추게 하는 그런 공간이 있는 것만 같았다. 이런 적이 또 있었다. 지하철에서, 생각에 빠져 있다가, 열려진 문으로 고요함을 뚫고 갑자기 몰려오는 지하철 소음에 화들짝 놀라 역 이름을 확인하면 겨우 한 정거장밖에 오지 않았다. 한 정거장 달려오는 동안에 이제까지 살아온 전 인생을 통틀어 생각하고 고민하고 추억하며 오고갔는데 그 시간이 겨우 2분이었다. 나는 그 짧은 2분 동안 어느 허공을 떠돌다 온 것일까. 내가 알지 못하는 또 다른 차원의 시간이 있을지도 모른다고 생각했었다. 저 역과 이 역의 어디쯤에 블랙홀 같은 공간이 있어서 거기서 한참을 떠돌다가 다시 이 자리로 돌아왔을 거란 확신, 마치 장축 버스가 길이를 줄였다 늘였다 하는 것처럼 시간도 그런 기능이 존재하는 곳이 분명히 있을 거라고. 그렇지 않다면 이 어마어마한 일이 이 짧은 순간에 어떻게 일어날 수가 있다는 말인가. 속수무책으로 앉아 있다가 밤을 보냈다. 몸은 무겁고 젖은 옷 때문에 무서웠지만 다시 비가 쏟아질지도 모르고, 기수가 저 비를 뚫고 달려올지도 모른다는 생각에 비와 물만을 노려보면서 밤을 보냈다. 비는 약한 줄기로 밤새 그르릉거리다가 새벽녘에야 그쳤다. 눈이 쌓인 길을 운전하던 사람이 눈길이 끝날 즈음에 느끼는 안도감 같은 가늘고 긴 숨을 내쉬었다.

잠깐 졸았던 것 같다. 햇살에 눈이 떠졌다. 평소처럼 일어났는데 차 안이었다. 엊그제 일을 잊고 있었는데 가슴이 터질 것처럼 아팠다. 터무니없게도 해가 너무 맑게 떠 있었다. 선희도 뒷자리에서 웅크리고 잠들어 있었다. 차 문을 열고 나가니 산에서 끊임없이 내려오던 물들이 이미 다 빠져 있었다. 차는 산길로 올라가는 아래쯤 세워져 있었다. 둘이 쓸고 내려온 흙들이 차 바퀴의 반을 메꾸었다. 선희를 깨우고 천천히 다리 쪽으로 갔다. 계곡의 물소리가 점점 크게 들렸다. 그 소리는 바로 옆의 선희의 곡소리를 흐물흐물 먹어치웠다. 다리 가까이 가자 더 이상은 갈 수가 없었다. 계곡물은 다리뿐만 아니라 아저씨 집까지 일부 점령해 있었다. 물속으로 한 발 내디뎠다. 건너갈 정도면 건너갈 생각이었다. 물살이 생각보다 강했다. 한 발 더 내디디니 휘청거렸다. 나는 다시 뒤돌아 나왔다. 겉에서 보기엔 고요해 보여도 물속은 무언가 강한 바람으로 물을 다그치듯 내 발목을 휘감아버렸다. 여기도 이런데 중간쯤에서는 순식간에 물살에 휘감기고 말 것이었다. 낮아진 아저씨네 지붕을 멀리서 바라보니 아저씨와 기수 생각에 욱하고 무언가 뜨거운 것이 올라왔다. 기수야. 아저씨. 아무리 불러도 조용했다. 목소리만 계곡물 속에 곤두박 칠 뿐이었다. 마음도 눈도 세상도 물에 젖어 온통 다 눅눅했다.

다리를 건너지 않고 가는 방법을 생각했다. 차를 운전해서 일단 방동 약수터로 가보기로 했다. 왼편으로 길이 보였다. 약수터에서 정상까지는 차가 올라갈 수 있으니 정상 주차장에 차를 세우고 한 시간 반쯤 내려오면 다리 건너 아저씨네 집에 도착할 수 있었다. 꼬불거리는 길을 따라 방동 약수터로 가는데 어젯밤의 폭우로 군데군데 산길이 패어 있었다. 그러더니 급기야 커브 길에서 길이 무너져버린 곳 앞에 차가 멈추었다. 길까지 막혔다. 앞으로 갈 수도 뒤로 돌릴 수도 없었다. 후진으로 가기에 산길은 너무 위험했다. 하는 수 없이 차를 포기하고 선희와 둘이 배낭을 메고 걸었다. 이 길 따라 걸으면 마을이 나타날 것이고 그럼 구조요청을 할 수가 있다. 전화기를 꺼내 전원을 켰다. 여전히 서비스 불가지역이라고 떴다. 다시 전원을 껐다. 이 상태에서 휴대폰 밧데리까지 방전되게 할 수는 없었다. 수시로 전원을 켜서 확인하면 될 터였다. 선희와 나는 무작정 길을 따라 걸었다. 오르막내리막이 끝없이 반복되었으나 차가 오르내리는 길이라 산행보다는 힘들지 않았다. 아무리 걸어도 동네는 나오지 않았다. 이런 길이 있다는 말을 들어보지도 못했다. 걸으면서도 이 길을 따라 오히려 깊은 산속으로 들어가게 될까 걱정되기도 했으나 물이 세차게 흐르는 계곡이 아니라면 괜찮을 것 같았다. 검은 구름이라도 지나가면 겁이 나기도 했다. 검은 구름에서 쏟아지던 어젯밤의 빗줄기는 폭발적이었다.

그늘에 앉아 배낭을 열었다. 방수가 되는 배낭이라 안에 있는 물품들은 젖지 않았다. 그러나 음식물들은 텐트 안에 꺼내 놓았기 때문에 먹을 것이 없었다. 어제저녁 이후 아무것도 먹지 않은 터라 배가 고프기 시작했다. 건빵 한 봉지가 잡주머니 안에 들어있었다. 선희랑 반을 나누어 먹고 반은 접어서 다시 배낭에 넣었다. 선희 배낭에도 먹을 게 없기는 마찬가지였고, 지금 이 길이 언제 끝날지 알 수 없었기에 건빵을 다 먹을 수는 없었다. 전혀 가늠할 수 없는 길. 더군다나 핸드폰도 불통이다. 마을을 만나기 전에 어두워지면 큰일이었다. 선희는 종일 아무 말도 하지 않았다. 그냥 내 뒤를 묵묵히 따라왔다. 걷고 또 걸어도 마을은 나오지 않았다. 금방 나올 것 같았던 진동리라는 마을은 우리랑 숨바꼭질하듯 숨어있었다. 이정표도 없는 산길이었다. 해는 벌써 질 기세로 빛이 길게 그림자 밖으로 비켜나기 시작하는데 몸은 점점 지쳐가고 있었다. 더군다나 완만한 오르막이 계속되고 있었다. 해가 막 서산으로 질 무렵 오르막의 끝에 도착했다. 높이를 가늠해보니 8부능선쯤 되는 것 같았다. 오르막의 끝은 당연히 내리막의 시작일 것이라 생각했는데 그건 오산이었다. 길은 거기서 끊겨 있었다. 길을 내는 공사를 하다 중단한 듯 여기저기 돌덩이들이 굴러다니고 있었다. 여기가 어디쯤인지 알아야 할 것 같았다. 정상으로 올라가 보기로 했다. 그곳에 가면 여기가 어딘지 위치를 파악할 수 있을 것 같았다. 길이 없는 풀숲을 헤치며 올라갔다. 중간중간 무너져 내린 흙더미가 보였다. 버티다 손을 놓아 버린 존재의 처절함처럼 돌더미와 뿌리 드러난 잡풀들이 흙덩이에 섞여 흩어져있었다. 어제 내린 폭우 때문이었다. 차츰 조망이 보이기 시작했다. 해가 서산으로 넘어가고 있었다. 이 절박해 보이는 순간의 일몰이 이렇게 아름다울 수가 있다니. 차를 버리고 걸으면 오늘 안으로 마을로 통하리라고 생각하고 걸었는데 이렇게 산꼭대기에서 해가 넘어가는 것을 보고 있으니 후회되기 시작했다. 차를 버리고 오지 않았다면 날이 어두워져 산속에서 지내는 밤이 이렇게 두렵지는 않을 것이었다. 산이 겹겹이 쌓여있는 것이 보일 뿐 민가라고는 찾아볼 수 없었다. 단지 저 멀리 작게나마 호수인지 저수지인지가 보였다. 호수 주변이라면 머지않아 마을이 있다는 거였다. 그렇다면 저쪽으로 방향을 잡아 내려가면 되었다. 해가 지면서 급하게 어둠이 몰려오기 시작했다. 주변을 둘러보니 큰 바위가 있었고 마침 그 아래 공간이 있었다. 싸리나무 가지를 자르기 시작했다. 바위 아래 바닥에 싸리나무 가지를 폈다. 칡넝쿨 가지를 잘라 싸리나무 가지를 묶었다. 여름이라지만 산속의 밤은 추웠다. 싸리나두 가지로 울타리를 만들어 양옆을 가리고 나니 하룻밤 지낼 비트가 만들어졌다. 배낭을 내리고 웃가지들을 꺼냈다. 서울에서 입고 출발해서 종일 몸의 땀을 먹은 땀내 나는 등산복은 어제저녁 텐트에서 갈아입고 넣어둔 옷들이었다. 옷들을 펴니 싸리나무 가지의 까칠함이 좀 덜해졌다. 선희를 앉히고 내가 앉았다. 그리고 반 봉지 남은 건빵 중에서 반을 남기고 둘이 나누어 먹었다. 선희는 여전히 말이 없었다. 어둠이 찾아든 바위 밑은 침침하기까지 했다. 위에서 물방울들이 똑똑 떨어졌다. 거기에 컵을 가져다 놓으니 한참 만에 물이 고였다. 선희에게 물을 마시라고 컵을 내밀었다.

"기수는 어떻게 되었을까?"

선희는 기수 생각을 하면 가슴이 먹먹한지 다음 말을 잇지 못했다.

"기수는 무사할 거야."

휴대폰의 전원을 켰다. 여전히 통화 불가 지역이었다. 기수와 털브아저씨의 조난 구조 신고를 위해 필사적으로 걸었는데 결국 산 위에 올라와 있다. 기수도 궁금했지만 선희와 나도 조난자 명단에 올라가 있을지도 모른다. 선희는 오늘 하루 종일 몇 마디 밖에 말을 하지 않았다. 무슨 생각을 하고 있는 것일까. 아침가리로 비박을 떠나자고 한 스스로를 탓하는 것일까. 태풍이 온다는 데도 계획을 감행한 나의 오만방자함을 원망하고 있을까. 산속의 어둠이 짙어지기 시작했다. 고요한 산속에서 무슨 소리인가 들려오다가 멈추었다. 나뭇가지 스치는 소리에 깜짝 놀라고 무언가 지나가는 소리에 숨죽이고 앉아 그 소리가 멀어지기만을 기다렸다. 길고 긴 어두운 밤이 지나가고 있었다.

배낭에 비스듬히 기대어 졸다가 눈을 떠보니 아침 해가 떠오르고 있었다. 해는 정면으로 우리가 앉아 있는 바위 아래를 비추었다. 물이 떨어지는 곳에 놓은 시에라 컵에 물이 고여 넘쳤다. 남은 건빵을 꺼내 먹고 그 물을 마셨다. 오늘은 어떻게 하든 마을로 내려가야 했다. 배낭을 메고 출발을 했다. 이틀 동안 먹은 것이 없어 다리에 힘이 풀렸다. 어제 보았던 호수 쪽으로 방향을 잡아야 했다. 일단은 어제 길이 끊겼던 위치까지 내려갔다. 다행히 바위가 많지 않아 위험구간은 없다 해도 어떤 길이 앞에 나올지 모르기 때문에 신발을 고쳐 맸다. 젖은 등산화를 하루 종일 신고 걷느라 발은 벌써 퉁퉁 부어 있었다. 길이 끊겼던 자리에서 호수 쪽으로 방향을 잡아 직진으로 내려갔다. 이젠 계곡에도 물이 많이 줄어들었을 것이기에 계곡을 만난다 해도 반드시 건너갈 방법이 있을 것이라 생각했다. 가파른 내리막길에서는 미끄러지기도 하고, 풀숲을 헤치며 한참을 내려오니 또다시 앞에 자그마한 산이 나타났다. 휴대폰은 여전히 불통이었다. 작은 산을 넘었다. 작은 산은 수풀도 많지 않아서 걷기에 수월했다. 아무도 왔을 것 같지 않은 첩첩산중에도 누가 언제 다녀갔는지 작은 길들이 나 있었다. 그 길. 사람의 흔적. 단지 그것만으로도 안심이 되었다. 삶으로 점점 다가가는 느낌이었다. 그 작은 산을 넘어가자 제법 넓은 초원이 나타났다. 개망초꽃들이 흐드러지게 피어있었다. 선희는 개망초꽃 속에서 잠깐 웃었다. 휴대폰 전원을 켜 보았다. 아주 작게나마 신호가 잡히고 있었다. 잠시 후 그동안 걸려온 수많은 부재중 전화들이 한꺼번에 울렸다. 휴대폰 화면에 뜨는 부재중 전화 중에 기수의 전화가 수십 번 찍혀있었다. 모르는 전화가 몇 개, 엄마의 전화 역시 기수만큼이나 많았다. 선희가 울었다.

"기수가 무사했어."

전화가 터진다는 것은 머지않은 곳에 사람이 살고 있다는 뜻이었다. 우리가 살 수 있다는 거였다. 기수가 거기 어디선가 우리를 우리처럼 애타게 걱정하며 찾고 있다는 거였다. 선희와 나는 개망초 꽃밭을 헤치며 부지런히 걸었다.

비너스

목소리가 들린다. 멀리서부터 시작해서 아주 가까이로 또는 가까이에서 멀리로 멀어졌다 가까워졌다를 반복한다. 목소리 따라 빠져드는 다른 세상 속으로 끌려 들어가지 않기 위해 고개를 흔들어 털어낸다. 묶어 올린 머리채가 이마 양옆을 번갈아 친다. 배낭에서 장비를 꺼낸다. 맨 아래쪽에 넣은 하네스가 오늘따라 무겁다. 하네스를 허리에 두르는 손짓도 무거운 건 마찬가지다. 옆에서 A가 배낭을 열어 헬멧을 꺼낸다. 헬멧을 들고 한 바퀴 살피더니 그것을 배낭 옆에 고정시킨다. 이번에는 하네스를 꺼내 손에 들고 펼쳐놓은 보자기 위에 올려놓는다. 잡주머니에서 장비를 꺼내어 하나하나 보자기 위에 순서대로 나열한다. 잠금비너, 비너, 퀵도르, 확보줄, 그리

그리, 팔자 하강기, 초크통…

위를 올려다본다. 우리가 올라가야 할 길이 버티고 서 있다. 순해 보이네. 입속으로 중얼거린다. 시선이 바윗길을 따라 위로 올라간다. 중간에 가로막고 있는 커다란 바위 때문에 악명 높은 4피치는 보이지 않지만 저 위 이 길의 이름을 만들어내게 한 그녀의 뒷모습은 희미하게 보인다. 왜 굳이 이 길을 첫 선등 등반지로 선택했을까. 우리 팀이 늘 오르내리던 수리봉의 그 많은 길들을 두고, 인수봉 선인봉의 편안한 길들을 외면하고, 까다롭고 어려운 이 바위를 택한 이유가 무엇일까.

동이 터온다. 빛이 바위에 반사된다. 빛과 바위가 만나면 황금빛으로 변한다. 눈을 가늘게 뜨고 그 광경을 바라본다. 늘 보는 것이지만 볼 때마다 영혼까지 벌겋게 달아온다. A가 자일을 팔자로 매듭을 만들어 잠금 비너에 묶는다. A가 묶은 자일을 끌어당겨 그리그리에 장착한다. 내가 자일을 잡아당기자 그의 허리춤이 살짝 꺾여진다. 줄은 느슨하나 그 줄 사이에 버티고 선 긴장감은 틈 없이 팽팽하다. B는 준비를 마치고 커피를 마신다. 시에라 컵의 커피를 마시며 올라갈 바위를 읽는 그의 뒷모습에서 염려스러움이 느껴진다. 잠시 후 벌일 치열함까지 보인다. A가 내 쪽으로 고개를 돌려 내 아래위를 훑는다. 하네스, 퀵도르, 비너, 그리고 하강기, 헬멧. 나는 고개를 끄덕인다. 끄덕이며 말한다 속으로. 지금이라도 늦지 않았어. 포기하겠다고 말해. 다른 바윗길로 가자고. 소리 없는 내 말을 그가 못 들었을 리 없건만 그는 몸을 돌려 바위를 향해 선다. 그 뒤로 길게 자일이 늘어져 있고 그 줄의 중간쯤에 내가 묶여 있다. 그 줄의 저 맨 끝에 있는 것은 무엇일까. 그가 바위에 한발 가까이 다가서서 초크통에 손을 집어넣는다. 꺼내어 탁탁 비벼 터는 그의 손에서 초크가 하얗게 날린다. 싸락눈처럼. 현기증이 난다. 눈을 감았다가 뜬다. 장갑을 끼고 자일을 손에 감는다.

출발!

낮으나 단호하게 그가 시작 신호를 보낸다. 난 발에 힘을 주고 몸의 중심을 잡은 후 그의 허리에 매듭지어진 자일을 잡는다. 그가 천천히 오르기 시작한다. 울산바위의 비너스 1피치. 조심스러운 평지 걸음처럼 가볍게 발을 옮긴다. 손으로 홀드를 찾고 발을 올리고 몸을 들어 올린 다음 다시 손으로 바위를 잡는 모습. 춤추는 것처럼 가볍지만 내 손엔 벌써 힘이 들어간다. 해가 눈에 걸린다. 미리 선글라스 쓰지 않은 것을 후회한다. 눈을 깜박인다. 질긴 해는 그래도 떨어지지 않는다. 눈을 깜박이는 사이 A의 자세가 흔들린다. 처음부터 흔들리면 안 되지. 중얼거릴 사이도 없이, 생각할 사이도 없이 자일 저쪽 끝의 떨림을 재빨리 감지하고 줄을 당겨 그의 흔들림을 잡는다. 다행히 그는 내가 당기는 줄의 힘에 의지해 발란스를 잡는다. 긴장을 하면 흐르는 땀. 손이 장갑 속에서 젖는다. 드디어 A가 볼트에 확보를 하고 고개를 돌려 나를 내려다본다.

완료!

1피치가 끝났다. 나도 A도 내 뒤에서 팔짱을 끼고 무심한 듯 A의 동작 하나하나를 살펴보던 B도 긴장을 푼다. 긴장을 푼 잠시 동안의 시간이 영원하길 바랄 만큼 바위를 오르는 동안의 숨 막히는 시간을 피하고 싶다. 피하고 싶지만 피할 수 없는 것을 중독이라 불러. A가 한 잔 술이 들어가면 하는 말이다. 이제 내가 올라야 할 차례다. 또 목소리가 들려온다.

그녀가 내게 전화를 걸어온 것은 모임이 늦어져 지하철을 놓쳐버린 어느 늦은 가을이었다. 어둠을 비집고 들어서서 불을 켜고 옷을 갈아입으려는데 벨소리가 들렸다. 휴대폰을 집어 들고 그대로 침대에 누워 전화를 받았다 그 전화를 받은 후 무엇에 홀린 듯 멍해져서 옷을 입은 채 씻지도 못하고 뒤척이다가 잠에 들어버렸다. 그렇다고 해서 그녀가 이상한 말을 내게 했던 것은 아니었다. 곰곰 생각해보면 그냥 평범한 단어의 나열일 뿐이었다. 흥분하거나 사람 심기를 건드리는 목소리가 아닌 그냥 나직한 목소리였다.

 암벽 하시는 정이 씨죠? 여쭈어볼 것이 있어서 전화드렸어요.

 이런 전화를 받으면 누구에게 내 번호를 물어보았느냐고 묻는 것이 순서인데 난 그러지 않았다. 아니 물어보지 못했을 것이다. 느릿느릿하면서도 약간 허스키한 목소리에, 끝에서 두 번째 낱말을 길게 늘인 다음 끝을 살짝 올리는 그녀의 말투에는 그냥 예! 하게 하는 무언가가 있었다.

 통화할 수 있을까요?

 옷을 갈아입지도 못했고 맥주 몇 잔이 아직도 소화되지 못한 상태에서 난 괜찮아요, 라고 말하고 말았다. 간혹 신입 남자 회원들이 호기심에 전화를 걸어 물어본다고 해놓고 농담이나 하는 경우도 있었으나, 전혀 모르는 여자 회원이 전화를 걸어온 것은 처음이었다. 그녀가 우리 회원이라고 말한 적은 없었는데도 난 그냥 우리 회원이라고 단정해 버렸다. 그렇지 않다면 이 늦은 시간에 내게 전화를 걸어올 리가 없으니까. 이 늦은 시간에 전화를 걸어온 그녀를 나는 아무런 경계도 없이 그냥 전화선 이쪽 내 세상 속으로 받아들이고 있었다.

 암벽을 하겠다고 하니까 어떤 분이 정이 씨를 소개해주셨어요. 가장 정확하게 알려주실 거라고요.

이런 말을 하는 낯선 여자에게 당연히 누가 소개했느냐는 질문을 했어야 했다. 그런데 나는 그 말을 건너뛰었다. 취해서만은 아니었다. 누가 소개해 주었는지를 굳이 알지 않아도 그녀는 무수히 많은 우리 회원 중의 한 명일 테니까. 내가 속한 동호회는 인터넷 사이트로 이만 명의 회원이 등록되어 있었다. 역사를 공부하는 역사 탐방팀, 해외 여행만 다니는 해외여행팀, 전국의 산을 오르는 산행팀, 골프팀, 탁구팀, 히말라야팀… 나는 그중 암벽팀에서 가장 활발하게 활동하는 회원 중 한 명이었고, 그중 몇 안 되는 여자였고, 세컨 빌레이를 잘 보기로 유명했기에 내 전화번호를 알고자 한다면 얼마든지 알 수 있는 일이었다.

암벽 장비는 있어요?

아니요. 무엇을 준비해야 하는지도 모르고, 음, 또, 제가 잘할 수 있을지도 모르고…

길게 늘어뜨리는 말투에 그럼 암벽 장비부터 준비하시죠, 하고 끊어버리고 싶었으나 생각과는 달리 장비 준비하는 것이 번거로우시면 일단은 이번 주말 수리봉으로 열 시까지 올라오라고 말해주었다. 그녀는 여 수리봉… 하고 봉을 길게 늘어뜨리며 전화를 끊었다. 수리봉을 아는지 물어보지도 않고 오라고 말한 것이 좀 마음에 걸렸으나 곧 잊어버리고 말았다.

비너스 95

그리고 주말에 혹시나 올까 기다렸지만 그녀는 수리봉에 나타나지 않았다. 그리고 그냥 어느 저녁의 사소한 일상사로 잊혀지고 있었다. 그녀는.

완료!
A가 재촉한다. 초크 묻은 손을 바위에 턴다. 바위가 하얗게 술렁거린다. 바위가 날 밀어내지 않길 간절히 바라며 첫 홀드를 잡는다. 비교적 넓은 크랙. 미끄럽지도 않다. 악명 높은 바윗길에 대한 긴장감이 한발 한발 내디디며 느슨해진다. 마치 햇빛에 무너지는 어둠 같다. 바윗길이 어려울수록 이름은 아름답다. 인수봉의 빌라길이 그러하고 여기 울산바위의 비너스길이 그러하다. 쌍볼트에 확보를 한다. 드디어 1피치를 마쳤다.
A가 바라본다.
할만하지?
말은 없어도 그 눈빛의 언어를 나는 안다. 확보줄을 통해 나와 바위를 굳게 연결해 주는 볼트가 녹슬어 있다. 녹슨 볼트는 녹슬기 이전의 빛나던 날들을, 수많은 낮과 밤과, 수없이 많이 흩날렸을 눈과 비와, 많은 바위꾼들의 땀과 숨소리와 함께 녹아든 세월들을 침묵으로 말한다. 퀵도르를 볼트에 건다.

퀵도르어 달려 있는 그리그리에 줄을 장착하고 줄을 한번 당겨 본다. 완료! 신호를 보낸다. 출발! B가 바위에 붙었다. 그와 나의 간격이 좁아지기 시작한다. 줄어드는 거리만큼 줄을 당겨 올린다. 그의 동작과 동시에 줄을 잡아당겨 그와 나 사이에 연결된 줄이 팽팽해야 한다. 단순한 그 동작은 바위꾼에게 매우 기본적인 것이긴 하지만 생명과 직결되어 있는 아주 중요한 작업이다. B는 오래된 바위꾼답게 능숙하게 올라온다. 내 양손이 그 빠른 속도에 맞추느라 바쁘다. 어깨가 뻐근해져 온다. A는 간혹 헷갈리는 루트를 알려준다. 목소리가 갈라져 있다. 선등자의 칼날 같은 신경줄이 목소리에 닿아 있다. B는 아이거 북벽에 오르는 게 꿈이다. 영화 노스페이스를 본 이후라고 했다. 아이거 북벽. 노스페이스. 토니쿠르츠. 그리고… 죽음. 흐르던 눈물. 아이거 북벽과 동시에 스치고 가는 단어들이다. B에게 맨 처음 그 얘길 들었을 때 우린 웃었다. 감히 거길? B는 쉬는 날이면 어김없이 자일 메고 바위에 오르고, 겨울이면 거대한 얼음벽에 붙었다. 눈이 오면 수리봉의 바위 위에 쌓인 눈을 빗자루로 쓸어내리고 올라갔다. 그 모습을 몇 년간 우린 보아 왔다. 변함없는 아이거 북벽에의 그 꿈도 귀가 아프도록 들었다. B의 암벽 실력은 하루가 다르게 좋아졌다. 차차 그 꿈이 터무니없지만은 않은, 언젠가는 그곳으로 향하는 비행기에 앉아 있을 그 모습을 우리는 자연스럽게 그리게 되었다. B가 올라와 확보를 한다. 숨소리의 고도가 높다. 나도 퀵도르를 하네스에 건다. 저 아래 한 무리의 사람들이 도착했다. 열 명 가까운 사람들이다. 조금만 우리가 늦었어도 그들에게 이 바위를 내주고 그 많은 사람들이 다 오르도록 멀뚱히 순서를 기다려야 했을 것이다. 우리 팀이 세 명인 것이 그들에겐 다행이다. A가 오를 준비를 한다. 나도 그에 맞추어 빌레이 준비를 한다. 선등 빌레이를 세컨이라 부른다. 선등 빌레이는 암벽 팀 중 가장 바쁘다. 선등자를 올려보내자 마자 뒷사람을 끌어 올려야 한다.

그녀가 수리봉에 나타나지 않은 이후 이상하게도 자꾸 생각이 났다. 그녀와 여러 번 통화를 한 것도 아니고, 통화의 내용이 기억에 남을 만큼 강렬하거나 인상적인 것이 없었는데도 불구하고 생각나는 이유가 뭘까. 그러다가 그녀의 전화가 걸려왔다. 지난번처럼 이른 저녁도 아니고 늦은 시간도 아닌 어중간한 시간이었다. 전화벨 소리가 울리자마자 그녀일 거라고 직감했다. 그녀의 전화를 기다렸던 것처럼 서둘러 전화를 받았다. 기억하시는지 모르겠어요. 지난번 전화 걸었던 사람이에요. 굳이 그녀가 본인을 밝히지 않았다 해도 끝에서 두 번째 낱말을 길게 늘이고 끝마디를 살짝 올리는 말투와 목소리로 그녀라는 걸 알 수가 있었다. 그만큼 그녀의 말투와 목소리엔 그녀만의 색깔이 있었다. 뭐랄까 사람 마음속으로 파고드는 힘 같은 거.

예 알아요. 왜 주말에 안 오셨어요? 장비 때문에 안 오셨던 거예요? 오시면 저희에게 여분이 있으니 빌려드릴 수도 있는데…

장비 때문에 안 간 건 아니구요… 아 참 저 장비 샀어요. 초등학교 동창생과 통화를 하다가 암벽을 해야겠다고 말을 했더니 같은 사무실 선배가 암벽을 한다는 거예요. 본인도 암벽에 대하 권유를 받아서 지금 관심을 갖고 있다고 하면서 사무실로 오면 선배의 조언을 구할 수도 있고, 장비 사는 데 동행할 수도 있다고 하길래 광화문에 있는 동창생 사무실로 갔죠. 7층에 있는 그 아이 사무실에서는 광화문 광장이 다 보여서 좋겠다고 했더니 주말마다 열리는 촛불 시위를 구경할 수 있는 것은 좋더라, 하고 말하는 거였어요. 취재하러 가든, 촛불을 들든 그 속에 들어가야 하는 거 아니니 말했더니 그쪽 취재 기자는 따로 있으니, 우린 그냥 보기만 해야 한다고 말하더라구요. 그런데 암벽 한다는 선배가 급한 취재 때문에 외근을 나갔대요. 선배가 오길 기다려 같이 장비를 사러 나갈까 아니면 우리끼리 갈까 하다가 그냥 우리끼리 갔어요. 종로5가역 5번 출구 역에서 20미터 직진하다가 좌회전을 하니 선배가 알려준 골목이 나왔어요. 등산용품 가게가 양쪽에 늘어서 있었는데 처음 보는 브랜드들의 상호가 유리에 프린팅되어 있더라구요. 백화점에서만 등산복이나 장비를 판다고 생각했었는데 많이 놀랐죠. 골목을 한두 번 오머가며 어디로 들어가야 할지 둘이서 두리번거리며 구경하고 있는데, 입구 쪽의 가게에서 키가 크고 덩치 좋은 30대 중반의 남자가 무엇을 찾느냐고 물었어요. 제가 암벽 장비를 보려고 한다고 했더니 들어와 보라는 거예요. 아무리 보아도 세 평은 넘지 않을 것 같은 가게였어요. 옷하고 몇 개의 배낭만 걸려 있는데 암벽 장비는 없을 거라고 생각해서 들어가지 않고 머뭇거리는데, 웃으면서 2층에 장비가 있다고 했어요. 그의 말대로 겉보기와는 달리 매장보다 더 큰 창고가 뒤에 있었고, 2층에는 1층 매장의 두 세배쯤 되는 공간에 생전 처음 보는 장비인지 기구인지가 가득 채워져 있었어요. 마치 호리병 같았어요. 누가 사용할 거냐고 묻기에 제가 쓸 거라고 했어요. 암벽 처음이시죠? 또 물어서 이번에는 가만히 있었더니 일단은 배낭이 있어야 한다면서 회색과 **빨간색**이 적절히 조화를 이룬 마치 딱정벌레처럼 생긴 배낭을 꺼내는 거예요. 하네스라는 것과 그리그리라는 것과 비너 등등 꼭 필요하다는 것들을 그 남자는 내놓았고, 아무것도 모르는 우린 그냥 예, 예 하며 보고만 있었죠. 사용법을 말해주는데 우린 그가 하는 말들을 이해하지 못했어요. 그다음에는 신발이 필요하다고 했어요. 마치 타이즈처럼 신으면 착 달라붙는 신발을 이것저것 신겨보더니 235를 신으면 맞겠네 하는 거였어요. 그러다 창고로 가서 뒤적뒤적 거리다가 신발 하나를 가지고 나오더니 처음이니까 너무 작은 것을 신으면 발이 아플 수도 있으니 일단 240을 신으라고 말했어요. 전 역시 고개만 끄덕였죠. 그것들을 바낭에 차곡차곡 넣으면서 계산기를 두드리는데 계산기 숫자가 기하급수적으로 올라가요. 겁이 났어요. 그 숫자에. 주인인지 점원인지 알 수 없는 그 남자의 말로는 아직 사야 할 것이 많은데 그것들은 암벽을 하면서 서서히 사도 된다고 했어요. 지금 산 것만 해도 제 경제력으로는 벅찬 금액인데 또 사야 한다니… 전 호기롭게 준비해 간 10만 원짜리 수표 열한 장을 건네주고 몇만 원을 거슬러 받았어요. 배낭을 들었는데 무겁더라구요. 동창생에게 메라고 하고 신나서 그 가게를 나와 등산복점 골목을 걸어갔어요.

그때 다른 전화가 걸려온다고 휴대폰이 덜덜… 덜덜… 진동으로 울렸다. 다음에 수리봉에서 만나서 이야기하고 끊자고 말하려 하는데, 그녀가 계속해서 말을 이어나갔다. 그러다가 전화를 끊을 타이밍을 놓쳤다. 이야기도 모퉁이를 돌아서 있어서 타이밍을 놓치면 끊을 수 없는 법이다. 누군가의 전화 받는 것을 포기하고 그녀의 이야기를 들었다. 네! 네! 하면서 커피 메이커에 필터를 끼웠고, 그랬어요? 하면서 생수를 넣었고, 마음에 들었으면 잘 된 거죠, 하면서 머그잔에 커피를 부었다. 커피를 마시며 난 그녀의 이야기를 들었다.

　마침 취재 나간 선배가 일을 마치고 종로로 오고 있대요. 그 골목의 중간쯤, 시장으로 들어서기 전의 코너에 있는 맥줏집으로 들어갔어요. 그 맥줏집의 손님들은 거의 등산복을 입고 있었어요. 어느 팀은 산에서 막 내려온 차림의 사람들도 있었어요. 그들처럼 산악인의 대열에 낀 듯 뿌듯한 마음으로 맥주를 들이켰죠. 키가 큰 동창생의 선배가 들어왔어요. 선배가 장비들을 꺼내 이것저것 보더니 어디서 샀어? 묻더군요. 저 입구에서 샀어요, 그랬더니 짜식 재고 정리했구먼, 말하더군요. 무슨 뜻인지 알았지만, 그리고 기분이 좋지는 않았지만, 이미 지난 일인걸요. 이미 돈까지 냈는데 어쩌겠어요. 선배가 장비턱을 내야 한다는 거예요. 그래야 하는 거예요? 턱 내겠다는 제 말에 맥주는 적당히 마시고 밥을 먹으러 갔어요. 술을 마시려면 일단 밥을 먹어야 한다고 제가 우겼죠. 세종문화회관 옆에서 김치찌개를 먹으며 소주를 마셨어요. 그리고 그 옆에 다락이라는 맥줏집으로 갔죠. 손님이 모두 남자였어요. 주방을 중심으로 빙 둘러선 바에 열 명쯤의 손님들이 다닥다닥 앉아 있는 아주 작은 가게였어요. 주인아줌마는 오십 대 후반의 마른 아줌마였는데 예쁘지도 않고 친절하지도 않고 말솜씨가 좋은 것도 아닌데 종업원도 없이 혼자 장사를 하고 있었어요. 무슨 힘으로 깐깐해 보이는 이 남자들을 끌어모았는지 참 궁금할 정도로 허름한 가게에 나이 든 여주인에 술값은 왜 그렇게 비싸던지… 근지 모든 남자들과 아주 오랜 친구처럼 동생처럼 지냈어요. 동창생이나 선배나 그 여자를 누나라고 불렀어요. 불친절한 그 여자를 맘에 들지 않아 했더니 동창생이 저 누나도 여자 손님 싫어해, 했어요. 빙 둘러앉은 손님들이 모두 웃었어요. 손님을 가려서 받기 때문에 지금 여기 있는 손님들은 거의 언론계나 고위직 공무원이라고 갈하면서 너 혼자 오면 절대로 들어올 수 없는 곳이래요. 여주인을 다시 바라봤죠. 갑자기 멋져 보였어요. 나이 든 그 아줌마가.

  아 내가 너무 말을 많이 했나 봐요. 장비를 사면 한 턱 내야만 하는 거냐고 물어본다는 게 이렇게 길어졌네요. 나는 그녀의 장비 산 이야기를 다 들었다. 재미있는 척하며 들었던 게 아니라 진짜로 재미있었다. 잔잔하게 그 저녁의 이야기를 말하는 그녀의 이야기가 그리고 장비를 처음 손에 들고 신기하게 바라봤을 모습이 눈에 보였다. 이번 주말에는 그 재고 정리 당한 장비를 들고 수리봉으로 올라오라고 말하고 전화를 끊었다. 전화를 끊고 화장대 앞에서 머리를 빗다가 그녀와 통화한 이야기를 떠올리며 또 피식 웃었다.

2피치의 시작이다. 직선 크랙. 홀드도 좋다. 힘들면 몸을 부벼 올라가면 된다. 직선은 바위 위에서도 편하다. 굽이지지 않아 잘 보인다. 위험도도 훨씬 덜하다. 커다란 확보 지점이 나온다. 2피치 테라스다. 1피치 테라스와는 달리 넓다. 비가 와도 끄떡없을 만큼 깊기도 하다. A는 아직까지는 잘하고 있다. 이미지 트레이닝을 많이 했을 것이다. B까지 세 명 모두 오르고 나니 A가 잠시 쉬자고 한다. 나를 위한 배려다. 선등 빌레이의 긴장이 풀리기도 전에 후등 빌레이를 연달아 봐야 하는 나의 여유 없음이 안쓰러웠나보다. 1피치의 볼트와는 다르게 여기는 꽤 넓다. 확보를 풀고 한 발자국 옮겨 고개를 내밀어 풍경을 보려는 나를 B가 깜짝 놀라며 야단친다. 여기는 까마득한 낭떠러지 위야. 얼른 확보줄을 볼트에 건다. 땅 아래에서는 작은 돗자리 한 개 정도의 넓이일 뿐인데 바위 위에서는 운동장이라 여긴다.

화채 능선이 오락가락한다. 몇 년 전 아주 더운 여름날 오색에서 대청봉을 향해 혼자 오르다가 대청봉 직전 오른쪽으로 불빛이 반짝이고 있었다. 내가 아는 길이 아니라 어딘지 궁금해 무조건 진로를 틀어서 들어선 곳이 화채능선이었다. 중간에 불빛을 놓쳐 길을 잃었다. 백미터 달리듯 달려 불빛의 사람들을 만났고 그 사람들 중의 하나가 A였다. A는 대학 산악부 친구들과 같이 산행을 하고 있었고, 그게 계기가 되어 A의 친구들 대열에 합류하여 산에 오르다 보니 A를 따라 암벽에 입문하게 되었다. 내가 A의 등을 툭 치며 눈짓으로 화채능선을 가르키니 그가 씩 웃었다. 그때만 해도 이십 대의 팔팔한 나이였다. 지금 보이는 설악의 능선들이 모두 내 신발 아래로 지나갔을 만큼 산에 특히 설악에 미쳐있었다. 마치 지금 바위에 미쳐있는 것처럼. 발아래로 소나무의 정수리가 보인다. 소나무 정수리 아래 옹기종기 앉아 우리의 등반 모습을 지켜보는 사람들의 모습이 까마득하다. 앉아 있거나 누워있거나 그들은 우리에게 눈을 떼지 못한다. 우리들이 지금 쉬고 있는 시간은 그들에게도 쉬는 시간이다. 주변을 둘러보니 가슴이 트이기 시작한다. 집이 서울이 바위 아래의 땅이 갑자기 궁금해진다. 순지가 미숙이가 영미가 옛날 잠시 스쳐 갔던 사람들까지도 그리워진다. 까마득한 이 벼랑 위에서 무엇과 싸우는지도 모르고 필사적으로 바위에 붙어 오르려 하고 있는 나를 이

순간 그들은 궁금해 할까? 자주 가던 홍대 그 술집, 목동역 1번 출구의 그 커피집, 그 거리의 포장마차, 거기 드나들었던 내 아는 사람들이 스치고 지나간다. 그리고…

출발!

땅 위를 여행하고 있던 내 생각을 파고든 A의 출발 신호. 대기! 잠시 숨을 고른다. 3피치 등반이다. 침니길이다. 침니란 바위의 갈라진 틈을 말한다. A가 90도 직벽을 오른다. 잠시 부스럭거리는가 싶더니 바위 저쪽으로 몸이 건너가 보이지 않는다. 손끝으로 그의 경직된 몸짓이 전해져온다. 나도 더불어 경직된다. 보이지 않으나 고개를 젖히고 눈을 떼지 못한다. 내 몸의 온갖 감각을 동원해서 줄 끝에 있는 그의 움직임을 느껴야 한다. 그렇게 긴장의 한순간이 지나고 줄이 조금씩 섰다 올라갔다를 반복한다. 완료! 수직으로 날 선 긴장들이 잠시 어깨를 내려놓는다.

그날 그렇게 장비를 구입한 이야기를 조곤조곤 남의 이야기처럼 들려주던 그녀는 또 연락이 없었다. 주말에 수리봉에 암벽 장비 짊어지고 오겠다던 약속도 지키지 않았다. 다른 팀을 찾았으려니 하다가 내가 먼저 문자를 보냈다. 수리봉에 오지 않으셨네요. 오길 기다렸어요. 답장은 이튿날 왔다. 예 시골에 다녀왔어요. 약속 어겨서 죄송합니다. 그리고 그날 저녁 그녀에게 전화가 걸려왔다. 장비 산 이야기 했을 때처럼 긴 통화는 아니었으나 그녀는 암벽은 누구누구랑 하는 거며, 배우게 된다면 자기는 누구에게 배워야 하는지를 물었다. 구성원에 대해 많이 궁금해하는 것 같아서 우리 팀에 대해 이야기해주었다. 한두 명의 변수는 있어도 거의 고정적인 것이 암벽 팀이었다.

주말에 우리 팀은 수리봉에 모였다. 모두들 시스템 등반은 하지 않고 탑로핑만 하고 있었다. 점심 식사를 하면서 A와 B와 그 외 몇몇 팀원에게 그녀에 대해 이야기했다. 같이 합류하게 될 신입회원이니까 여자가 나밖에 없는 우리 팀에서 적극 그녀를 키워야 한다고 말했더니 모두들 대환영이었다. A만 아무 말이 없었다. 원래 암벽 경험이 없는 초보 회원을 반가워하지 않는 사람이었다.

그녀가 좀 취해 보였다. 무언가 힘들어 보였다. 얼굴을 본 적은 없지만 난 마치 팀원 전화를 받듯이 그녀의 전화를 받았고 사소한 농담과 일상까지 이야기하기도 했다. 그녀의 전화가 오지 않는 날이면 기다리게 되었고 그녀와 이야기하는 것이 좋아지기 시작했다. 그동안 그녀가 나보다 세 살이나 어리다는 것만 알게 되었다. 어디에 사는지 직업이 무엇인지는 묻지 않았다. 그녀의 목소리가 약간 흩어졌다. 허스키한 목소리도 더욱 낮아져 있었다. 한잔했네요. 좋은 일이 있었어요? 내가 물었더니 그녀는 좋은 일은 아니구 그냥 집 앞에서 술 한잔 했다고 했다. 취했는지 말 중간에 언니라는 호칭을 썼다. 싫지는 않았다. 남자 친구가 속 썩여요? 그녀에게 남자 친구가 있는지 없는지 알지 못했지만, 흔히 친구에게 농담하듯 물었더니 그녀는 바로 네 언니, 라고 대답했다. 삼십 갓 넘긴 나이에 남자친구가 있다는 것은 당연한 거였는데도 불구하고 네, 라고 하는 그녀의 말이 당황스러웠다.

　제게 오래된 남자 친구가 있어요. 이제 7년이 지났어요. 그 친구랑은 책 읽는 모임에서 만났는데 무덤덤하던 우리가 어느 날 서로 불처럼 가까워졌어요. 처음에는 거의 매일 붙어 다니다시피 했어요. 서로에게 서로가 아니면 안 될 것처럼 집중했죠. 우린 주말이면 석모도라는 섬으로 갔어요. 그 사람이 거길 좋아해서 거기 바닷가 민박집에 방을 정하고 하루 종일 석모도를 걸어 다녔어요. 봄이면 꽃이 예뻤고, 여름이면 사람들과 어우러진 해변이 아름다웠고, 가을이면 해명산에서 내려다보는 들녘의 황금 물결과 바닷가의 갈대가 그림처럼 아름다웠어요. 한번은 발이 부르트도록 석모도를 걸어 다니다 커피가 마시고 싶어졌어요. 커피 파는 곳을 찾기 위해서 걸었죠.

그 큰 섬에 커피 파는 곳이 몇 군데 밖에 안되더라구요. 우리가 커피 파는 곳을 발견했을 때에는 노을이 지고 있었는데 그 찻집 창가에서 보는 노을에 우린 뒤로 넘어가고 말았어요. 너무 아름다웠죠. 그동안 보아왔던 노을들보다도 더 붉고 더 강렬한 노을이었어요. 둘이 넋 놓고 그 모습을 바라보다가, 여기 석모도에 노을이 가장 멋진 곳을 찾아 가장 맛있는 커피집을 열자고 약속을 했어요. 그런데 그 약속을 지키지도 못했는데 그 사람이 요즘 변했어요. 그 많은 시간을 함께했는데, 종로에서 닭 한마리 칼국수를 먹으며, 공덕에서 족발과 전에 막걸리를 마시며, 주말에는 도서관에서 온종일 각자 좋아하는 책을 읽기도 하며, 나이 들어 석모도에 커피집을 열어 운영하면서 함께 늙어가는 모습 바라보리라 생각했던 그 사람이 요즘 변한 것 같아요. 내가 알던 그 사람이 아니에요. 오늘도 저녁 먹기로 했는데 약속 시간 한 시간 전에 연락이 왔어요. 일이 바쁘다면서 약속을 지킬 수 없다고 했어요. 엊그제에 이어 연달아 두 번째 약속을 펑크 냈어요. 너무 우울해서 혼자 술 마시고 들어왔어요. 아! 오늘도 역시 나 혼자 이야기하는구나. 너무 늦었는데 주무세요.

그날 처음 남자친구 이야기를 꺼낸 것을 시작으로 그녀는 남자친구 이야기를 자주 했다. 마치 그동안 남자친구에 대해 털어놓을 사람을 물색해 온 것처럼 보였다. 그녀와 그녀의 그 사람과의 세월의 깊이가 전해져 올 때는 대상 없는 막연한 질투심에 대답을 천천히 하기도 했다. 남자 친구에게 다른 여자가 생긴 것 같다는 말을 들으면서는 진심으로 위로해 주고 싶었다. 모르는 존재였던 그 남자 친구가 그녀의 이야길 반복해 들으면서 어디선가 마주했을 것 같은 익숙함이 느껴졌다. 그래도 그건 자주 들었기 때문일 거였다.

공포의 4피치. 마의 4피치라고도 부른다. 바위꾼들 사이에서 울산바위 비너스 길을 이야기 하면 공통적으로 나오는 이야기. 와! 그 4피치. 지금 4피치 앞이다. 준비하며 힐끔 올려다본다. 그저 그런 바위 언덕 같다. 저게 그렇게 악명높은 비너스 4피치? 두루 뭉실하게 눕혀져 있는 바위 위에 볼트가 다른 데보다 많을 뿐이다. 보기에 슬랩 같다. 슬랩은 아무리 어려워도 자신 있다. 반질반질한 수리봉 슬랩보다 약해 보인다. 슬랩이네. 내가 말한다. 슬랩으로 보여? 인공이야. A가 대답한다. 인공이라서 볼트가 많은 거였구나. 인공은 인공등반을 줄여서 말한다. 등반이 어려운 바위일 때 특별한 기구나 장비를 써서 오르는 방법이다. 적벽도 인공이다. 적벽에서의 까마득했던 절망이 떠올랐다. 그동안 배운 암벽 실력을 동원해 오르려 기를 써도 올라가지지 않았던 절벽 중간에 매달린 자의 절망… 죽었다. 속으로 신음을 삼킨다. 그동안 A가 실내 암벽 연습장에 열심히 다닌 이유가 이 4피치 때문이었다. 인공으로 오르다 레이백으로 가야 해. 날 잘 봐. A가 출발한다. 홀드가 있을까 싶다. 예상대로 볼트따기를 한다. 볼트에 퀵도르를 건다. 그걸 잡고 왼발을 올려 그다음 볼트로 재빨리 올라가는 등반 방법. A에게 눈길을 떼지 못한다. 나도 내 옆의 B도 숨조차 쉬지 못한다. 처음 올라가는 사람이 아닌 것처럼 동작이 유연하다. 그래도 등 뒤에서까지도 긴장감은 감출 수가 없다. 선인봉 요델 버트레스 좌측길 두 번째 피치에서 볼트따기하면서 팔에 펌핑이 난 적 있었다. 그 후 볼트따기하는 곳에서는 주눅이 들곤 했는데 오늘 또 볼트따기를 해야 한다. A가 인공등반을 마치고 좌측으로 슬랩으로 이동 중이다. 거기서 잠시 자세가 흔들린다. 내 손도 같이 흔들린다. 얼굴에 땀이 흐르고 경직되어 간다. 드디어 크랙을 지나 좌측 슬랩길로 갈아탔다. 잠시 쉰다. 뒷모습에서 힘겨움이 보인다. 여간해서는 바위 위에서 힘들어하지 않는 A다. 이제 레이백 자세. 볼트 두세 개쯤 올라간 후 A가 바위 언덕 너머로 사라졌다. 보이지 않는다. 손과 줄의 느낌만으로 버티어야 하는 구간. 선등자가 안 보여도 걱정하지 마. 그 구간은 추락하더라도 볼트와 볼트 사이가 짧아서 오히려 안전해. A는 이 길을 준비하며 내게 그렇게 말했었다. 잠시의 시간이 참 길다. 아직은 세컨 빌레이에 익숙치 않아서일 거다. 줄의 풀어짐이 멈추었다. 완료! 마의 구간 4피치가 끝났다. 그가 고집을 부리고 오게 된 이 길의 가장 어려운 구간을 끝내니 긴장이 풀린다.

올라갈 준비를 한다. 확보줄을 뺀다. 출발! 촘촘히 볼트가 박혀 있어 볼트따기는 그렇게 어렵지 않다. 세 번째 볼트. 퀵도르를 잡고 왼쪽 발에 힘을 주려는 순간 오른손의 근육이 딱딱하게 뭉쳤다. 펌핑이다. 잠시 손을 흔들어 근육 뭉친 걸 푼다. 암벽을 하면서 펌핑은 이제 친근한 이웃 같다. 난이도를 높였다 하면 어김없이 오는 펌핑. A가 좀 쉬라고 소리친다. 확보를 하고 손을 열심히 턴다. 잠시 후 근육이 풀어지고 다시 출발. 주인을 잘못 만난 내 근육은 펌핑으로 시달리고 바위에 부딪혀 붓고 피 나고 나뭇가지에 긁힌 상처들로 성한 구석이 없다. 도대체 무얼 하는 분이시길래 온몸이 성할 날이 없느냐고 목욕탕에서 때 밀어주던 아줌마가 걱정스레 물은 적도 있다. 아줌마에게 말없이 웃어줄 만큼 난 내 몸의 상처와 멍들이 자랑스러웠다. 좌측 레이백 구간. 계속되는 펌핑. 볼트마다 퀵도르를 잡고 휴식한다. A가 소리친다. 천천히 해. 자일이 팽팽하게 당겨진다. 그건 A가 나를 많이 배려하고 있다는 거다. 팽팽하게 잡아당겨 주면 등반은 쉬운 법. 잘 올라가지 못할 때 앞 등반자를 향해 소리치곤 한다. 텐' 잡아당겨 달라는 뜻이다. 나는 텐 소리를 못한다. 고집이 아닌 소심함 때문이다. 텐을 많이 준 다음 날엔 온몸이 더 아프다. 오른발을 밖으로 내밀고 손을 뻗어 바위 틈새를 잡는다. 손에 힘이 가지 않는다. 몸이 휘청인다. 엉겁결에 무릎을 바위에 대고 힘을 준다. 무릎이 쓰라리다. 상처가 났을 것이다. 아픔은 잠시 올라가야 한다는 생각. 너무나 먼 A가 서 있는 자리까지의 거리. 볼트에서 쉴 때마다 초크를 손에 묻힌다. 바위가 미끄러울수록 초크 가루에 의존하게 된다. 손가락 끝의 굳은살 사이사이에 흰색 가루가 박혀 있다. A의 머리 위로 빛이 스쳐 간다. 부럽다. 바위와 바위 사이의 틈 속으로 들어가고 싶다. 거긴 미끄러지지 않을지도 모른다. 그러나 A는 계속 소리친다. 발을 바깥으로 멀리. 팔을 구부리지 말고 뻗어. 너무 힘들어. 저절로 신음소리가 나온다. 4피치 확보점에 다다랐을 때 A도 나도 지쳐 있다. 거긴 넓적한 바위다. 확보를 하고 주저앉는다. B의 빌레이를 볼 차례다. 난 온몸에 힘이 빠져 넓은 바위에 누워 있다. B에게 조금만 더 기다리라고 해. A는 말없이 내 확보줄을 옆에 있는 볼트에 걸어주고 내 줄을 빼서 본인의 그리그리에 채우고 B의 빌레이를 본다. B는 소리 없이 올라오긴 해도 자꾸 나처럼 펌핑이 나는지 중간중간 볼트에 확보를 하고 쉰다. 누워서 보이는 A의 옆모습이 구세주 같다. 언젠가 본 영화의 대사가 생각난다. 그는 마치 아주 먼 곳에서 일어나는 지진을 감지하는 지진계 같은 그런 사람이예요. 마치 A가 그런 것 같다. 줄의 느낌만으로 정확하게 상대의 상황을 파악하고 감지하는 지진계 같은 사람.

그녀는 이제 나의 친구가 되었다. 여전히 수리봉에 나타나지 않아 얼굴을 본 적도 없었다. 그러나 그녀만이 갖고 있는 목소리에서 나오는 매력과 솔직함과 그리고 그녀의 남자친구라던가 동창생이라던가 주변 사람들 이야기가 마치 내가 갖고 있지 않은 다른 세상을 보는 것 같아 경이로웠고, 조금씩 정이 갔고 이제는 연락이 없을 때는 궁금해서 먼저 문자를 보내기도 했다. 산에 미치면서 만나던 남자 친구의 결혼 성화가 귀찮아 이별을 선언해 버리고, 산이 주는 기쁨과 인간이 주는 기쁨은 별개라는 것을 알게 되면서 조금씩 저녁 시간이 길어지기 시작할 즈음이었다. 간혹 그녀는 물었다. 언니는 남자친구 있으세요? 언니는 비밀 없어요? 언니는 아픈 사랑해본 적 없으세요? 그녀의 솔직함을 고스란히 누리고 있었던 터라 나도 내 이야길 했다. 오래전 결국 헤어질 수밖에 없었던 사람이 있었다. 누구에게도 말하지 않았던 일이었고 아직도 그 생각을 하면 가슴이 아파오는 일이었다.

    대학 4학년 때 부족한 교양 강의를 수학으로 신청해 들었었다. 고등학교 때 수학을 이렇게 공부했다면 좀 더 좋은 대학에 갈 수 있을 거라고 말할 정도로 수학이 재미있었다. 거기에는 말끔하게 생긴 수학 강사의 영향도 컸다. 대하소설을 쓴 조 아무개와 이름이 같아서 맨 처음에는 그 사람인가 생각했으나 나이를 따져 봤을 때 어림없는 일이었다. 어느 날 귀가 도중 학교 교문 앞에서 그 강사와 마주쳤다. 다크 올리브색 버버리를 입고 고개를 숙이고 걸어오고 있었다. 그 강사는 1, 2학년들과 함께 교양 과목을 듣는 나를 기억하고 있었다. 인사를 하고 조 아무개 소설가의 소설을 읽었느냐고 했다. 본인과 이름이 같은 작가의 유명한 대하소설을 안 읽었을 리 없는 강사와 나는 시외버스 터미널까지 걷는 내내 소설 이야기를 했다. 이후 우린 연인이 되었다. 학생과 제자라고 하지만 그 강사와 나의 나이 차이는 열 살이 넘지 않았다. 그러나 그에게는 박사과정을 마치고 대학의 교수가 되기를 오래도록 기다려 온 보낼 수 없는 약혼녀가 있었다. 약혼녀라기보다는 한 집에 살고 있는 아직 혼인 신고를 마치지 못한 아내라고 해야 맞았다. 그것이 우리가 헤어질 수밖에 없었던 이유였다. 그 이후 그 강사를 잊기 위해 소개팅에서 만난 남자들과 어울렸던 이야기와 최근에 헤어진 남자친구 이야기를 그녀에게 하면서 아직도 가슴이 아픈 것은 그 강사라는 고백까지 했다. 왠지 그녀에게는 그 이야기를 하고 싶었다. 그동안 그녀의 남자 친구 얘기를 맨입으로 들어온 것에 대한 답례였을까.

  사람이 비밀을 쉽게 이야기한다고 모든 사람에게 그런 것은 아니다. 누군가에게만 그럴 수 있는 것이다. 내게 악한 사람이었다고 그가 모든 사람에게 악한 사람이지는 않을 것이다. 유독 내게만 그런 것일 수 있으니까. 그녀에게 마음을 열고 많은 이야기를 하고 있으면서도 가끔은 내가 왜 이러지? 하고 고개를 갸우뚱하지만 그것은 그녀이기 때문일 것이었다. 이 생각들은 이제껏 이야기하지 않은 강사 이야기를 하고 나서 좀 울적하여 스스로 위로하는 건지도 몰랐다.

  그러나 위로받고 위로했던 관계라는 믿음은 저 멀리부터 서서히 본색을 드러내고 있었다. 어느 날부터인가 수리봉에 올라가면 사람들의 시선이 이상했다. 친근했던 사람들이 갑자기 쌀쌀해졌고, 마주치지 않으려 외면하는 사람들이 생겼다. 바위의 긴장감에서 벗어나려 워킹을 가면 동행했던 사람들 중에서도 예전 같지 않은 사람이 있었다. 이상하다고 생각했으나 산에서 내려와 일상으로 들어가면 잊혀졌다.

어느 날 암벽 대 선배인 C언니에게 전화가 왔다.
너 m 알아?
아니요?
이상하네. 너랑 엄청 친하다고 하던데. 걔가 이 사람 저 사람에게 전화해서 너에 대해서 이상한 이야기들을 하고 있어.
무슨 이야기요?
말은 할 수 없고 아무튼 사람 조심해.
며칠 후 한 후배에게 전화가 왔다.
선배에 대해 안 좋은 말들이 돌아요. 요즘 연애해요?
내가 연애한다고? 아니지만 그런들 어때. 연애를 할 수도 있지.
그렇긴 한데. 그게 유부남과 연애를 하느니 뭐니 해서요. 선배가 그럴 리 없다고는 생각했지만 헛소문이라고 무시해도 자꾸 들려오니까 확인해봐야겠다고 생각해서 전화했어요.
그녀의 전화가 며칠 동안 오지 않아 궁금해서 전화를 했다. 전화를 받지 않았다. 나를 중심으로 도는 이상한 소문에 대해 툴툴거리고 싶었다. 전화가 오겠지 생각했는데 기다려도 오지 않았다. 이상한 생각이 들기 시작했지만 생각하지 않으려 노력했다. 보름이 지나도 그녀의 전화는 없고, 보이지 않는 누군가는 이 사람 저 사람에게 전화해서 내 험담을 한다고 하고,

비너스 117

그 근거 없는 이야기는 일파만파로 퍼지고… 며칠을 끙끙거리다 C언니에게 전화를 했다.

m이 누구예요?

글쎄 나도 잘 모르는데 암벽을 하고 싶다고 주나네 팀에 얼마 전에 합류한 여자인데 너를 아주 잘 안다고 하면서 이상하게 말하고 다닌대. 니가 자기 남자 친구를 뺏어갔대. 남의 남자만 탐내는 아주 나쁜 여자라고 한대. 너 옛날 학교 다닐 때도 유부남만 사귀었다면서… 지금도 애인 있는 남자만 골라서 사귀다가 차버린다면서… 넌 애인 없는 남자는 시시해서 만나기 싫고 바위를 정복하듯 여자 있는 남자만 골라 뺏은 후 버리는 게 취미라고 떠들고 다닌대. 우린 믿지 않지만 널 잘 모르는 사람들이나 네 얼굴도 모르는 사람들은 네 이름만 나와도 이젠 아 그 여자? 할 정도로 다 알아. 첨 들었을 때는 우리가 기가 막혀서 그런 아이 아니라고 널 두둔했는데 자꾸 듣다 보니 널 옆에서 오 년을 봐 온 우리도 우리가 모르는 다른 면이 있나? 하는 생각이 들더라구. 그 여자 악랄한가 봐. 주나는 운전 중이었는데 그 여자가 니 얘기를 하느라고 두시간이나 전화기를 붙들고 있는 바람에 접촉사고도 났대. 그뿐이 아닌가 봐. 산행팀 대장들마다 어떻게 전화번호를 알았는지 전화를 해서 너를 잘 모르는 사람들에게조차도 너의 옛날얘기부터 너의 온갖 험담을 다 해서 그 여자 전화를 피하는 사람들도 있대.

얼마 후 m이라는 여자는 엉뚱한 데서 내게 모습을 들켰다. 비너스 등반을 며칠 앞두고 필요한 장비 몇 개를 다시 사야 할 것 같아서 종로5가 등산복 골목에 나간 날이었다. 솔밭이라는 장비 점에서 장갑과 버프와 비너를 사서 나오는데 청계천 나가는 쪽에서 누군가가 실랑이를 하고 있었다. 남자는 내게 등을 돌리고 있었고 여자는 옆모습만 보였다. 남자의 뒷모습이 낯익었다. 내가 모를 리 없는 뒷모습이었다. 여자가 고개를 돌리다가 나와 눈이 마주쳤다. 그녀가 당황했다. 남자는 여전히 화난 소리로 말하고 있었다.

내가 아니라고 그렇게 말했잖아. 그 애는 자일 파트너일 뿐이라고. 그렇게 말했는데 넌 계속 그 아이 뒤를 캐고, 그 애를 모함하고 다녔어. 그 애는 너와 나랑의 관계에 전혀 상관이 없어. 저 삼자일 뿐이라구. 그런데 이런 일까지 벌여야 했니? 그 애 전화번호는 어떻게 안 거야?

여자는 이번에는 천천히 고개를 돌려 나를 바라보았다. 눈물 젖은 눈에 광기가 번쩍였다. 뒷모습의 그 남자. 난 그 남자를 알고 있다. A였다. 그리고 그 앞의 그 여자는 내가 특별한 경우의 사람이라며 사람 관계의 또 다른 방향성을 제시했다고 자부했던 그녀였다.

5피치는 픽스된 자일을 따라 올라간다. 지나온 길의 어려움 때문인지 쉽다. 드디어 대망의 마지막 6피치다. 멀리서 보면 비너스의 뒷모습과 같아서 이 길 이름을 비너스길이라고 지었다고 한다. 온몸에 힘이 빠져 있었는데도 비너스의 뒷모습 앞에 서니 가슴이 뛰기 시작한다. 출발을 외치고 올라서는데 보기보다 스타트가 까다롭다. A가 힘을 줘 줄을 당긴다. 다리를 벌려 레이백으로 올라선다. 홀드는 좋다. 남자 바위꾼들이 가장 좋아하는 1순위가 여기라고 한다. 비너스를 정복하기 위해 바위를 시작했다는 남자들도 가끔 있다. 가까이에서 올려다보니 그 사람들을 이해할 만큼 비너스는 육감적이다. 육감적이기만 해서는 바위꾼들의 인기를 유지하기 힘들다. 그녀는 까탈스러우면서도 쉽고 그러면서도 만만치가 않다. 왼쪽 발에 힘을 주고 몸을 당겨 올라가고를 반복한다. 비너스의 다리가 긴 것이 원망스럽다. 비너스 엉덩이 부분까지만 가면 안정적이다. 그런데 비너스 다리 끝부분에서 자꾸만 힘이 빠진다. 몇 번을 시도해도 바위가 잡히지 않는다. A가 그리 어렵지 않은 곳에서 헤매고 있는 나를 내려다본다. 생뚱맞게 이 힘든 와중에 엉덩이가 가장 예쁘다는 아프로디테 갈리퓌게스가 생각난다. 그녀도 이 세상의 어디쯤에서 바위의 이름을 달고 등반가들을 기다리고 있는 것은 아닐까. 이제 엉덩이 부분만 오르면 오늘의 등반 끝이다. 거기서 보일 출렁이는 동해바다가 그립다. 얼른 이 구간을 통과해 그곳에 올라 구름이 띠를 두르고 신비롭게 서 있는 달마봉을 향해 두 다리를 쭉 펴고 눕고 싶다. 힘을 내서 손을 뻗는다. 손이 닿지 않는다. 홀드가 흐른다. 잡기가 쉽지 않다. 잠시 쉬었다가 또다시 손을 올려 홀드를 잡는다. 이번에는 팔이 뻐근하다. 때이른 펌핑이다. 다시 팔을 턴다. 초크를 손에 묻히고 또 한 번 시도하고 있는 내게 A가 말한다. 거기 캠에 확보하고 대기해 봐. 그는 쉬라고 하지 않고 대기하라고 한다. 요세미티처럼 거벽도 아닌데 울산바위 비너스길 5피치에서 대기라는 말은 뭔가 이상하다. 캠이 제대로 설치되었는지 위아래로 흔들어 보고 거기에 확보를 한다. 볼트처럼 고정된 것이 아니라 저절로 두발에 힘이 들어간다. 커다란 바위 맨 위에 한 남자가 서있고 그 가운데 한 여자가 아슬아슬하게 줄에 매달려 있고 그 모습을 아래에서 한 사람이 걱정스럽게 올려다보고 있다. 그런데 하늘은 너무 맑고 파랗다. A가 힘들어? 하고 묻는다. 응 이상하게 4피치보다도 힘들어. 그럴 거야. 뒷모습이잖아. 네가 뒷모습에 약하잖아. 올라오느라 잊고 있던 그 목소리가 가슴을 긋고 간다. 그는 지금 뒤 하자는 건가. 이 절벽에 날 묶어두고 날 자극해서 추락

시키려는 건가. 이 바위 이름이 뭔 줄 알아?… 비너스지. 그 이름은 누군가 비너스라고 지었기 때문에 비너스라고 불릴 뿐이야. 이 바위가 비너스인지 니케인지 헤라인지는 아무도 몰라. 아무도 앞모습을 보지 못했어. 네가 온몸의 힘이 다하도록 매달려 기를 쓰고 오르려 하는 바위는 비너스라는 이름의 허상이야. 네가 지금 어디에 있는지 왜 거기에 있는지 생각해봐.

거대한 울산바위 꼭대기의 어느 바위. 볼트와 그 볼트에 픽스되어 있는 밧줄 하나가 내 목숨을 지탱하고 있고, 냉정하게 뒤돌아서 뒷모습만 보이고 있는 비너스에 줄을 걸고 매달려 그녀의 등에서 벗어나려 안간힘을 쓰고 있다, 이 비너스의 나이가 천만 살이라고 하는데 그 오랜 세월 동안 그녀가 몸을 돌려 앞모습을 보여준 것이 단 한순간이나 있었을까. 앞으로 또 천만년이 흘러간다 해도 몸을 돌려 나를 돌아보진 않을 것이고, 그녀의 앞모습을 볼 수 있는 사람은 영원히 존재하지 않을 것이다. 앞모습을 보여주지 않는 것이 어찌 비너스 그녀뿐일까. 나는 그녀들의, 그대들의, 그 누군가들의 뒷모습에만 매달려 온갖 희로애락과 에너지를 모두 탕진하고 점점 시들어가고 있는 것은 아닐까. 저 아래에서는 티끌로도 보이지 않을 지금의 내 모습을 생각하니 갑자기 몸이 가벼워진다. 나를 짓누르고 있던, 나를 채우고 있던 찌꺼기들을 모두 날려버린 것처럼.

A가 한발 내려와 손을 내민다. 확보 풀어. 그리고 내 손을 잡아.

내가 머뭇거리자 그가 소리친다.

출발허.

발로 비너스의 오른쪽 허벅지를 딛고 A를 향해 힘껏 손을 뻗는다. 그가 왜 이곳을 고집했는지 이제야 알 것 같다. 수시로 날 괴롭히던 그 목소리는 더 이상 들려오지 않을 것이다.

만항재

드디어 만항재다. 서울에서 한 시에 출발했으니 세 시간 넘게 걸린 셈이다. 옆자리의 아내는 잠 속에 빠져있다. 커피며 과일을 옆에서 챙겨주곤 했는데 오늘따라 잠만 자는 아내가 자꾸 신경 쓰인다. 꼬불꼬불한 고갯길을 한참 올라왔으니 그 굴곡에 깰 만도 하건만 깨어날 줄을 모른다. 아내는 며칠 전부터 배낭을 꾸리고 풀기를 서너 번은 했었다. 가스를 챙겼는지 기억에 없다며 다 싸놓은 배낭을 다시 풀었고, 타프를 어디에 넣었는지 모르겠다며 배낭의 작은 잡주머니까지 뒤졌다. 방송에서는 연일 한파주의보라며 야외활동을 자제하라고 떠들어 댔다. 그럴 때마다 추위에 약한 그녀는 내 눈치를 보며 TV의 볼륨을 슬그머니 높였다. 이번 일정이 취소되길 은근히 바란다는 것을 모르지 않았지만 용수 선배를 비롯한 다른 사람들과 약속된 일정이라 어쩔 수 없이 모른 척 감행해야만 했다. 깊은 잠에 빠진 아내의 이마까지 내려온 머리카락을 한 손으로 올려주고는 더듬어 물병을 찾는다. 손끝에 빈 물병의 가벼운 무게가 느껴진다.

"커피라도 드실래요?"

뒷자리의 재영이 커피를 내민다. 생각을 들킨 듯 머쓱하게 남은 커피잔을 받아들고 요즘 고속도로의 커피 값이 너무 비싸졌다며 뜬금없이 투덜댄다. 룸미러 속으로 황이 보인다. 황은 눈을 감은 채 소리 없이 입만 움직이고 있다. 아마도 그 노래를 부르고 있을 것이다. 그 노래를 읊고 있을 때 그는 또 다른 사람이 된다. 우리가 알지 못하는 전혀 본 적도 들은 적도 없는 아득한 세계 속으로 들어가 보이지 않는 높은 벽을 쌓아 놓는다. 그럴 때면 그가 옆에 있어도 아득히 멀리에 있는 사람 같다. 우리는 그가 스스로 벽을 깨고 나올 때까지 기다린다. 그 벽 너머의 세상은 어떤 곳일까.

만항재 주차장에 차를 세운다. 잠이 깨어 부스스한 얼굴의 아내가 길 건너편에 있는 화장실로 뛰어간다. 멀지 않은 거리의 함백산 정상에 녹지 못한 눈이 쌓여있다. 곧게 하늘을 향해 뻗어 있는 나무 사이사이로 폭설의 파편이 남아 있다. 그나마 다행이다. 눈이 내려주지 않은 것은. 아마 눈이 내렸다거나 지난번에 내린 눈의 제설 작업이 안 되어 있었다면 1300미터가 넘는 이 고개에 올라오지 못했을 것이다. 아래로 내려다보이는 산줄기들이 갈빗살을 드러내 놓고 누워 있다. 능선과 능선, 계곡과 계곡을 이은 선의 흐름은 아득한 그리움처럼 불투명하다. 정선과 태백과 영월이 공존하는 이 고갯길에 대해서는 십여 년 전 김에게서 들었다. 김은 나랑 같은 부서에서 일을 했던 직원이었다. 그는 주말이면 우리나라의 오지만 찾아 돌아다니곤 했다. 가장 잊을 수 없는 곳이 어디냐고 물었더니 이 고개에 대해 들려주었다. 운무가 바람 따라 출렁출렁 움직이면서 능선들이 사라졌다 나타났다고 했다. 그 모습에 넋이 나가 차를 세우고 온종일 앉아 있었다던 고개 만항재. 마치 몽유도원도라는 그림 속에 앉아 있는 것 같다고 했었다. 그렇게 몽유도원도 하면 만항재가 생각났고 만항재 하면 몽유도원도를 떠올리며 한 번쯤 가보리라 생각하고 몇 년을 보냈는데, 대학 선배인 용수 선배가 어느 날 전화를 걸어왔다. 이런저런 이야기를 하다가 요즘 비박을 한다고 했다.

"비박을 한다면 만항재 알겠네."

"당연 알지요. 한 번쯤 가보고 싶었던 곳이예요."

"그럼 비박 장비 짊어지고 한번 와. 내가 은행 퇴직한 후 만항재 부근에 땅을 샀어. 무슨 리조트가 들어선다고 해서 해발 1,000미터가 넘는 곳에 땅을 샀는데 리조트가 무산되고 홧병이 났지 뭐야. 다시 팔 수도 없고, 작은 원두막을 하나 지어놓고 답답할 때마다 다녀오곤 했는데 지금은 일주일에 삼사일은 그곳에 있어."

지내면 지낼수록 정이 가는 아주 매력적인 곳이라는 것이었다.

"사람들이 왜 무거운 텐트를 짊어지고 와 하루 머물다 가는지 궁금해서 텐트를 사서 원두막 앞에 텐트를 쳐봤어. 텐트를 치면서도 사람들이 이 불편한 짓을 왜 하나 이해를 하지 못했지. 그런데 밤을 보내고 아침에 일어났는데 몸이 가벼운 거야. 몸뿐이 아니라 마음까지 가벼워졌어. 뭔가 맘속에 응어리진 것들이 다 나가버린 것 같더라구. 비움 상태가 이런 것이구나 했지. 이제 거기에 앉아 있으면 신선이 된 것 같아."

신선이라는 말을 들으며 김이 말하던 몽유도원도를 떠올렸다. 선배는 그 땅이 어떻게 비박하기에 좋은지, 직접 와보면 알 거라면서 언제 올 거냐고 물었고, 나는 일초도 망설이지 않고 덜컥 날짜를 잡았다. 만항재 얘기를 들은 황과 재영이 합류하겠다고 해서 한 팀이 꾸려졌다. 옛날 김의 '몽유도원도'와

용수 선배의 '신선' 얘기에 그들도 단번에 승낙했었다.

"어느 쪽으로 가야 하죠?"

황이 다가와 묻는다. 켜켜이 겹쳐진 산들을 심호흡을 하며 둘러본다. 길은 여러 갈래다.

"아마 이쪽으로 가야 할 거예요."

나는 백운산으로 향하는 임도 길을 가리킨다. 선배의 설명대로라면 이 길이 맞다.

"이 길을 운탄고도라고 한다면서요? 여기로 석탄을 실은 차들이 다녔대서 붙여진 이름이래요."

만항재에서 운탄고도로 들어서는 입구는 미끄럽다. 내리막인 데다가 지난번 내린 눈이 아직 남아 있다. 바퀴가 말을 듣지 않아 여러 번 식은땀을 흘리며, 괜히 약속을 했나 하고 후회를 한다. 10분쯤 내려가니 우측에 평평한 개활지가 있고 거기에 나무로 지은 오두막이 한 채 있다. 선배가 설명한 곳과 같다. 리조트라니! 선배가 이 땅을 산 이유를 생각하니 피식 웃음이 나온다. 어디를 보아도 리조트를 지을 만큼의 여유가 없다. 선배의 오두막이 있는 곳은 텐트 네 동을 칠 정도의 넓이다. 뒤쪽으로는 함백산이 바람을 막아주고 아래쪽으로는 마을로 내려가는 길이 나 있다. 오두막 위에 쳐 놓은 텐트 안에서 용수 형이 나온다.

"잘 찾아왔네."

재영과 황을 선배에게 소개한다. 무엇이 몽유도원도 신선을 말할 정도로 신비스러운지 몽환적인지 두리번거리며 찾아본다. 고개를 올리면 보이는 둔덕, 그 위로 끝없이 뻗은 길 운탄고도, 운탄고도를 감싸고도는 백운산 그리고 운탄고도의 끝에 보이는 함백산, 그리고 그뿐이다. 우리가 알고 있던 산과 길들이 제 자리를 차지하고 있는 그 아래쯤의 넓은 개활지일 뿐이다.

아내가 트렁크를 열어 배낭을 내린다. 20킬로가 넘는 배낭은 아내 몸을 휘청거리게 한다. 눈삽을 꺼내 눈을 치우고 텐트 칠 자리를 만들기 시작한다. 묵은눈들이 딱딱하게 굳어 있어 손에 힘이 들어간다. 가운데 쉘터를 먼저 친다. 쉘터는 바닥이 없는 텐트로 주방 겸 거실 겸 쓰는 공동 공간이다. 그 옆으로 아내와 내가 쓸 텐트를 그리고 재영의 텐트와 황의 텐트를 나란히 친다. 아내 없이 혼자 비박을 다녔을 때는 일인용 텐트를 사용했는데 아내가 팀에 합류하고부터는 이인용으로 바꿔 함께 쓴다. 겨울에는 혼자 자는 것보다는 둘이 자는 것이 더 따뜻하기도 하다. 텐트를 치고 매트리스에 에어를 넣는다.

매트리스의 에어 넣는 곳이 고장이 난 것 같다. 입구의 나사를 돌려 열어놓고 펼쳐놓으면 저절로 에어가 들어갔는데 지금은 입으로 불어야 한다. 입으로 불며 아내를 올려다본다. 아내는 내 시선을 외면하며 핫팩을 흔들고 있다. 며칠 전 좋은 에어 매트리스가 있어 사고 싶다고 했더니 아내는 단칼에 잘라 말했다. 지금 쓰는 것도 쓸 만한데 왜 자꾸 사들여요? 침낭을 펴고 따뜻해진 핫팩을 침낭 깊숙이 넣는다. 핫팩 두 개는 웬만한 전기장판보다 따뜻하다.

선배의 원두막에 있던 그늘이 이제는 내 텐트까지 차고 들어와 있다. 산 그림자는 점점 더 길어지고 짙어져 우리들의 공간 모두를 차지하고 말겠지. 그렇게 어둠이 시작된다. 예약한 손님처럼 어김없이 오는 어둠을 우두커니 서서 지켜보다가 고개를 돌려 옆을 보니 재영이 텐트를 치느라 힘들어한다. 서둘러 짐정리를 마무리하고 재영의 텐트 치는 것을 돕는다. 지난 가을에 마련한 혹한기용 텐트에 아직 적응하지 못한 그녀는 텐트 칠 때마다 투덜거린다. 새로운 장비를 사들이고 그 장비에 적응이 될 때까지 투덜거리는 것을 멈추지 않았고, 우린 그것을 무심하게 듣고 넘긴다. 황은 능숙한 솜씨로 텐트 치는 것을 마치고 안에서 배낭을 정리하고 있다. 용수 형은 솜이불과 같은 외투를 입고 바쁘게 원두막과 숲 주변과 길 위를 오고간다. 우리 부부가 무엇을 하는지, 재영이 팩을 박으며 왜 힘겨워하는지, 황의 배낭에 무엇이 들어있는지 무관심하다.

아내와 나는 쉘터로 먼저 들어간다. 아직은 싸늘하다. 스토브를 피우니 그제야 온기가 돈다. 용수 형이 텐트에서 고기를 가져와 굽기 시작한다. 네 명이 온다고 했는데 고기를 얼마나 많이 준비해 왔는지 열 명은 먹어도 될 만큼이다. 파무침이 없으면 고기를 먹지 못하는 나를 위해 아내는 파무침을 만든다. 참기름과 소금과 고춧가루와 매실원액이 들어간 아내의 파무침은 고기를 두 배는 더 먹게 한다. 재영이 짐 정리를 끝내고 들어오고, 이어 황이 춥다를 연발하며 쉘터로 들어선다. 고기 굽는 냄새와 우리들의 열기로 쉘터 안은 금방 뿌옇게 습기가 찬다. 한쪽 지퍼를 내려 문을 열고 환기를 시킨다.

재영이 짐을 뒤적거린다. 본인의 수저통을 꺼내는 그녀. 그리고 또 뒤적거린다. 이번에는 일인용 식탁을 꺼내 앞에 놓고 수저와 시에라 컵과 술잔을 올려놓는다. 아내는 배낭에서 김치와 햇반을, 용문산 정상에서 베어온 야관문을 찌고 말려서 담근 야관문주와 마른반찬들이 나란히 담긴 통과 티브이 보면서 자르던 쥐포까지 지퍼백에 담아 가지고 왔다. 특히 야관문주는 3년을 숙성시켜 향과 맛이 입안에서 한참 남아 있는 술이다. 황이 멸치볶음과 곰취 절임을 꺼내 놓는다. 곰취 절임의 향이 쉘터 안에 퍼진다. 재영이 얼른 곰취에 젓가락을 댄다. 아내의 눈꼬리가 살짝 올라간다. 황도 재영의 젓가락을 바라본다. 재영의 배낭에선 끝내 아무런 음식이 나오지 않았다.

재영은 늘 빈손이었다. 김치든 마른반찬이든 아무것도 가져오지 않았다. 게다가 맛있는 반찬이 나오면 제일 먼저 젓가락을 꺼내 들고 먹기 시작했다. 처음엔 무심했으나 시간이 지나면서 서운함이 생기기 시작했다. 아내도 남편의 오랜 비박 동료이기에 이해를 하다가 요즘은 가끔 불만을 표시했다. 아내가 합류하기 전 유일한 여자가 재영이었을 때 무거운 배낭 때문에 힘들어하는 그녀를 배려하느라 그녀에게 아무런 준비도 하지 못하게 했던 것의 연장선상에 아직도 버티고 선 그녀가 이물감처럼 조금씩 불편해지더니 이제는 그녀가 없는 자리에서 가끔 험담으로 나오기 시작했다. 나도 슬슬 그런 재영의 못마땅한 점들을 불평하는 주변 사람들에게 동조하기 시작했더니 아내가 그러면서 왜 동행을 하느냐고 물었다. 그런데도 불구하고 함께 하는 이유를 대답하지 못하긴 했지만 분명 이유는 있을 거였다. 아내가 불편해한다는 이유로 재영을 비박팀에서 제외시킬 수도 있지만 그것은 왠지 이 팀의 존재 자체가 심심해지는 일 같아서 그것도 안 되는 일이었다. 있으면 불편하고 미울 때도 있지만 그녀를 빼놓고는 어딘가 훌쩍 떠나지 못하게 하는 힘센 자석과 같은 힘이 그녀에게는 있었다. 동행한다는 것이 단순한 것 같지만 단순하지가 않고 단순하지 않은 그 무엇을 가지고 있는 재영은 늘 알 듯하지만 모르는, 모르는 것 같은데 어느덧 친허져 있는 그런 사람이었다.

황이 또 시작한다. 비박 장비에 대한 설명이다. 이번에는 텐트다.
"A텐트는 여름에는 좋은데 겨울에는 결로가 차요. 그리고 답답허. 여자들은 괜찮을 거야. 내 친구가 그거 사서 한 달 만에 다른 사람에게 팔았대잖아. 근데 말야. 다른 친구가 B텐트를 샀는데, 30만 원인데도 100만 원이 넘는 텐트보다 훨씬 좋대요. 나도 지금 쓰고 있는 이것 분양하고 그걸로 사야겠어."
비박 장비는 황에게 또 무엇일까. 친구의 친구 또 친구의 친구가 사용하고 있는 텐트를 연구하고 그것에 대해 시장 조사를 하고 결국에는 텐트를 바꾼다. 쓰던 텐트는 중고 시장에 내놓아 적당한 가격에 팔아넘긴다. 그의 관심은 텐트뿐만이 아니다. 침낭, 타프, 배낭도 그의 조언대로 구입하면 절대 실패하지 않는다. 앉아서 분위기가 익을만하면 그는 비박장비 이야기를 하고 앞 사람의 옆 사람이 가져온 비박 장비까지 평가

하고 분석한다. 본인이 갖고 있는 텐트만 해도 다섯 개에 배낭은 열 개쯤 된다. 처음에는 우리 공통의 관심사이니만큼 열심히 들었지만 지금은 그가 비박 장비 이야기를 시작하면 어떤 이야기로 화제를 돌릴까 모두들 고민하기 시작한다.

황은 미국에서 5년 중국에서 3년을 유학했었다. 신학을 전공했을 정도로 독실한 기독교 신자였다. 그러다 단전호흡인가를 알게 되었고 그것에 빠져 신학을 포기하고 단전호흡의 길로 들어섰다. 사람의 얼굴을 보면 영상이 보이고 머지않아 그 사람에게서 본 영상이 현실이 되었다고 하는데 그런 일이 반복될수록 그의 호흡에 대한 맹신은 깊이를 더해갔다. 나름대로의 독창적인 호흡법을 발견해 제법 많은 제자들을 길러내기도 하면서 스승님 소리의 기쁨에 빠져있을 무렵 덜컥 주화입마에 걸렸다. 주화입마란 나쁜 기운이 몸을 치고 들어오는 것이라는 사람도 있고, 몸에 있던 기운들이 움직이면서 나타나는 부작용이라는 사람도 있지만 어떤 것이 진실인지는 그도 모르는 것 같았다. 주화입마로 정신 줄을 놓고 있을 때 도반 중 한 사람이 설악산 어느 계곡으로 데리고 갔다. 텐트를 치고 일주일 정도 머물면서 산행도 하고 명상도 하고 수영도 하면서 서서히 정신이 돌아오기 시작했다. 그때부터 배낭에 텐트를 넣어 산에서 산으로 돌아다녔다. 그가 지금도 호흡을 하는

지 않는지는 말하지 않으니 알 수 없는 일이지만, 아마도 동굴 속 깊은 이야기들을 비박 장비 이야기 같은 것으로 묻어 버리고 싶은 건지도 몰랐다. 산에서 만난 사람들은 본인이 말하기 전에는 개인사를 묻지 않았다. 그것이 예의라고 여겼다. 나이와 이름만 주고받을 뿐이었다. 변호사도, 의사도, 택시기사도, 빌딩 청소부도 다 같은 동행인이었다. 산행 스타일이 맞으면 산우였고, 사는 스타일까지 맞으며 친구가 되었다.

황은 가끔 노래를 부르곤 했다. '트와메바'라는 인도 음악이었다. 그 노래를 부를 때의 그는 비박 장비를 설명할 때와는 다른 사람이 되어 있었다. 그 노래 속의 누군가와 소통하고 있는 듯했다. 몸을 가지런히 곧추세우고 나지막한 소리로 노래를 부르는 황과 비박 장비에 대해 집요하게 파고드는 황이라는 사람 사이에는 무엇이 있는지 나는 그게 늘 궁금했다.

버너 위의 고기가 익고 있다. 아내는 계속 고기를 굽고 재영은 열심히 먹는다. 황은 계속 이야기를 한다. 이번에는 배낭 이야기로 넘어간다. 그의 배낭은 시중에서 구하기 힘든, 비박 매니아들이 중고라도 사려고 눈독 들이는 M배낭을 갖고 있다. 그의 여러 개의 비박 배낭 중 하나다. 90리터의 그 배낭은 아무리 무겁게 짐을 꾸려도 메는 순간 무게를 느낄 수 없다고 했다. 무게 중심이 허리에 있기 때문이라는 게 그의 주장이다.

나는 황의 말을 자르고 용수 선배에게 물었다.

"여기에 리조트가 들어선다니 말이 됩니까? 형은 그걸 믿었어요?"

나는 이곳에 들어서면서부터 들기 시작한 궁금함에 대해 물었다. 용수 선배는 그러게 하고 웃는다.

"이런 곳에 주인이 따로 있었나요?"

황의 질문은 이곳이 산 아닙니까? 로 들렸다. 만항재와 백운산 정상 사이로 길게 나 있는 운탄고도 아래쪽에 자리한 곳이어서 땅이라는 생각이 전혀 들지 않는 곳이다. 금융권에 근무하는 사람들이 대부분 그렇듯이 용수형도 경제 관념이 확실하고 이재에 밝아 손해 보는 일은 절대로 하지 않는 사람이었다.

"여기가 옛날 화전민이 살던 곳이야. 그들의 후손 중의 하나가 이 땅의 주인이었겠지."

용수 형은 동문서답으로 대답을 회피한다. 화전민이 살 만큼 사람의 통행이 불편하지 않은 곳이라는 뜻인지, 아니면 다른 무슨 깊은 의미라도 있다는 건지 이해하지 못하는 말을 남긴다.

한두 잔 마신 술에 취기가 올라 텐트 문을 열고 밖으로 나온다. 더 차가워진 바람이 얼굴을 때린다. 어느새 왔는지 우리들 텐트에서 50미터쯤 옆에 다른 텐트의 불빛이 보인다. 혼자 왔나 보다. 텐트가 한 동이다. 이곳이 개인 사유지라는 것을 모르고 으리 불빛이 있으니 가까이에 텐트를 친 것 같다. 묵묵히 서 있는 산속에 희미하게 박혀있는 텐트의 불빛들이 이곳에 오래전부터 자리 잡은 원주민의 그것처럼 견고하다. 주변을 둘러본다. 온통 어둠뿐이다. 어둠에 잠겨 조용히 숨 쉬고 있는 낮에 보았던 능선들의 목소리가 들리는 것 같다. 그들이 이야기는 늘 다르다. 눈이 내릴 때 부드럽고, 비가 올 때 게탈스럽다. 내가 맑을 때 산은 침묵하지만, 슬플 때 산은 유난히 수다스럽다. 내게 산은 무엇인가. 이런 질문은 이제 더 이상 신선하지 않다. 수없이 내게 질문하지만 그 답을 나는 아직도 모른다. 이것인가 하면 아니었고 저것인가 하면 또 아니었다. 어쩌면 '산은 내게 무엇인가'의 대답은 삶이 흐르듯, 세월이 흐르듯, 사람들이 변하듯, 흘러가고 달라지고 변색하는 것인지도 모른다.

어제 걸려온 아들의 목소리를 떠올린다. 아들의 엄마가 아프다고 했다. 갑상선이란다. 병원에 입원했다는데 차마 그다음 말은 잇지 못하고 얼버무렸다. 나는 아내가 옆에 있어 다음에 전화하겠노라며 전화를 끊었다. 아들의 엄마가 내 아내였을 때 나는 늘 밖으로 돌았다. 집에 들어가면 숨이 막혀 머물러 있을 수가 없었다. 사업 실패로 인한 경제적인 어려움, 돌아 누워있는 아내의 등에서 나오던 냉기, 아이들의 처진 어깨, 널브러진 집안 풍경. 일을 다시 시작했어도 늘 그 자리에 맴도는 현실이 무서워 숨어다녔다. 배낭 하나를 메고 백두대간을 죽도록 걸었다. 밤중에 혼자 그 길을 걸으면 내 몸과 바람에 스쳐 자지러지는 산죽의 울림이 심장이 요동칠 만큼 서늘했다. 간혹 짐승의 흔적이라도 발견하면 당장 산 아래로 뛰어 내려가고 싶었지만 산 아래 거기에 집이 있어 내 하산을 막았다. 집은 현실이었다. 내가 어찌할 수 없는 내 자리. 집은, 현실은, 나를 산 위로 떠밀고 있었다. 백두대간을 왕복으로 끝내고 오지 산행을 했다. 설악산 곰골, 길골, 칠선골, 잦은 바위골을 찾아 헤매고 다녔다. 그런 곳에는 흔히 말하는 등산객은 없었다. 산꾼들이 보일 뿐이었다. 지리산 도장골로 남몰래 숨어들어 청학 연못에서 비닐 하나 덮고 자고 온 적도 있는가 하면, 지리산 빗점골 일대를 누비며 옛날 빨치산들이 숨어 지내던 비트를 찾아 라면을 끓여 먹고 몸을 웅크려 하룻밤 자면서 아구사리가 정말로 연기가 나지 않는지 가지들을 꺾어다가 태워보기도 했다. 바위를 탄 적도 있었다. 북한산 수리봉, 인수봉, 선인봉에 틈만 나면 올라갔다. 설악산 천화대, 장군봉, 적벽에 줄이 걸리면 그 줄에 매달려 악착같이 바위에 달라붙었다. 내가 어디로 올라가고자 이렇게 애를 쓴 적이 있었던가 싶을 만큼 지치도록 바위를 잡고 놓을 줄 몰랐다. 차라리 줄을 놓아 버리고 싶도록 힘든 적이 있었으나 나를 잡은 것은 집이었다. 그럴 때 집은 목숨 줄이기도 했다. 산에서 내려와 잠자리에 들면 절룩거리는 내 영혼에 환희가 찾아 들었다. 바위에 걸린 줄을 잡고 더 이상 올라가는데 힘을 쏟지 않아도 될 만큼 시시해졌을 때 비박 장비를 사들이기 시작했다. 청학 연못 바위틈에서 하룻밤 난장 치던 기억과 천화대 등반할 때 왕관봉에서의 하룻밤이 나를 내내 잡아끈 것이 이유가 되었다. 그렇게 산에서 한 생 마감하겠노라 작정하며 휘젓고 다닐 때 전처랑 헤어졌고, 일 때문에 알게 된 지금의 아내를 만나 자연스레 집을 함께 쓰게 됐다. 저 사람을 위해 내가 그토록 힘들었을까 싶을 만큼 지금의 아내는 오래된 옷처럼 편안하게 잘 맞았다.

텐트에서 조금 떨어진 곳에서 소변을 보고 돌아서는데 랜턴 불빛이 다가온다. 아내인가? 랜턴 빛에 눈이 부시다.
"저 옆에 텐트 친 사람입니다."
그가 바지춤을 올리며 말한다.

"어디서 오셨습니까. 저는 정선 단임골에서 왔습니다."

그는 서울에서 왔다는 내 말에 반색을 하며 자신도 서울 살다가 이곳 정선이 좋아 내려온 지 여러 해 된다고 한다.

"단임골은 계곡이에요. 첩첩산중 산골에 있다가 보면 갇혀 있다는 생각이 들어요. 그럴 때면 차에 장비 무작정 때려 싣고 이쪽으로 오죠. 하늘 가까이 올라오고 싶을 때 만항재만큼 좋은 곳이 없습니다. 차를 몰고 올라올 수 있는 가장 높은 곳이잖아요. 제 해방구나 마찬가지입니다. 그래서 여길 많이 좋아해요."

해방구라는 말을 따라 하며 그를 바라본다. 큰 키, 서글서글한 목소리 그리고 검게 탄 얼굴 아래 숨어 있는 반듯하지만 단순한 얼굴. 거칠고 힘겨운 삶을 모를 것 같은 그의 입에서 나오는 해방구라는 말은 엄살처럼 여겨졌다. 독한 야관문주 두 잔을 연이어 마신다. 그는 만항재와 정선과 운탄고도에 대해 우리에게 들려주기 시작한다. 함백산 정상에 올라가 보면 온갖 산들이 다 보이고 그들이 춤을 추듯 일렁인다는 것. 함백산에 안개가 끼면 신비로울 만큼 아름답다는 것. 그것은 본 사람만이 알 수 있는 묘한 느낌이라는 것. 아마도 태백산이 신령스럽다고 하는데 자기는 여기 만항재와 함백산이 더 신령스럽다고 말한다. 재영은 중간중간에 질문을 하며 그의 이야기를 열심히 듣는다. 재영이 저랬었나. 오늘따라 눈이 깊고 빛이 난다. 황은 그냥 묵묵히 이야기를 듣고 있다. 다 안다는 것 같기도 하고, 모르니 무관심하다는 것 같기도 한 묘한 표정이다. 조금 들어간 술이 얼굴빛을 불그스름하게 바꾸어 놓았을 뿐이다.

아내는 이야기를 들으며 술안주 챙기기에 바쁘다. 가끔은 그런 아내가 싫을 때도 있다. 어딜 가나 궂은일을 먼저 도맡아 하는 아내. 아내의 나이가 나보다 여섯 살 아래이니 재영보다 두 살 어린데 아내가 언니 같다. 재영은 아직 결혼을 하지 않은 노처녀다. 간혹 연애를 하는 기미가 보일 때도 있지만. 이내 끝나는 것 같았고 또 누군가와 비박 팀에 동행하기는 하지만 딱히 만나는 사람 같지는 않아 보였다. 그리 밉게 생기지도 않은 그녀가 굳세게 처녀를 고수하는 데에는 이유가 있을 것이다. 재영의 손에 든 술에 제법 속도가 붙기 시작한다. 황이 또는 단임골 사람이 그녀의 잔을 채운다.

어느새 낚아챘는지 황이 다시 비박 장비 이야기로 몰아간다. 나나 아내나 재영은 정선 이야기를 더 듣고 싶다. 아는지 모르는지 새로운 이의 등장에 황의 비박 장비 이야기는 신이 나 있다. 이른 시간인데도 졸음을 참을 수가 없는지 연신 하품을 하는 아내에게 먼저 자라고 눈짓을 한다. 침낭으로 옮겨가고 있는 황의 이야기를 뒤로하고 나는 아내를 데리고 텐트로 간다. 조금 전까지만 해도 불지 않던 바람이 분다. 춥다. 아내는 물휴지로 화장을 지운다. 그녀의 침낭에 손을 넣어 본다. 뜨끈뜨끈하다. 핫 팩 두 개의 위력은 대단하다.

"고어텍스는 벗고 우모만 입고 들어가서 자. 그러다가 더 우면 우모를 벗는 거야. 마무리하고 올 테니 자고 있어. 자다가 추우면 핫팩 하나 더 넣어줄 테니까 말해."

아내의 잠자리를 봐주는 일은 내 의무다. 비박은커녕 산의 언저리에도 가보지 않은 그녀가 나와의 동행에 불평 없이 따라주는 것만으로도 고맙다. 팀을 꾸려 올 때에는 음식 솜씨 좋은 아내가 식사를 도맡아 해준다. 설거지야 나누어 한다고 하지만 이 추운 날 웅크리고 앉아 꼬물거리며 식사 준비하는 모습은 그 자체로 감동이다. 그래도 지난가을 설악산 노인봉에 다녀온 이후로 아내가 비박의 묘미를 조금씩 알아가는 것 같아 다행이다.

노인봉은 범봉 옆에 있는 봉우리다. 천불동 계곡의 끝에 있는 무너미 고개에서 공룡능선으로 한 시간쯤 진행해야 도착하는 만만치 않은 비박지인데, 무거운 비박 배낭을 메고 아내와 나는 열 시간을 걸어 그곳엘 찾아갔었다. 바람이 몹시 부는 날이었다 지칠 대로 지쳐 도착한 노인봉 정상 바위 옆에는 텐트 한 동 칠 공간밖에 없었다. 조금 내려오면 아늑한 비박지가 있었지만 우린 정상을 선택했다. 다른 곳에서는 볼 수 없는 특별한 조망과 360도 열려있는 하늘의 수많은 별들과 밤새도록 별똥별이 흘러내린다던 그곳은 주말이면 그 자리에서의 하룻밤을 위해 이른 새벽 출발해야 할 정도로 비박 하는 이들에게는 명당자리였다. 그날은 평일이라 다행히 자리가 남아 있었다. 물은 각자 1리터 한 병. 그걸로 라면을 끓여 먹고, 물휴지로 얼굴을 닦아내고, 패트 병에 담아간 와인을 마셨다. 멀리 속초 시내의 불빛이 은하수처럼 퍼져있었다. 하늘을 올려다보았다. 축제가 벌어지고 있었다. 그렇게 밝고 큰 별들을 본 건 처음이었다. 격한 바람 소리와 별들의 축제가 묘한 대비를 이루면서 밤은 깊어갔다. 취기를 방패 삼아 잠들려고 각자의 침낭 속으로 들어갔다. 텐트가 심하게 흔들렸다. 아내가 무섭다고 했다. 침낭을 펴서 내 것은 깔고 아내 것은 덮어서 하나로 만들었다. 바람은 밤새 텐트를 공중부양 시킬 것처럼 대들었다. 아내가 잠들기 어려운지 내게 안겼다. 밤새들이 후드득 날아가는 소리가 들렸다. 이튿날 아침 일어났을 때 하늘은 말끔하게 개어 있었고 바람 한 점 없었다. 우리는 버너에 커피를 끓여 멀리 속초 시내를 내려다보며 마셨다. 운무가 왕관 바위 주변을 맴돌고 있었다. 왕관 바위가 운무에 의해 나타났다 사라졌다를 반복했으며. 천화대가, 잦은 바위골이, 화채능선이, 칠형제봉이 모두 우리를 위해 존재하는 것 같았던 날. 그날 이후 아내에게 노인봉은 그리움이 되었다.

아내가 침낭 속으로 들어가는 것을 보고 나는 다시 쉘터로 간다. 재영이의 목소리가 밖으로 조곤조곤 흘러나온다. 지퍼를 열고 문을 여니 온기와 함께 삼겹살 비린내와 김치 냄새가 비집고 나와 내게로 달려든다. 잠시 문을 열어두고 환기를 시킨다. 재영이 춥다고 손짓을 한다. 황이 문을 닫는다.
　재영을 안지도 벌써 여러 해다. 내가 이혼을 하기 전에 비박 팀에서 알게 되었으니 칠 년째인가. 가느다란 두 다리로 지탱하고 있는 20킬로의 비박 배낭이 자꾸 눈에 걸려 여러 번 흘깃거렸었다. 산길을 오르다 휴우 하고 한숨 몰아쉬며 허리를 펴는 그 모습에 연민을 느꼈던 적도 있었다. 그렇게 한 달에 두 번 또는 세 번씩 무거운 배낭을 메고 함께 산에 오르고, 텐트를 치고, 같이 밥을 끓여 먹는 동안 그녀는 30대를 보내고 40대를 맞았고, 나는 그런 그녀를 여자에서 중성으로 중성에서 동지로 자리를 바꾸어갔다. 이혼 전의 음습한 얼굴, 이혼 후의 황

량한 눈동자, 지금의 아내를 만나 비로소 안정을 찾은 나의 세월을 보아 왔던 그녀에게 나는 어떻게 변해 왔는지 가끔은 궁금하기도 했다. 저영은 본인 이야기를 전혀 하지 않았다. 그냥 함께 걷고 함께 텐트를 치고 함께 산중의 밤을 보내왔을 뿐이었다. 단지 보이는 만큼 그녀를 볼 뿐이고 같이 있는 동안 친밀할 뿐이었다. 그녀는 누구에게나 친절하고 상냥하고 그 누구에게나 중 한 사람이 나이기도 했다.

늦은 시간까지 술자리가 이어진다. 이야기를 하기도 하고 노래를 하기도 하고 시시껄렁한 농담도 한다. 누군가는 숨겨진 마음속 이야기들을 여과 없이 흘려 내보내는 이 자리 어두운 산속 텐트 옆이다. 내가 이혼한 것을 털어놓은 것도 지금의 아내랑 재혼한 이야기를 처음 꺼낸 자리도 비박지였다. 꽁꽁 싸매두고 절대 풀지 않을 것 같은 비밀들이 별빛 아래 술잔 돌아가는 이런 밤에는 저절로 느슨해지는 법. 그게 술 때문만은 결코 아닐 것이다. 그런데도 재영의 매듭은 결코 여밈을 풀지 않았다. 그런데 오늘 재영이가 심상치 않다. 내가 그동안 알던 그녀가 아니다. 말투도 눈빛도 늘어지기 시작한다.

"재영 씨 이제 들어가 자요."

"더 있을게요."

단임골도 황도 돌아갈 생각을 하지 않는다. 안주로 남아 있는 부대찌개가 식어 있다. 버너에 불을 다시 피운다.

"저는 이렇게 구질구질한 거 정말로 싫어요. 씻지 못한 채 침낭 속으로 들어가는 것도 싫구요, 옷 입은 채 자는 것도 싫어요. 밥그릇을 물휴지로 닦아야 하는 것도 싫고, 설거지한 물에 또 설거지하는 것도 싫어요. 겨울에는 또 얼마나 춥게요. 아침에 일어나면 텐트 안쪽에 결로가 차서 옛날 학교 유리창에 성에가 끼듯 텐트 안쪽이 온통 성에로 하얗잖아요. 성에를 털어내며 지금 나는 무얼 하고 있나 생각하곤 해요. 집으로 가면서 담부터는 절대 비박 따라나서지 말자고 다짐을 해요. 그런데 집에 누워 있으면 나를 부르는 소리가 들려요. 텐트를 열고 나왔을 때의 날고 싶은 몸이 나를 자꾸 산으로 끌어내요. 유 선배나 황 선배가 비박 가자고 연락이 오면 저는 무슨 마법에 걸린 듯 짐을 꾸리고 배낭을 메고 집을 나서요. 집을 나서면서도 내가 또 왜 이럴까 혼자 짜증을 내면서도 겉으로는 웃고, 같이 산에 오르고, 텐트를 치고, 밥을 먹어요."

재영의 횡설수설이 가져오는 단상에 젖어 나는 술 두어 모금을 더 들이킨다. 단임골에게도 황에게도 용수 형에게도 한 잔씩 건넨다. 그녀를 부른 것은 무엇이었을까. 오대산 을수골의 옥 같은 계곡물이 너를 불렀겠지. 연인산 잣나무 숲의 잣 향기가 너를 불렀겠지. 설악산 곰골 입구에서 타프만 치고 자던 날 그 밤에도 익어가던 찬란한 단풍들이 널 불렀을 거야. 텐트 문을 열고 나온 이른 새벽 거기에 산이 있다는 것과 그 산이 부스스 털고 일어나는 광경을 보면서 최초의 목격자라도 된 듯이 벅차게 부풀던 우월감이 널 놔주지 않았던 걸 거야.

"그렇게 싫은데 왜 다녀요."

용수 형이 말한다. 재영이 용수 형을 바라본다. 재영의 말에 공감하며 생각에 잠겨있던 나도 용수 형의 퉁명스런 말투에 당황한다. 램프 등이 흔들리고, 바람이 불고, 텐트가 흔들린다. 텐트보다 램프가 바람에 더 예민하다.

"선배님 지금 재영 씨는 산을 도저히 떠날 수 없다고 엄살 부리는 거예요."

싸늘한 침묵을 깨고 황이 나선다.

"아까 보니까 다른 사람은 음식을 많이 준비해 왔는데 재영 씨는 젓가락만 들고 와 앉더라구요. 분위기를 보아하니 늘 그런 모양이더군요. 사람이 서로 버려를 해야지 자기만 편하면 안 되는 거죠. 그런데 구질구질하다는 말을 하고 있네요. 며칠 동안 먹을 음식을 배낭 가득 준비한 사람도 있는데…"

처음 본 용수 선배의 눈에도 재영의 그런 행동이 눈에 거슬렸던 모양이었다.

"여기 제가 아주 소중하게 생각하는 곳입니다. 아무나 오라고 초대하지 않아요. 저 후배를 제가 아주 좋아합니다. 비박을 한다고 하길래 여기만큼 좋은 비박지도 없다고 하며 제가 초대한 겁니다. 여기를 보여주고 싶었어요. 그런데 재영 씨는 오자마자 텐트를 치면서 땅이 얼어서 팩이 안 박힌다, 뒤가 막혀 있는데도 바람이 많이 불어 춥다며 이것저것 투덜거리더군요. 그때부터 제가 좀 불편했는데 지금 하는 이야기를 들으니 갑자기 화가 납니다."

"선배님!"

황이 용수 선배의 말을 막았다. 그래도 용수 선배가 말을 하려 하자 황이 또다시 말을 한다.

"선배님. 오늘 처음 본 재영 씨가 설령 선배 눈에 거슬린 행동을 했다 하더라도 정호 씨를 아끼신다면 그 주변 사람들도 존중해주셔야지요. 저희는 이 비박지 때문에 온 것이 아닙니다. 정호 선배를 따라서 여기에 계신 선배님을 뵈러 온 겁니다. 이런 곳에 원두막을 짓고 사시는 분은 얼마나 다른 사람일까 궁금했어요."

"형! 재영 씨 참 좋은 사람이에요. 벌써 칠 년째 같이 비박을 다니고 있어요. 우린 각자의 성향을 존중합니다. 음식을 못하고 일을 못해도 우리가 그녀를 좋아합니다."

내가 황을 거드는 중에 재영이가 일어나 텐트를 열고 나간다. 나가는 그녀의 뒷모습에서 바람이 분다. 얼핏 눈가에 물기를 본 것도 같다. 이제까지 재영에게 품고 있던 불만들이 순식간에 사라진다. 그녀 눈의 물기가 오늘따라 밝지 않은 램프에 반사되어 빛난다. 그녀가 나간 자리에서 용수 형과 황은 서로의 생각을 지르하게 주고받는다. 나는 듣는 듯 마는 듯 술을 마신다. 단임골도 이 자리가 불편한지 말없이 앉아 있다. 한참 후 들어온 재영은 단임골 앞에 놓여져 있는 술병을 손을 길게 뻗어 가져다가 용수 형의 술잔에 따른다. 미안하다는 말도 잘하겠다는 말도 없다. 선배도 말없이 재영의 술을 마시고, 말없이 앉아 있던 단임골도 재영에게 술을 권한다. 황과 나는 그런 세 사람을 물끄러미 바라본다. 재영의 눈에 비쳤다가 사라졌다 또 비쳐지는 물기를 아슬아슬하게 바라본다. 바람 소리가 커진다. 아무래도 오늘은 바람 소리 때문에 제대로 잠을 못 잘 것 같다.

　재영은 무슨 말이 하고 싶은지 술잔을 내려놓는다.

　"어제가 그날이었어요. 남편에게 전화 온 날."

　황과 나는 무슨 헛소리냐며 재영을 바라본다. 남편이라니.

　"저 결혼했었어요. 이혼한 건 아니구 헤어졌어요. 이유요? 제가 싫대요. 전 그 사람이 좋았는데 이유 없이 제가 싫다는 사람 붙잡고 놓을 수가 없어서 그냥 보내주었어요. 그런데 이혼은 해줄 수가 없다고 했어요. 언젠가는 돌아올 것 같아서요. 다음 달이면 십 년이에요. 때가 되면 전화가 와요. 이혼해 달라구요. 어제 배낭을 메고 집을 나서는데 전화가 온 거예요. 아무런 말도 하지 않았어요. 이제는 정말로 보내줘야 하나 봐요. 지난 십 년 동안 마치 살아있는 시체같이 살았어요. 집에 들어가면 침대 맡에 웅크리고 앉아 멍하니 티브이 바라보다 잠들었어요. 언젠가는 그가 돌아올 것 같아서 자다가 작은 소리에도 벌떡 일어나 서성거리고, 그렇게 기다리다 안 올지도 모른다는 생각이 들면 미쳐버렸죠. 집안은 온통 쓰레기투성이고, 간신히 먹을 것만 먹고 살았어요. 늘 온몸이 아프고 늘 아무것도 할 수 없는 무기력 상태. 그러다 산에 오면 살아나요. 산에 왔다가 가면 일주일은 멀쩡해서 청소하고 빨래하고 먹을 걸 만들어요. 그래서 목숨처럼 산에 다녔어요."

상처와는 어울릴 것 같지 않은 재영을 자세히 보니, 눈밑의 주름이나 입을 다물면 보이는 턱의 자잘한 근육들이 굴곡져 보인다. 그녀에게도 누구에게나 처럼 견뎌야 하는 삶이 있었다. 어김없이 삶은 그녀에게도 아픈 칼날 한 줄을 그어놓고 갔다. 단임골이 슬그머니 일어나 밖으로 나간다. 해야 할 말을 찾지 못한 황과 나 그리고 용수 형은 그저 술잔을 기울일 뿐이다.

한참 후, 자려고 간 줄 알았던 단임골의 목소리가 들린다. 밖으로 나오란다. 추운 날 왜 나오라고 하는 것인지 의아해하며 신발 끈을 맨다. 어디서 났는지 장작을 한 무더기 쌓아 놓고 불을 피우고 있었다.

"만항재 주차장에 차를 세워 뒀거든요. 거기 다녀왔습니다."

장작 불빛이 타올라 오면서 우리들은 불 가로 모여든다. 단임골이 민박집을 운영하고 있다는 것을 그제야 말한다.

"벽난로에 장작을 때서 보일러를 가동하는 난방 시설 공사를 최근에 다시 했습니다. 행여나 해서 장작을 차에 실어놨어요. 외로운 사람들은 따뜻한 게 최곱니다."

산속으로 민박집을 하러 들어갈 만큼의 매력이 단임골이라는 곳에 있는 것일까. 아님 다른 이유가 있는 것일까. 제발 오늘만은 글을 쓰러 혹은 그림을 그리러 아니면 그곳의 하늘이라도 좋아서 단임골로 들어갔노라고 그가 말해 주었으면 한다. 재영을 본다. 하얀 눈밭에 피어나는 들꽃. 불빛 속에서 재영의 얼굴이 빛나기 시작한다. 용수 형이 텐트에서 다운 재킷을 가져다 재영에게 건넨다. 아내도 잠이 깼는지 텐트 문을 열고 나온다. 불빛을 돌며 황이 작게 노래를 부르기 시작한다. 늘 부르던 그 노래다. 그가 어떤 상황에서 이 노래를 부르는지 알기에 우리들도 조용히 따라 부르기 시작한다. 혼자 맘으로 부르면 그의 노래 속 세상과 우리는 분리가 되지만, 소리를 내어 함께 부르면 그의 세계를 공유하는 것이다. 아마 황은 마음이 고요해질 때까지 부를 것이다.

트와메바 마아타 차 피타 트와메바 트와메바 반두스차 사카 트와메바

의자를 내오고 외투를 내오고 내일을 위해 비축해둔 햄과 소시지를 내온다. 단임골이 보온병의 뜨거운 물을 재영에게 따른다.
"단임골에 놀러 오세요. 겨울의 단임골은 유배지처럼 춥습니다. 춥지만 아름답죠. 제가 좋은 방 하나 내어 드릴 테니 오래오래 놀다 가셔도 됩니다. 취직자리를 원하신다면 취직도 시켜드릴게요. 주방 아줌마가 필요해요. 누군가가 지어주는 밥이 먹고 싶어 주방 아줌마를 구하고 있던 중이었어요."
재영이 단임골에서 둥지를 틀고 환하게 웃는 모습이 불빛에 환영처럼 나타난다. 불길이 잦아들자 장작을 더 올려놓는다. 불길이 길고 붉은 혀처럼 장작을 감아 삼킨다
황의 노래는 여전히 낮게 이어진다. 눈을 감고 음유시인처럼 노래를 읊는다.

황에게 그 노래는 무엇일까. 나에게 산과 같고, 단임골에게 단임골 같은 그런 그 무엇일까. 노래를 들으며 나는 늘 궁금해하던 그것을 또 궁금해한다. 황도 단임골도 아는 사람이지만 모르는 사람이다.

만항재의 밤은 그렇게 깊어간다. 몽유도원도처럼, 신선처럼, 사람처럼, 삶처럼 시간처럼 그렇게 깊어간다.
내일은 함백산에 오를 것이다.
거기 올라가 산들의 군무를 오래오래 바라다볼 것이다. 바라보다 보면 김이 말하던 몽유도원도 같은 풍경이 보일까.

몽마르뜨의 눈물

손에 닿는 허전한 기운을 느끼고 잠에서 깨어났다. 옆자리가 비어있었다. 벌떡 일어나 불을 켜기 위해 침대에서 내려왔다. 침대와 방문 사이에는 탁자가 있었다. 손으로 그 탁자를 더듬거리며 기어서 스위치를 찾아 불을 켰다. 깜빡거리다 불은 켜졌고 그 불빛 속에서 엄마가 누워있던 자리의 이불이 아무렇게나 접혀 있었다. 문을 열고 밖으로 나갔다. 텅 빈 거실에 엄마의 캔버스와 흩어진 물감들이 가로등의 불빛을 간신히 받아들여 희미하게 보였고, 짙은 감색의 소파 위에 엄마의 숄이 방금 보았던 침대 위의 이불처럼 아무렇게나 등받이에 걸쳐져 있었다. 그 숄은 엄마가 소파 위에 앉아 있을 때의 모습과 닮아 있었다. 거실에도, 엄마의 방에도 엄마는 없었다. 분명 어젯밤 엄마는 나와 함께 내 옆에서 잠들었었다. 엄마는 전화를 받지 않았다. 전화기 숫자판을 또 돌렸다. 내 손이 닿지 않는 저쪽 세상에서 빈 전화벨이 쉼 없이 울렸다. 엄마의 목소리를 듣기 위해, 구섭지 않기 위해. 다른 세상의 울음소리 같은 전화벨 소리를 듣기 위해 숫자판을 돌리고 벨소리가 끊기면 또 돌렸다. 베란다에서 바스락거리는 소리가 들렸다. 엄마일까. 고개를 돌려 베란다를 바라보지만 허공처럼 잡히지 않는 어둠만 거기에 있었다. 거리에서 사람들의 말소리와 웃음소리가 가까이 다가오더니 점점 멀어져갔다. 그들의 말소리에 고요해졌던 다음이 웃음소리가 멀어지는 것과 반대로 불안해졌다. 얇은 벽을 사이에 둔 저 밝은 빛과 이 어두운 방이 얼굴의 반은 천사 반은 악마인 사람을 보는 것처럼 무서웠다.

그때 전화가 걸려왔다. 엄마 화실에 있어. 금방 갈게. 엄마의 목소리는 부석거렸다. 잠을 자고 일어났을 때, 그림에 열중하고 있을 때 엄마는 그런 목소리로 나를 불렀다. 어딘가 깊은 웅덩이 속에 잠겨 있다가 나온 듯한, 물에 푹 젖은 엄마의 그 목소리가 나는 좋았다. 금방 온다던 엄마는 인적 드문 한밤의 골목길에 열 명이 넘는 사람들이 지나갈 때까지도 오지 않았다. 엄마 목소리를 듣고 나니 무서움은 한결 덜해졌지만 잠은 오지 않았다. 이층 창문을 열었다. 텅 빈 거리엔 술 취한 이가 비틀거리며 언덕길을 내려가고 있었다. 사람들은 이 언덕으로 술을 마시기 위해 몰려들었다. 이 언덕이 술을 부르는 언덕이라고 했다. 바람이 불었다. 부는 바람에 얼굴을 내밀었다. 부는 바람에서도 술 냄새가 났다. 얼굴을 감싸고 도는 바람처럼 엄마가 얼른 왔으면 좋겠다고 생각했다. 엄마는 성당 쪽에서 오든지 풍차가 있는 집 쪽에서 오든지 두 가지였다. 무겁게 내려앉는 눈꺼풀을 억지로 뜨고 감기면 뜨면서 엄마를 기다렸다. 엄마는 온다는 시간이 훨씬 지난 시간에 푸석푸석한 모습으로 돌아왔다. 엄마의 품속으로 파고들었다. 낯선 냄새가 났다. 이제까지 맡던 그 냄새는 아니었다.

"모리스! 아저씨 오셨어. 인사해라."

아저씨가 오셨다. 한 손에는 커다란 가방을 들고 나머지 한 손에는 과일 봉지가 들려있었다. 아저씨는 그것을 내게 내밀었다. 과일 봉지를 들고 이층 내 방으로 올라와 침대 귀퉁이에 그 봉지를 던져 놓았다. 모퉁이에 있는 우리 집 이층 창문에서는 오고가는 사람들이 보였고 산 위의 성당의 탑도 보였다. 나는 탑들을 올려다보며 엄마가 밤에 화실에 나가지 않도록 해주세요, 하고 빌었다. 과일 봉지가 옆으로 기울어져서 사과와 오렌지가 침대 위로 굴렀다. 아저씨가 오면 엄마는 나를 위층에서 내려오지 못하도록 했다. 아저씨가 그림 그릴 때 방해해서는 안 된다고 했다. 아저씨는 우리 집에 이틀에 한 번쯤 오셨고 아저씨가 오기로 되어 있는 날은 엄마의 화장하는 시간이 길어졌다. 엄마는 꽃무늬가 그려진 긴 드레스로 갈아입고 아저씨의 모델을 하거나, 앞치마를 두르고 같이 그림을 그리거나 했고 가끔 엄마의 방에서 와인을 마시기도 했다. 이층에 갇히는 날이면 창밖의 거리 풍경을 바라보며 나도 스케치북에 그림을 그렸다. 아저씨가 들고 온 커다란 가방을 들고 다니는 사람들이 거리에 자주 보였다. 그 가방 속에는 붓과 물감과 종이가 들어있다는 것을 알고 있었다. 그들은 저 위 성당 근처에 있는 광장에서 그림을 그리는 사람들이었다. 엄마도 가끔 그곳에서 그림을 그렸고, 나도 사람들이 모여 그림을 그리는 그곳이 궁금했지만 가 본 적은 없었다. 오른쪽 창문에서는 성당이 보였고 왼쪽 창문에서는 카페가 보였다. 카페에서는 늘 음악소리가 들렸는데, 그 음악소리를 듣기 위해 나는 항상 창문을 열어 놓았다. 들려오는 음악에 따라 내 마음이 달라졌다. 카페가 며칠 동안 문을 닫은 일이 있었다. 그때 되돌아가는 손님들과 불 꺼진 그 카페의 모습은, 그 거리는 마치 엄마가 없는 한밤중처럼 쓸쓸했고 힘이 없었다. 그 이후 나는 학교에서 돌아오면 젤 먼저 그 카페가 문을 열었는지 확인했다. 열린 문으로 음악소리와 함께 활기가 흘러나오면 그때서야 비로소 안심이 되었다. 그곳엔 담쟁이 넝쿨이 하얀 벽을 타고 올라가 있어서 꽃이 피는 여름이 오면 꽃향기와 음악소리로 온 거리가 가득 찼다. 그때만은 빛이 들어와도 어두웠던 내 이층 방까지 향기가 들어와 밤이면 더욱 강해지는 그 향기를 맡느라고 늦은 밤까지 잠들지 못했다. 머지않아 사라질 향기를 오래도록 맡기 위해서였다. 이층 창문 앞에서 그림을 그리다 보면 엄마가 나를 불렀다. 아저씨가 집에 갈 시간이거나, 같이 저녁을 먹을 시간이 되었다는 신호였다.

 아저씨가 오셨다. 엄마가 없는 날이었다. 늘 들고 다니던 커다란 가방을 들고 오지 않았다. 과일 봉지나 케이크가 들려 있던 왼손에도 아무것도 없었다. 아저씨는 화가 난 얼굴로 거실에 앉아 엄마를 기다렸고 나는 이층으로 올라가 늘 그랬듯이 창문을 열고 밖을 보는데 한참 후 모리스! 하고 불렀다. 나랑 광장에 가지 않겠니? 아저씨는 행여나 엄마가 거기에서 그림을 그리고 있지 않을까 해서 가자고 하는 거였지만, 화장하는데 걸린 시간이 다른 날보다 오래 걸린 엄마가 거기에 가지 않았으리라는 것을 나는 알고 있었다. 엄마가 화장을 하지 않는 날은 그림을 그리는 날이었고, 모델 일을 하기 위해서 나가는 날이나 바에 춤추러 가는 날은 화장을 오래 했는데, 모델을 하러 나가는 날과 춤추러 가는 날의 화장은 어딘가 달랐다. 난 아무런 말도 하지 않은 채 아저씨를 따라 집을 나섰다. 그 광장에 가보고 싶었기 때문이었다. 말없이 아저씨를 따라서 걷는데 몇몇 사람들이 아저씨에게 허리를 깊숙이 숙여 인사를 했다. 여기에서 버스 타고 한 시간이나 걸리는 16구역에 살고 있는 아저씨가 이 동네에 아는 사람이 많다는 것이 이상했다. 엄마는 아저씨에 대해 내게 알려주지 않았지만, 그가 들고 다니는 큰 가방 안에 그림을 그리는 도구가 들어 있다는 것과 부자라는 것과 혼자 산다는 것은 알고 있었다. 엄마는 아저씨랑 결혼하고 싶겠지만, 나는 아직도 일 년에 한두 번 만나는 아빠와의 시간을 늘 기다리고 있었기 때문에 엄마가 아저씨랑 결혼하는 것을 원치 않았다. 광장으로 가는 길에는 백 개쯤 되는 계단이 있었다. 아저씨는 빠르게 그 계단을 올라갔다. 계단을 올라가서 조금 더 걸어가면 광장이었다. 광장에는 많은 사람들이 그림을 그리고 있었다. 아저씨는 그림에는 눈길도 주지 않고 줄곧 엄마를 찾고 있었다. 엄마는 당연히 보이지 않았다. 사람들 사이를 부지런히 다니던 아저씨는 찰걸음이 점점 느려졌고, 맨 처음 우리 집에 들어설 때의 힘이 가득 들어간 눈에서 점점 힘이 빠진 희미한 눈빛으로 변해가고 있었다. 엄마의 그림에서 보던, 먹구름이 몰려오는 하늘 같았다. 내게 무엇을 먹겠느냐고 물었다. 광장 주변으로는 그림을 그리는 사람들을 위한 레스토랑이 많았다. 그중 노천카페에 앉아 나는 햄버거를 시켰다. 아저씨는 와인과 오렌지주스를 주문해서 주스는 내게 주었다. 햄버거는 다른 곳보다 크고 맛있었다. 이 언덕에서 파는 햄버거는 크게 만들어야 해. 배고픈 사람들이 모여 있기 때문이지. 언젠가 엄마가 했던 말이 생각났다. 그림을 구경하는 사람들, 자신의 초상화를 사기 위해 의자에 시선을 고정시키고 앉아 있는 사람들. 그들을 그리고 있는 사람들로 광장은 시끄러웠다. 광장의 풍경은 그동안 봐 왔던 우리 집 근처의 거리와 카페와는 달리 부드럽게 출렁이며 계속 움직였다. 이 언덕을 그린 그림들이 많이 전시되어 있었다. 사람들이 그 그림들 앞에서 한참 머물다가 지나갔다. 엄마도 저기서 그림을 그리면서 누군가 그림을 사주기를 기다렸을 거라는 생각이 들었다. '모리스 여기 앉아 있어. 네 모습을 그려줄게.' 엄마는 해마다 나를 거실 의자에 앉혀놓고 내 초상화를 그려주곤 했다. 앉아있는 것이 힘들었지만, 엄마랑 함께 오랜 시간 있을 수 있는 몇 개의 기회 중 하나였기 때문에 난 그 시간을 기다렸다. 그런데 언젠가부터 엄마는 내 모습을 그리지 않았다. 아저씨가 우리 집을 드나들 즈음부터인 것 같았다. 엄마는 나를 그리던 그 시간을 아저씨에게 그려지는 그 시간으로 바꿔버렸다. 지금 아저씨가 이렇게 엄마를 찾아 헤매는 것을 보면서도 슬프지 않은 것은 아마도 그런 이유 때문이지 않을까.

집으로 오는 길은 갔던 길과는 다른 길이었다. 성당 옆에 많은 노점상들이 있었고 그 앞 계단에는 거리의 악사들이 음악을 연주하고 있었다. 계단에 앉아서 음악을 듣는 사람들, 성당으로 들어가는 사람들, 그리고 물건을 파는 거리의 사람들을 지나 우리 집 쪽으로 향하는 길목으로 들어서면서 나무들이 줄지어 선 내리막길 옆에 레스토랑들이 있는 길을 발견했다. 가로수 사이로 레스토랑의 의자들이 놓여져 있었고 거기에 사람들이 앉아서 식사를 하거나 차를 마시고 있었다. 엄마의 그림에서도 보았고, 다른 사람들의 그림에서도 보던 그 풍경이었다. 그 길이 마음에 들어 자꾸 힐긋거렸다. 아저씨가 앞에 가다가 돌아서서 나를 기다렸다. 햇볕을 피해 얼굴을 약간 숙이고 나를 향해 서 있는 아저씨의 모습에서 아주 잠깐 아빠의 얼굴이 보였다.

엄마는 저녁 시간이 지나 얼굴이 붉어져 들어왔다. 와인을 많이 마신 얼굴이었다. 거실에서 한 곳에 시선을 꽂고 움직이지도 않은 채 엄마를 기다리던 아저씨가 문소리를 크게 내며 안과 밖을 드나들 즈음이었다. 아저씨와 엄마가 다투는 소리가 이층까지 들려왔다. 나는 계단 마지막 칸에 두 손으로 무릎을 감싸 안고 턱을 무릎에 올려놓고 앉아 있었다.

"대체 어디에 갔었어? 오늘 나와 그림 그리기로 한 날 아니었어?"

"화내지 말아요, 렉. 모리스가 들어요."

"모리스를 생각한다면 다른 사람들의 모델 일은 그만둬. 난 당신이 그 일 계속하는 것을 원치 않아."

"난 화가이기 이전에 모델이었어요. 난 그 일을 할 때 그림을 그릴 때와는 다른 성취감을 느껴요. 그만둘 수 없어요."

"당신이 최고의 모델이라는 것 알고 있어. 많은 화가들이 당신을 그리고 싶어 한다는 것도 알아. 그렇지만 지금 당신은 화가이고 모리스의 엄마이고, 또 내 아내가 될 사람이야. 당신의 그림을 그리는데 집중하고, 나만의 모델이 되길 원해."

"…"

"이런 일이 자꾸 반복되면 견딜 수 없어. 나는 갈 테니 잘 생각해 봐."

연락할게, 라는 말을 남기고 아저씨는 크게 문소리를 내면서 나갔다. 연락할게, 라는 말은 힘이 없이 문소리와 함께 흩어졌다. 내 기억할 수 있기 훨씬 이전에 엄마와 아빠가 이혼했고, 내가 기억할 수 있을 때부터 우리 집엔 낯선 사람들이 드나들었다. 그 사람들은 잠시 또는 전혀 기억되지 않는 상태로 멀어져갔다. 이 집으로 이사 오면서 아저씨가 오셨다. 내가 여섯 살 때였으니 2년이나 지났다. 엄마는 계단이나 창문이 고장 나면 아저씨에게 연락했다. 그전에는 주인들이 와서 고쳐주었는데, 아저씨가 사람을 데리고 와서 고쳐주는 것을 보면, 이 집은 아저씨의 집일 것이었다. 아저씨는 화를 내면서 간 이후로 오지 않았다. 엄마는 술을 더 자주 마셨다. 한밤중 잠자다 깨어나 아래층 주방의 희미한 불빛 아래 엄마가 와인을 마시고 있는 모습을 여러 번 보았다. 거실 옆 캔버스엔 며칠 동안 손길이 닿지 않은 듯 먼지가 날렸다. 화장을 하지 않은 엄마의 얼굴은 생기를 잃고 부석부석해져 갔다. 모리스! 오늘은 무엇을 만들어 줄까? 라는, 기분 좋을 때면 울리던 고음의 목소리도 들려오지 않았고 식탁의 온기도 사라졌다. 빵과 샐러드와 우유로 거의 식사를 대신했다. 무엇보다 견디기 어려운 것은 외출해서 밤이 늦도록 집에 들어오지 않는 날이 많아졌다는 것이었다. 집에서 엄마를 기다리다 지쳐 엄마를 찾아 골목골목을 돌아다녔다. 나를 알아보는 사람들이 엄마가 있는 곳을 알려주었지만 찾아가면 만날 수는 없었다. 집에 돌아와 울다 잠들어 눈떴을 때 엄마가 옷을 입은 채로 침대에 쓰러져 있었고 그런 엄마가 반가워 와락 눈물이 났다. 기억은 잘 나지 않지만 예전에도 잠깐씩 이런 일이 있긴 했는데 이번만큼 길지는 않았던 것 같았다. 그런데 벌써 한 갈째 엄마와 우리집과 주방과 캔버스는 생기를 잃어갔고 그럴수록 내 스케치북에 그림만 늘어갔다. 아침에 학교 갈 때가 지났는데도 엄마 방은 조용했다. 냉장고에서 우유와 시리얼을 꺼내 먹고 학교 갈 준비를 하고 내려왔는데도 엄마는 나오지 않았다. 노크를 했다. 아무런 소리도 들리지 않았다. 어제 또 나가셨나 보다. 엄마가 없는 밤에 잠을 깨지 않아서 다행이라고 생각하며 그냥 학교에 가려는데 아무래도 이상했다. 방문을 열어보았다. 엄마가 옷을 입은 채 침대에 누워있었다. 외출 복도 아니고 잠옷도 아니고 어제 하루 종일 입고 있던 그 옷이었다. 엄마 주변으로 술병이 여러 개 흩어져 있었다. 흔들어 깨웠다. 엄마는 아무런 반응이 없었다. 놀라서 아빠에게 전화를 걸었다. 전화를 받지 않았다. 아저씨에게 전화를 걸었다. 한참 아무 말도 하지 않던 아저씨는 할머니 전화번호를 알려주며 할머니에게 연락을 하라고 했다. 할머니는 내가 애기였을 때 나를 키워주었다고 했는데 나는 할머니를 기억하지 못한다. 할머니는 놀라지도 않고 병원에 연락하겠다고 말했다.

"그렇게 독한 술을 세 병씩이나 마시다니. 죽으려고 그랬던 거냐?"

"너무 추워요. 문이나 닫아주세요."

문은 닫혀있었고, 하늘을 향해 피어있던 마로니에 꽃송이가 시들어가고 있던 초여름이었다. 엄마에게만 부는 찬 바람이 내 마음까지 때리는지 자꾸 눈물이 났다. 엄마는 병원에서 일주일 동안 입원했다가 퇴원했다. 퇴원하는 엄마에게 할머니가 말했다.

"피가 뜨거워서 그렇다. 세월이 흘러 피가 식으면 괜찮아질 거야."

엄마는 할머니의 말을 들으며 먼 하늘을 바라보았다. 거실 한쪽에 캔버스가 있었다. 화실에 나가지 않는 날에 엄마는 거기서 그림을 그렸다. 엄마의 캔버스 앞에 서면, 내 방에서 보이던 카페가 큰 유리창을 통해 정면으로 보였다. 엄마는 거기에 서서 오고가는 사람들을 그렸다. 계절마다 풍경이 다른 카페를 그렸고, 우산을 쓰고 지나가는 하늘색 드레스를 입은 여자와 그 옆의 남자를 그렸고, 거실에서는 보이지 않는 성당의 탑과 광장을 그렸다. 엄마는 같은 풍경을 여러 번 반복해서 그렸으나 느낌은 매번 달랐다. 계절이 달랐고 사람들이 달랐고 무엇보다도 그림을 그리는 엄마의 마음이 달랐다. 그림을 그려서 거실에 세워놓았다. 거실은 작은 갤러리였다. 그림들을 보면서 어떤 것은 마음이 기쁜 반면에 어떤 그림을 보고 있으면 슬퍼졌다. 엄마가 그림을 그리고 있으면 나도 이층에서 숙제를 마치고 그림을 그렸다. 엄마처럼 잘 그리고 싶었다. 내가 그림을 잘 그리면 엄마가 밤에 나가지 않고 나랑 그림을 그려 줄 것 같았고 술도 많이 마시지 않을 것 같았고 죽으려고 맘먹지도 않을 것 같았다. 엄마는 나에게 그림을 그리는 법을 알려주려 하지 않았다. 그림에 대한 소질을 발견한 것도 1학년 담임 선생이었다. 아빠 얼굴을 그리는 시간이었는데 이상하게도 아빠 얼굴이 생각나지 않았다. 이층 계단에서 내려다보았던 렉 아저씨의 특이했던 곱슬머리가 생각나서, 눈 코 입은 그리지 않고, 정수리의 가마며 곱슬곱슬한 머리카락을 한 올 한 올 그려 넣었다. 아저씨의 머리카락을 그리다 보니 아저씨가 그리워졌고 연락할게! 라며 간 이후로 소식이 없는 아저씨에 대한 엄마의 맘을 알 것 같았다. 그렇게 머리카락만 그리며 한 시간을 채웠고, 선생님께 꾸중 들을 것이 걱정되어 옆에 있는 친구의 그림 밑에 숨겨 제출했다.

"모리스."

선생님이 부르셨다. 야단맞을 각오를 하고 머뭇거리며 일어섰다.

"모리스는 미술부에 들어가서 그림을 더 배워보는 것이 어때?"

선생님은 내 그림을 아이들에게 보여주면서 정말 멋진 그림이라고 말씀하셨다. 선생님이 내 그림을 칭찬한 그날부터 그림 그리는 일이 더 즐거워졌다. 엄마의 반대로 미술부에 들어가지는 못했지만 틈만 나면 파스텔이나 물감으로 그림을 그렸다. 그림을 그리고 나면 무언가 하나하나 내 안의 것이 그림 속으로 빨려 들어가 버리는 것 같았다.

엄마가 아침에 학교에 가는 내게 몇 시에 끝나느냐고 물었다. 두시에 끝날 거라고 했더니 약도를 한 장 주셨다. 끝나고 찾아오라는 거였다. 아빠 만나러 가요? 엄마는 아니라고 했다. 무엇 때문인지 모르지만 엄마가 이제 기분이 좋아진 것 같아서 나도 덩달아 좋았다. 혼자서는 이 동네를 벗어난 적이 없었다. 늘 엄마와 함께이거나 아빠가 오셨을 때이거나 했기 때문에 약도 한 장을 받고 보니 이상한 책임감도 생겼다. 내가 다 컸다는 책임감, 나에 대한 스스로의 책임감.

"요 앞 버스 타는 데 알지? 거기서 701번 버스를 타. 버스에 타서 기사아저씨에게 열 정거장 지나 오페라 거리에 내려 달라고 말해. 그럼 내려 주실 거야. 거기서 내리면 맞은 편에 커다란 탑이 보일 거야. 길 건너서 그 탑 앞에 서 있어. 그럼 엄마가 데리러 갈지. 세 시부터 서 있을 테니까 학교 끝나고 바로 와."

엄마는 몇 번이고 오는 방법을 설명해주었다. 학교로 향하는 길에 포도밭이 있었다. 덜 익은 포도의 향기가 코끝으로 나선형을 그리며 지나갔다. 기분 좋을 때는 냄새 맡는 능력이 월등하게 좋아졌다. 특히 아름다운 향기를 잘 맡았다. 기분 나쁠 때는 아무리 좋은 향기가 지나가도 향기는 사라지고 이상한 냄새만 났다. 학교가 끝나고 교실을 나서는데 스텐이 놀자고 했다. 나에 대한 이야기를 나쁘게 하고, 나를 따돌림 시키는 아이들 중 왕초가 스텐이었다. 엄마와 오페라 거리에 가기로 했기 때문에 안 된다고 이야길 했더니 입을 비쭉이며 가버렸다. 엄마와의 약속이 없더라도 난 스텐과는 어울리지 않을 생각이었다. 스텐은 엄마가 모델 일을 하는 화가의 아들이었다. 엄마가 개네 집에 다녀온 이튿날은 웬일인지 더 나를 못살게 굴었다. 스텐의 행동을 보면서 엄마가 어제 스텐의 집에 다녀왔다는 것을 알 정도였다. 다른 아이들까지 나랑 놀지 못하도록 스텐은 훼방을 놓았다. 스텐의 엄마가 우리 엄마를 싫어한다고 했다. 우리 엄마와 스텐의 아빠가 결혼하려고 했는데 스텐의 엄마가 뺏어갔다는 소문도 들었다. 그렇다면 그 애 엄마가 우리 엄마에게 미안해해야 하는 거 아닐까.

 혼자서 언덕을 내려갔다. 버스정류장은 언덕길을 한참 내려가야 있었다. 엄마가 알려준 대로 빨간 벽돌집을 지나서 오른쪽으로 간 다음에 27번지라 쓰여 있는 곳에서 좌측으로 내려가면 버스 정류장이었다. 10분 정도 기다리니 버스가 도착했다. 나는 버스에 올라탔다. 버스에는 사람들이 많지 않아 빈자리가 많았는데 하필이면 엄마가 앉으라고 했던 운전석 바로 뒷자리에 누군가가 앉아 있었다. 운전기사님이 보이는 출구 쪽 맨 앞자리에 자리를 잡고 앉았다. 뒷자리에 앉은 할머니가 혼자 어딜 가느냐고 물었다. 나는 아무 대답도 하지 않았다. 운전기사 아저씨가 깜빡할 경우를 대비해 열 정거장을 세어야 했고, 정거장을 세려면 집중해야 했는데 할머니의 질문에 대답하다가는 정거장 세는 것을 잊어버릴 수도 있기 때문이었다. 열 정거장을 지나니 아저씨가 "헤이 멋진 총각, 내리세요. 여기가 오페라야"라고 말했다. 내렸더니 탑이 멀리 보였고 그 앞에 공중전화가 있었다. 엄마에게 공중전화를 걸었다. 엄마는 탑을 향해서 걸어오라고 했다. 탑이 저 멀리서 하늘을 가르고 서 있었다. 건널목을 건넜다. 언젠가 아빠랑 왔던 그 거리와 닮았지만 그 거리에는 큰 성당이 있었고 사람들이 줄을 서서 기다리는 카페가 있었는데 여기는 화려한 건물들이 많았고 그 건물들 일층에 작고 큰 카페와 가게가 많았다. 커피, 목걸이, 옷, 가방들을 구경하며 걸어갔다. 멀리 엄마가 탑 아래 서 있는 것이 보였다. 엄마는 하늘색 드레스를 입고 있었는데 오랜만에 보는 엄마의 모습이라 더욱 예뻤다. 역시 우리 엄마였다.

"모리스 엄마가 우리 반 애들 엄마 중에 제일 예뻐."
"모리스 엄마는 모델이잖아."
난 엄마가 젊고 예쁘다는 것이 자랑스러웠고, 엄마가 모델이라는 것이 부끄러웠다. 그 부끄러움이 어디서 왔는지도 모르면서, 아이들의 말에 자부심과 수치심을 동시에 느꼈다. 엄마는 내 머리를 쓰다듬어 주셨다. 이제 우리 모리스 다 컸구나, 하는 것 같았다. 혼자 버스를 타고 열 정거장이나 외출한 내가 스스로도 대견했다. 광장 옆에 있는 식당으로 갔다. 엄마는 내가 좋아하는 삐에드꼬숑을 주문했다. 요리를 기다리면서 달팽이 요리를 먹는데 누군가가 왔다. 피에르라고 했다. 바짝 마른 몸에 눈빛이 좀 무섭게 느껴지는 분이었지만 나를 바라볼 때의 눈빛은 아빠가 나를 바라볼 때를 생각나게 했다. 요리가 나왔다. 돼지 다리를 오래오래 익힌 음식은 느끼했지만 부드럽고 맛있었다. 오랫동안 엄마의 그림을 그린 분이라고 했는데, 밤에 엄마가 나를 재워놓고 외출할 때와 아저씨랑 싸우던 날 엄마에게서 느껴지던 낯선 냄새가 피에르에게서 느껴졌다. 나는 아무 말 없이 식사를 하고 있었다. 엄마도 샐러드로만 식사를 했고 피에르는 식사할 생각은 하지 않은 채 내게 자꾸만 말을 걸고 싶어 했다. 식사를 하고 카페에 가서 망고주스를 마셨다. 엄마와 피에르는 에스프레소를 마셨다. 점심시간 직후의 수업시간처럼 졸리고 지루했다. 망고주스를 마시며 열 정거장을 혼자 버스 타고 온 것을 후회했으나 집에 돌아오는 길에 피에르가 택시를 태워주면서 용돈을 주었을 때 후회한 것이 조금 미안해졌다. 피에르에게는 아빠의 따뜻한 눈빛이 가끔 보였다. 그러나 나는 엄마의 남자들 중 아빠를 제외하고 그 누군가도 좋아하지 않기로 맘먹었기 때문에 집에 오면서 피에르를 잊는 작업을 했다. 눈을 감고 피에르를 블라인드로 가리면 좋아지는 것을 막을 수 있었다. 아저씨가 사오는 마카롱과 과일에 넘어가려 할 때마다 나는 눈을 감고 블라인드를 쳤다. 그럼 진짜로 그것이 마음이 흘러가는 것을 막아주었다. 내가 막혀있는 것을 알고 아저씨도 더 이상 일부러 친절하게 하지 않았던 것처럼 피에르도 맘속에서 블라인드로 내려버리면 더 이상 나를 친한 척 귀찮게 하지 않을 것이었다. 블라인드만 있으면 피에르는 피에르, 아저씨는 아저씨일 뿐, 나와 엄마 사이의 누군가는 되게 하지 않을 자신이 있었다.

 피에르는 우리 집에 오지 않았다. 대신 엄마가 피에르를 만나러 밖으로 나갔다. 집 앞 카페에서 와인을 마시며 음악을 듣거나 광장에서 둘이 작업하는 것을 한두 번 본 적이 있었다.

 집에서 엄마는 서서히 예전의 모습으로 돌아갔다. 거실에서 그림을 그리기 시작했고, 주방에서는 빵을 만들고 스테이크를 굽는 냄새가 났다. 그래도 언제 터질지 모르는 휴전 상태와 같은 위태위태함이 우리 집에는 늘 감돌고 있었다. 집안에 생기가 도는가 싶더니 엄마의 외출하는 시간이 점점 늘어났다. 밤늦게까지 화실에서 그림을 그리는 일도 예전보다 많아졌고 내가 잠든 틈을 타 외출하는 횟수도 늘어났다. 나는 그것이 젤 싫었고 두려웠다. 아저씨 대신 피에르가 그 자리를 차지하면서 엄마와 내가 해왔던 생활들이 조금씩 달라지기 시작했다. 우리집으로 왔던, 그래서 엄마가 집에 늘 있도록 했던 아저씨와의 시절들이 그리워졌다. 나는 학년도 올라갔고, 나이도 한 살 더 먹은 만큼 키도 부쩍 컸다. 그래도 엄마 없는 집에서 잠드는 것은 여전히 힘들었다. 카페의 음악소리도 그치고 길거리에 사람들의 소음도 조용해지면 적막이 감돌았다. 그 적막은 나를 어둠 속에 고스란히 가두어 놓았다.

"이걸 마시면 잠을 잘 수가 있어. 이걸 마시면 다른 세상이 오거든. 그 세상 속에서 나는 비로소 평화를 봐."

왜 혼자 와인을 마시느냐고 엄마에게 물었을 때 엄마는 말했었다. 어둠에 갇혀 있던 어느 날 밤, 엄마 없는 밤에 주방으로 내려갔다. 엄마가 마시던 와인이 반쯤 남아있었다. 코르크 마개를 손으로 잡아당겼다. 마시던 술병에 끼워 넣은 코르크는 퍽 소리를 내며 쉽게 빠졌다. 잔에 와인을 따랐다. 와인 잔

바닥만 간신히 잠길 만큼 부었는데도 검붉은 색이 잔을 가득 채웠다. 입으로 와인을 한 모금 부어 넣었다. 목구멍으로 와인이 넘어갔다. 색은 포도색이었지만 포도처럼 달콤하지 않았다. 맛있지도 않았다. 목을 타고 넘어가면서 몸이 뜨거워졌다. 진저리를 쳤다. 얼른 코르크 마개를 닫고 있던 자리에 올려두었다. 엄마는 전혀 눈치채지 못 할 것이었다. 한 모금의 와인은 위력이 대단했다. 나를 쉽게 잠들게 했다.

외할머니가 오셨다. 엄마가 할머니를 부른 모양이었다. 할머니는 브라색 투피스에 노란 가방을 들었고 노란 신발을 신고 들어왔다. 엄마가 나를 낳았을 때가 열여섯 살이었으니 지금 스물네 살일 것이고 외할머니는 마흔 몇 살이었다.

"모리스를 내게 키워달라니 무슨 말이냐. 난 그 애를 키울 만큼 한가하지 않아. 네가 못 키우겠다면 저 애 아빠에게 키우라고 해라."

"엄마도 알면서 왜 그러세요? 그 사람은 저 애의 서류상의 아버지일 뿐이에요. 모리스에게 아버지 역할을 해주는 것만으로 고마운 사람이에요. 1년만 키워주세요. 생활비 넉넉하게 드릴게요."

"대처 모리스의 친아빠는 누구야? 왜 아이가 아홉 살이 되도록 친아빠가 누군지 말을 안 해?"

엄마와 할머니의 이야기를 나는 문밖에서 다 듣고 있었다. 내가 그리워하는 아빠가 내 아빠가 아니라면 누가 내 아빠란 말인가. 나는 문을 열고 밖으로 나왔다. 뒤돌아서서 내가 열고 나온 현관문을 눈을 크게 뜨고 노려보았다. 퀴퀴한 비밀이 그 안에서 꿈틀거리고 있었다. 물감 냄새와 종이 냄새와 엄마의 화장품 냄새 사이에 숨 쉬고 있는 어두운 진실들이 내 목을 조르는 것 같았다. 집으로부터 멀리 떠나버리고 싶었다. 무조건 걸었다. 걸어도 걸어도 그 자리에 다시 와 있었다. 카페도 지나가고, 엄마가 춤추러 가는 바도 지나가고, 야채가게, 과일가게도 지나갔다. 성당을 지나고 광장을 지나고 다시 카페를 지나고 엄마가 춤추러 가는 바를 지났다. 골목을 돌고 돌아도 내가 이 언덕을 벗어날 수 없다는 것이 슬펐다. 엄마를 떠나서는 살 수 없는 것처럼 이 언덕도 결국은 내가 떠날 수 없는 곳이었다. 포도밭 맞은편 벽 아래에 웅크리고 앉았다. 너무 많이 걸었는지 잠이 왔다. 아빠가 내 손을 꼭 잡아주더니 등을 돌리며 가버렸다. 엄마를 통해 알게 된 아저씨들이 차례로 나타났다가 내 손을 잡아주고 또 떠나갔다. 아저씨들이 떠나갈 때마다 엄마가 슬퍼했던 것처럼 나도 울었다. 누군가가 깨웠다. 할머니와 엄마였다. 엄마가 나를 업었다. 엄마 등에 업혀서 집에 돌아오면서 엄마면 돼. 엄마면. 혼자 중얼거렸다.

할머니와 함께 살게 된 이후로 엄마는 집에 들어오지 않는 날이 더 많아졌다. 일주일 만에 엄마를 보는 날도 많았다. 학교에 다녀올 때마다 엄마의 짐이 조금씩 줄어들었다. 할머니는 엄마를 기다리지도 않았다. 할머니가 집에 있어 혼자이지 않아도 되는 대신에 난 또 하나의 어둠을 갖게 되었다. 그 어둠은 더 깊고 음습해서 도저히 밝아질 줄 모르고 나를 휘저었다. 우리 아빠는 대체 누구란 말인가. 아저씨와 피에르에게서 언뜻 보이던 아빠의 모습을 떠올렸다. 잠들 수 없었다. 모두 잠든 틈을 타 아래층으로 내려가 와인을 찾았다. 새 와인만 있었다. 서랍을 열어 와인따개를 찾았다. 엄마가 하던 것처럼 뾰족한 부분을 코르크에 꽂고 돌리면 코르크 깊숙이 와인따개가 들어갔다. 그리그 양옆에 손잡이를 잡아 아래로 힘을 주어 눌렀다. 코르크가 당겨 올라왔다. 좀 더 힘을 주었더니 툭 소리가 나면서 중간 부분이 망가진 채 조각났다. 병을 들고 허탈하게 들여다보다가 남은 코르크 뚜껑을 병 속으로 집어넣었다. 코르크가 와인 속에 둥둥 뜨더니 금방 보라색으로 변했다. 와인을 머그잔에 반쯤 따랐다. 코르크 부스러기도 같이 나왔다. 스푼으로 코르크를 건져내고 와인이 든 머그잔을 들고 방으로 올라왔다. 지난번처럼 목구멍으로 넘어가는 와인으로 인해 몸이 뜨거워졌다. 눈을 감고 한 모금 한 모금 머그잔에 있던 와인을 다 마셨다. 내 몸이 허공에 붕 떠 올랐다. 마음도 같이 붕붕 떠다녔다. 발 디딜 곳이 없었다. 모리스 모리스. 나는 내 이름을 목 놓아 불렀으나 그 소리는 입 밖으로 나오지 않았다. 이튿날 나는 심하게 앓아누웠다. 엄마는 약을 사다 먹였다. 할머니는 내가 술을 마셔서 아프다는 것을 알고 있는 듯 잠자고 나면 괜찮을 거라고 약은 필요 없는 병이라고 말을 하며 혀를 끌끌 찼다. 나를 보는 눈빛은 손자를 향한 다정한 눈빛은 아니었다. 가엾은 눈빛도 아니었다. 길거리의 주정뱅이를 바라보는 듯한 경멸의 눈빛이었다. 할머니가 와인병이 열려 있는 것을 보았다는 것을 그 눈빛을 보고 알았다.

할머니가 청소를 하고 있었다. 난 내 방에서 그림을 그렸다. 아래층 청소를 끝냈는지 계단을 닦으면서 이층으로 올라오고 있는 소리가 들렸다. 나는 내 자리에서 꼼짝도 하지 않고 그림을 그렸다. 할머니가 내 방문을 열고 들어왔다.

"청소를 해야 하는데 아래층에 내려가 있어."

나는 그림만 그렸다.

"모리스. 할머니 청소해야 하는데 좀 비켜주겠니?"

그래도 그림만 그렸다. 할머니는 나 있는 곳만 남기고 청소를 했다. 중얼중얼거리는 말속에서 '애비'라는 말이 들려왔다. 그 단어만 커진 활자처럼 불쑥 솟아올라 내 가슴에 수직으로 꽂혔다. 물통으 물을 바닥에 부었다. 바닥은 여러 가지 색의 물감이 섞여 있던 물들이 번져가면서 어두컴컴한 색으로 물들어갔다. 할머니는 화가 나서 소리를 질렀고 나는 다시 물을 떠다가 그리던 그림을 계속 그렸다. 뭐라 말하건 고개도 돌리지 않았다. 할머니가 엄마에게 전화를 하고 있었다. 화를 참지 못한 할머니가 할머니의 집으로 가겠다고 말했다. 그래도 내가 술을 마셨다는 말은 하지 않았다. 여전히 할머니는 우리집에서 나랑 살았고 나는 할머니의 묵인하에 매일 주방의 와인을 가셨다. 할머니의 묵인은 권유나 마찬가지였다. 할머니는 늘 집에 와인이 떨어지지 않게 사다 놓았다. 술을 마시고 내가 일찍 잠들던 할머니도 가끔은 바에 춤추러 가곤 했다. 내가 술 마시고 잠든 밤의 자유로운 시간은 할머니에게도 필요했다. 할머니의 말처럼, 아직은 할머니의 피도 뜨거운 모양이었다. 아홉 살의 취객은 자다가 깨어난 밤 아무도 없는 집의 현관문을 열고 밖으로 나가 몽마르뜨의 골목을 비틀거리며 헤매다 지쳐 잠이 들곤 했다.

"피에르의 집에서 언제까지 지낼 거냐."

"피에르에게 그림을 배우고 있어요. 살롱 전에 초대될 때까지 있어야 해요."

"모리스를 위해서라도 결혼해라. 아이는 엄마가 키워야지."

엄마가 오면 할머니는 결혼하라고 잔소리를 했다. 모리스를 위해서 결혼하라고 했으나, 할머니는 나를 책임지고 싶지 않은 것이다. 세탁부 일을 하던 할머니가 아버지를 알 수 없는 엄마를 낳았고, 모델을 하던 엄마가 아빠를 알 수 없는 나를 낳았다. 내가 낳은 아이는 어떤 아이가 될까? 마음이 이상해졌다. 마음이 이상해지면 술을 마시고 싶었다. 엄마가 집에 없을 때 무서움을 피하기 위해서, 아빠가 내 아빠가 아니라는 것을 거부하기 위해서 마시기 시작한 술은 이제 엄마가 집에 있어도 마시고 싶었다. 친구들에게 따돌림을 당할 때도 마시고 싶었고 선생님께 야단맞아도 마시고 싶었고 심지어는 기분이 좋을 때도 마시고 싶었다. 술 속에서 세상은 내 맘대로 되었다. 술을 마시고 그림을 그리면 평소에는 생각하지도 못한 기발한 색들과 선들이 저절로 그려졌다. 학교에 가다가 술이 생각났다. 할머니와 엄마가 나누던 대화를 떠올렸기 때문이었다. 와인을 한 잔 마시고 다시 학교에 갈 생각으로 집으로 돌아왔다. 마침 할머니가 할머니의 집에 무언가를 가지러 간 후여서 집에는 아무도 없었다. 집에 와인이 없었다. 이곳저곳을 뒤지다가 싱크대 안쪽에서 압생트라고 적혀있는 술을 발견했다. 하얀 색이었다. 화이트 와인일 수도 있겠다고 생각해서 그걸 가지고 내 방으로 올라갔다. 와인처럼 병뚜껑을 따는 것도 어렵지 않았다. 머그잔에 압생트를 따르는데 코끝으로 올라오는 향기가 예리하게 파고들었다. 와인과는 비교할 수도 없는 술이라는 것이 느껴졌다. 얼른 한 잔 마시고 학교에 가야 했으므로 목으로 훅 털어 넣었다. 순간 목이 너무 따가워 왔다. 맨 처음 와인을 마셨던 때도 목이 뜨거웠지만 지금은 불덩이를 넘기는 것처럼 뜨거웠다. 그러나 그 느낌이 싫지 않아 다시 머그잔에 술을 따라 한잔을 더 마셨다. 목의 뜨거움이 처음보다 덜해졌다. 눈앞이 흐릿해지기 시작했다. 침대에 누웠다. 조금 지나니 흐릿한 시야가 맑아지는 것 같아서 가방을 들고 일어서는데 발이 휘청거렸다. 층계를 내려가는데 발이 자꾸 꺾였다. 걸을 수가 없었다. 가방의 무게가 이렇게 무거웠었나. 다시 침대에 누웠다. 조금 더 있다가 학교에 가도 되겠지. 압생트라는 술이 눈앞에 어른거렸다. 일어나 한 잔만 더 마시자며 술을 따랐다. 한 잔 한 잔 그러다 한 병을 다 마셨다. 이상하게도 눈앞이 또렷해졌다. 정신도 더 맑아졌다. 커튼을 열었다. 저 멀리 성당이 보였다. 거리에 지나가는 사람들, 음악가들, 시인들, 화가들이 모여드는 이 언덕이 오늘따라 너무 아름다웠고, 엄마도 할머니도 아빠도 피에르도 아저씨도 모두 이 술 안의 세상에서는 사랑스럽고 건강했다. 물감을 풀어 그림을 그렸다. 바닥에다가도 그렸고, 침대에도 그렸고, 커튼에도 그렸고, 벽에다가도 그렸다. 피에르가 사다 준 물감을 모두 풀어서 온 방에 빠짐없이 그림을 그렸다. 유리창으로 보이는 성당에도 그림을 그렸고, 카페에도 그림을 그렸고, 이 언덕의 건물들에, 벽들에도 그림을 그렸다. 엄마가 사준 슈트, 아빠가 사준 가방, 피에르가 사준 바지에도 그림을 그렸다. 방 전체를 물감을 풀어 칠했는데도 물감이 남아 있었다. 나는 그 물감들을 물통에 다 짜 넣었다. 창문을 열었다. 거리에 흩뿌렸다. 지나가던 사람들의 비명소리가 들렸다. 그 소리는 내 열망에 더 불을 붙이는 응원가처럼 들렸다. 내 그림을 위한 감탄사라고 생각했다. 세상 위에 나는 그림을 그리고 싶어. 술이 아닌 물감으로 세상을 칠하고 싶어. 내 생을 이렇게 통쾌하게 붓질하며 살고 싶어. 더 많은 사람들의 고함소리와 웅성거림을 들었다. 누가 현관문을 두드리는 소리가 들렸다. 나는 할머니일지도 모른다고 생각하면서 물감으로 범벅이 된 침대에 뒹굴었다. 내 옷에도 얼굴에도 물감이 묻었다. 그리고 깊은 잠에 빠져들었다.

수필처럼 쓴 소설

나는 그 턱을 넘어왔을까? 가끔 생각한다. 그녀가 넘지 못한 턱을 나는 어디쯤에서 넘어왔는지 아니면 얼마만큼 앞에 두고 있는 것인지.

그날은 공교롭게도 할머니의 삼우제 날이었다. 무언가 터질 것처럼 아슬아슬하게 며칠을 보냈다. 지금이어서는 안된다는 마음과 차라리 일어날 일이라면 얼른 일어나 버리던지, 라는 체념이 번갈아 일어났다. 그러다 결국 소식이 오고야 말았다. 남편과 나는 작은엄마와 작은아버지를 태우고, 바로 아래 동생은 엄마와 아빠를 태우고 공주로 출발했다. 운전에 능숙한 동생을 따라잡느라 남편은 몇 번이나 신호를 어겼고, 동생은 운전이 만년 초보인 남편 차를 기다리느라 갓길에 차를 세우고 기다리는 것을 두어 번 했다.

동생의 차는 공주 시내를 지나서 시골길을 한참 앞서갔다. 남편은 왜 병원이 아니고 시골집인가에 대해 투덜거렸다. 능숙치 못한 운전이 미안한 것 같았다. 나는 작은엄마와 작은아버지를 돌아보며 눈치를 살폈다. 시골에서 평생 농사를 짓고 살아온 그들의 글곡진 얼굴이 굳어 있었다. 어딜 가는지, 왜 가는지, 당신들에게 말하지 않았지만, 며칠 전 봤던 당신들의 딸 안나의 마지막 모습을 보았기에 지금 무슨 일이 벌어졌는지 이미 짐작하고 있다고 그 굳은 얼굴은 말하고 있었다. 할머니의 부음을 듣고 남편과 아이들을 데리고 내려간 나를 보고 엉거주춤 일어나 반기며 '언니도 얼른 결혼해야지' 하고 말했다. 발음이 제대로 되어 나오지 않고 옆으로 샜다. 어이없는 눈물을 감추려고 돌아선 내게 '할머니가 많이 아프대. 오래 못 사실 거 같아'라며 부엌으로 비틀거리며 가던 모습이 자꾸 생각나 고개를 숙였다. 슬픈 건지 억울한 건지 무엇인지 아무런 생각도 나지 않았다. 그저 그녀 이름만 속으로 자꾸 불렀다. 안나야 안나야.

엄마는 연년생의 남동생을 낳았다. 그 동생을 낳자마자 아빠는 경찰 공무원 시험에 합격했고, 충남 서산의 바닷가 마을에 순경으로 발령이 났다. 차를 다섯 번이나 갈아타고 가는 먼 곳이라고 했다. 연년생 아이 둘을 키울 자신이 없던 엄마는 나를 두고 가라는 할머니의 간절한 부탁을 못 이긴 척 수락하고 나를 떼어놓고 바닷가 마을로 떠났다. 그 이후 국민학교에 들어가기 전까지 나는 할머니 집에서 살았다. 가끔 보는 엄마를 고모들이 부르는 것처럼 '언니'라고 불렀다. 지금도 생생한 것은 부엌에서 콩나물밥을 하는 엄마에게 "언니! 밥 다 됐어? 배고파"라고 말하는 내게 "응! 언니가 금방 해줄께." 하던 엄마의 대답이었다. '언니'라는 호칭은 학교에 들어가서도 고치지 못해 놀림감이 되었다.

  할머니 집에서는 내가 왕이었다. 동네에서 아무도 내게 시비를 걸지 못했다. 할머니 집이 잘사는 편이기도 했지만, 맏손녀에 대한 극성스런 사랑은 동네에서도 유명했기 때문이었다. 할머니에게는 장남인 아빠 밑으로 아들 둘, 딸 둘이 있었는데, 큰삼촌은 말을 못했다. 벙어리였다. 나는 그 삼촌을 철이 삼촌이라고 불렀다. 철이 삼촌은 다섯 살 때까지 말도 잘하고 똑똑해서 신동 소리를 들었다고 했다. 다섯 살 되던 해 열병이 돌았고, 그로 인해 말을 잃었다고 했다. 그 이웃 동네에 같은 시기에 같은 병으로 말을 잃은 여자아이가 있었다. 어른

들은 그 둘을 어려서 정혼을 시켰고, 어른이 되어 결혼을 했다. 그게 내가 다섯 살 때였다. 철이 삼촌과 결혼한 작은엄마는 이뻤다. 이쁘기도 했지만 나를 좋아했다. 나는 동네 아이들에게 이쁜 작은엄마를 자랑하고 다녔다. 얼마 지나지 않아 첫딸 안나를 낳았다. 내가 아빠 집으로 가기 전이었다. 안나를 안고 싶어 조르는 내게 작은엄마는 수화로 말했다.

"우리 안나도 너처럼 이뻤으면 좋겠어.'

나보다 일곱 살 어린 사촌 동생 안나는 나와 그렇게 만났다.

할머니 동네의 국민학교에 입학하겠다는 나를 억지로 데리고 간 사람은 아빠였다. 이제까지 할머니 고집 때문에 나를 떼어놨지만 이제부터는 엄마 아빠가 키워야겠다고 하셨다. 바닷가 마을에서 문경새재가 올려다보이는 마을로 전근을 한 후였다. 나는 매일 울었다. 처음 떠난 마을은 너무 낯설었다. 고향에서는 모든 사람이 친구이고 친척이고 아는 사람이었는데 그 동네는 거의 모든 사람이 나를 무심코 지나쳤다. 심지어는 아빠 직장의 소사조차도 나를 모른 척했다. 마을 위로 보이는 문경새재로 버스가 지나가는 것을 종일 바라보기만 하고 멍하니 앉아 있는 날이 많아졌다. 가끔 엄마 아빠의 걱정스런 우려가 줄결에 들리기도 했다. 할머니나 할아버지 고모

수필처럼 쓴 소설 189

가 다녀간 며칠 동안은 지독하게 앓았다. 그 열병은 독하고 깊었다. 학교생활도 재미가 없었다. 방학만 기다렸다. 방학하는 날 무조건 할머니 집에 데려다 달라고 졸랐다. 하루라도 늦으면 온종일 주저앉아 울었기 때문에 아빠는 방학식 하는 날 바로 나를 버스에 태워 할머니 댁에 데려다주고 개학식 하기 전날 데리러 왔다.

할머니 집에 가면 내 세상이었다. 온 동네를 휘저으며 뛰어다녔다. 자치기를 했고, 풀을 뜯어 제기차기도 했다. 해가 저무는 저녁이면 소 풀 먹이러 가는 막내 삼촌을 따라 동네 어귀로 나가면, 삼촌 또래의 청년들이 소를 묶어 놓고 씨름을 했다. 그 함성 소리는 온 동네를 울렸다. 푸른 풀밭에서 울리던 그 함성 소리는 내가 살면서 들은 소리 중에 가장 건강한 소리였고 가장 행복한 순간을 떠올릴 때마다 그 함성 소리가 들려왔다. 안나는 갓난아이였는데 갈 때마다 커 있었다. 작은엄마는 밤에 아이가 깨어나서 울어도 들을 수 없었다. 어느 날 밤에 안나가 혼자 마당까지 기어 나와 울고 있었다. 그 후 안나네 방을 사랑채에서 안채에 딸린 작은 방으로 옮겼다. 할머니는 아이가 울까 잠을 설치는 날이 많았다. 작은엄마는 안나 아래로 딸 둘, 아들 하나를 더 낳았고, 할머니는 그 아이들을 다 키우고 보살폈다. 그때는 작은엄마의 아이들을 위해 할머니가 살아가는 듯이 보였다. 아이가 넷이나 되었어도 작은엄마의 나에 대한 사랑은 한결같았다.

"네가 최고로 이뻐."

수화로 그렇게 말했다. 나는 그 말이 사실일 거라고 생각했고, 그럴수록 안나와 그 동생들이 더욱 좋아졌다. 할머니 집은 버스에서 내려서도 한 시간을 걸어가야 하는 동네였다. 방학이 되어 버스에서 내리면 작은 시내를 지나 큰길을 걷다가 왼쪽으로 꺾어 한참 걸으면 동네가 보였다. 그러면 멀리서 안나와 두 여동생이 '언니'를 부르며 달려 나왔다. 개미처럼 작은 모습일 텐데도 그 아이들은 나를 용케 알아보았다. 논둑길을 한 줄로 달려 나오는 아이들을 향해서 나도 논둑길을 달렸다. 논둑길을 달리는 꿈은 이후로도 종종 꾸었다. 그 길을 달려 나오던 아이들처럼 그 누가 나를 이토록 간절하게 기다린 사람이 있었던가. 그 아이들에게 나는 언니 이상이었다. 할머니의 맏손녀에 대한 정은 각별해서 안나와 그 동생들에게 말버릇처럼 말했다.

"니 건들이 열이 되어봐라. 언니만 한가. 언니한테 잘해야 혀."

할머니는 내가 귀한 이유가 남동생을 셋이나 봐서라고 했지만 남동생들에게도 이렇게 말했다.

"니네들은 다 소용없어. 누나간 있으던 돼."

할머니의 말은 아빠 집으로 간 이후 내가 겪은 설움을 치유하기도 했고, 마음속에 오만을 자리잡게도 했으며, 사촌 동생들에 대한 의무감을 키우게도 했다.

부엌에서 고모가 불을 때며 울고 있었다. 시집갔다가 신행을 나온 날이었다. 화사한 화장을 한 신부가 우는 모습은 부엌 천정의 연기 그을음처럼 불길했다. 고모를 안았다. 안으면 울지 않을 것이라 생각했다. 아무리 화가 나도 내가 안아주면 화를 풀던 사람이었다. 그래도 고모는 울음을 그치지 않았다. 나를 안고 소리죽여 더 울었다. 작은엄마 아빠가 말을 못하는 것을 제외하고는 울 일이 없던 집안이었다. 고모의 울음을 시발점으로 가세는 급격히 기울어갔다. 할아버지가 자꾸 땅을 팔기 때문이라고 했다. 고개 넘어 끝이 보이지 않던 담배밭도 팔렸고, 그 앞의 논도 팔았다고 했다. 내가 가장 슬펐던 것은 건조실이 있는 밭이 남의 것이 되었다고 했을 때였다. 담뱃잎 익는 냄새를 맡으며 감자 옥수수를 구워 먹던 곳이었다. 할아버지는 우리들을 위해 그 밭 두 고랑에 참외와 수박을 심었다. 참외와 수박의 양은 많아서 동네 아이들이 다 와서 따 먹어도 남은 양이었다. 비 오는 날, 건조실에서 참외 수박을 먹으며 세상을 내다보면 세상은 아득하게 멀고도 가까웠다. 거기서 백설공주와 피노키오를 줄줄 외울 정도로 읽었다. 아주 오랜 세월이 흘러 내 아이들이 그곳에서 비 오는 세상을 바라보며 수박과 참외를 먹기를 막연히 바래오던 그 밭이 남의 것이 되었다고 했을 때 붙들고 있던 세상의 한 귀퉁이가 떨어져 나간 슬픔을 느꼈다. 내가 담배를 피우지 않는데도, 담배 연기를 맡으면 편안해지는 것은 그 담배 건조실의 기억과 할머니가 피우던 잎담배 때문이었다. 바닷가에 고향을 둔 이의 바닷내음과 같이 담배 냄새는 내게 또 다른 고향이였다.

알고 보니, 할아버지에게는 할머니 말고 다른 여자가 있었다. 읍내에 있는 철길 너머에 사는 과부라고 했다. 그 과부는 남편이 살아 있을 때도 건강이 좋지 않아 술집을 했었는데, 공교롭게도 술 한 잔도 마실 줄 모르는 할아버지가 그 집의 단골이었다. 처음에는 장날에 나가서 하루 정도 외박을 했던 할아버지는 나중에 농사지을 생각도 하지 않고 읍내엘 드나들었다. 담배 농사를 다 짓고 전매청에서 돈을 한꺼번에 받고 나면, 그 돈을 들고 읍내에 나가 겨울이 가도록 들어오지 않았다. 그러면서 땅은 하나씩 줄어들었다.

철이 삼촌, 안나 아빠는 틈만 나면 할머니에게 혹은 어린 나를 앞에다 두고 하소연을 했다. 농사지을 땅이 있어서 걱정하지 않고 아이를 넷이나 낳았는데, 이제 그 땅이 없어졌으니 어떻게 하느냐고 가슴을 쳤다. 내가 건조실에서의 비 오는 세상을 잃었다고 슬퍼하는 동안 철이 삼촌은 네 아이와의 막막한 삶을 기막혀하고 있었다. 아빠가 계를 부어서 탄 돈으로 판 땅의 일부를 다시 사들였다. 그것을 철이 삼촌에게 주었다. 철이 삼촌은 그나마 가슴 치는 것을 멈추었다. 대신 엄마가 동네 아줌마들과 이야기를 할 때면 그 이야기를 했다. 십 년을 아껴서 곗돈을 부었는데 그 돈으로 시동생 땅을 사준 아빠를 원망하는 말이었다. 그러나 착한 엄마는 그렇게 해서라도 돈에 대한 미련을 풀어내 버렸을 뿐, 다른 해결책이 없다는 것을 알고 있었다. 아빠가 나서지 않았다면 엄마라도 그렇게 했을 거라는 걸 나는 훨씬 후에 알았다. 엄마는 그 후로도 몇 번 돈이 생기면 철이 삼촌에게 소도 사주고, 밭도 사주었으니까. 그렇게 부족하나마 농사 지을 땅이 보태졌고, 고등학생이 될때까지 논둑길을 달려오는 사촌 동생들과 뜨겁게 재회하곤 했다.

  대학교 들어가서도 마음이 복잡하면 고향을 찾았다. 작은 엄마의 한결같음과 안나와 그 동생들이 나를 불렀다. 남동생만 셋인 나는 여자인 그들과 이야기하는 게 좋았고, 그들을 친동생이라고 여겼다. 모내기할 때는 새참 내가는 것도 거들었다. 모내기하는 게 재밌어 보였다. 중학교 실과 시간에 농촌

봉사 활동 나가서 해 본 게 기억이 나서 신발을 벗고 논으로 들어갔다. 동네 어른이 손을 저으며 말렸다. 우리 동네 최초의 대학생인데 모내기를 시킬 수는 없다고 했다. 옆에 있는 안나의 눈치를 봤다. 안나에게 미안해졌다. 왜 미안한지 그때는 몰랐지만 시간이 지나고 나서야 알았다.

"언니! 나 고등학교 가고 싶은데 엄마가 가지 말래. 동생들 가르쳐야 한다고…"

"무슨 말이야. 고등학교를 안 간다니 말이나 돼. 걱정하지 마. 언니가 잘 이야기해 볼게."

그리고 몇 달 후 내가 안나를 만난 것은 청주 D회사 면회실이었다. 낮에는 일하고 밤에 공부하는 산업체 고등학교에 입학한 안나를 면회하던 날, 집까지 다섯 시간을 걸어서 왔다. 이쁜 조카도 한계가 있는 거였다. 친동생이라 여겼던 안나도 결국은 사촌이었다. 비가 오지 않았는데도 기온은 축축했고, 하얀 작업복을 입고 머리에 에이프런을 쓴 열다섯 살의 안나가 며칠을 따라다녔다. 안나의 세계와 내 세계 사이에 공단의 탁한 대연과도 같은 띠가 희미하게 둘러쳐져 있다는 것을 처음 알았다. 그 띠의 저쪽에 있는 안나… 가끔 면회를 갔다. 갈수록 안나는 나를 불편해했다. 면회 시간 맞추기도 쉽지 않아 면회 가는 것을 얼마 후 그만두게 되었다. 가끔 고향 집에서 안나를 만났다. 열여섯이었던 안나는 하루가 다르게 환해져 갔다. 젊었을 때의 작은엄마를 닮아가고 있었다. 두 여동생 역시 빼어난 미인으로 자라나고 있었다.

온 면내 사람들이 다 몰려온 것 같았다. 할아버지의 칠순 잔치였다. 여러 가지 불화로 환갑잔치를 생략한 것이 두고두고 마음에 걸렸던 아빠와 삼촌 그리고 고모들은 할아버지의 칠순 잔치를 크게 열어 드리기로 작정을 하신 것 같았다. 돼지를 잡고 소를 잡았다. 우리 집 방이 모자라서 옆집까지 빌리고, 그것도 모자라서 마당에 천막까지 쳤다. 마당 한켠에 가마솥이 걸렸다. 국밥이 끓었다. 천막 한쪽에는 마이크가 설치되어 있고, 할아버지의 친구분들과 할머니 그리고 삼촌들이 노래를 했다. 나와 안나와 안나의 두 여동생은 집 뒤 수돗가에서 온종일 설거지를 했다. 해도 해도 쌓여 있는 설거지는 지치게 했으나 몰려드는 손님 때문에 멈출 수도 없었다. 안나와 두 여동생과 함께 하는 일이라서 힘든 줄도 모르고 일을 했다. 오랜만에 만나는 그녀들과 떠들며 일하는 게 참 좋았다. 한참 일하다 보니 안나의 두 동생들이 보이질 않았다.
"얘들은 어디 갔어?"
"글쎄… 화장실 갔나? 언니 내가 찾아올게."

그렇게 찾으러 간 안나도 오지 않았다. 마침 이웃 아줌마가 교대해줄 테니 쉬라고 하여 방으로 들어갔다. 작은엄마와 안나와 두 여동생이 방에서 동네 아줌마들이랑 떡을 먹으며 이야기하고 있었다.

"당신은 팔자 폈어. 딸들의 인물이 이렇게 훤하니 일등 사윗감은 맡아 논 거지."

한 아줌마가 손짓을 섞어가며 작은엄마에게 말을 했다.

"그러게요. 인물만 좋은가요? 일하는 것 좀 보세요. 집에 오면 집안일 얘네가 다 하고 엄마 힘들다고 못하게 하니, 효녀들이예요. 하나 있는 남동생 공부시킨다고 세 누나가 애쓰는 거 보면 참 장혀."

안나와 두 여동생은 서로 손을 부벼주며 마주 보고 웃고 있었다. 작은엄마는 우리 딸들 최고로 예쁘다며 수화를 했다. 내가 들어간 줄도 모르고 이야기하는데 옆에 있기가 머쓱하여 다시 밖으로 나왔다. 칠순 잔치 내내 나는 안나와 그 두 여동생 셋이 소곤거리는 모습을 몇 번이나 보았다. 그러다 나를 보면 싱긋 웃어 주었다. 그 웃음은 예전 논둑길을 뛰어나오던 아이들의 그 웃음과는 달랐다. 나는 뭔가 하나가 툭 떨어져 나가는, 아니면 어딘가로부터 툭 떨어져 나온 이탈감을 느꼈다.

안나가 졸업했다. 공단에 있는 산업계 고등학교였다. 한두 달 놀더니 바로 취업을 했다. 직장이 마침 우리 집 근처라서 우리와 함께 살기로 했다. 어린 시절을 할머니와 보낸 나는 엄마와는 뭔가 늘 어색했다. 할머니가 아프다고 하면 울면서 달려갔지만, 엄마가 아프다고 하면 마음만 조급할 뿐 위로도 간호도 쑥스러웠는데, 안나는 작은엄마의 부족한 부분들을 채우고 살아서인지 우리 엄마와도 아주 잘 지냈다. 하나밖에 없는 딸이 불만이었던 엄마는 안나가 들어오고 나서부터는 더 노골적이 되었다. 안나는 설거지도 잘한다. 빨래도 잘한다. 아프다고 하면 뜨거운 물로 찜질까지 해준다면서 비교를 했다. 처음에는 원래 안나 잘하잖아? 하며 넘겼는데 그것이 반복되니 심술이 나기 시작했다. 엄마가 원래 그렇게 단순한 사람이 아니었는데, 고혈압 진단을 받고 치료를 하면서 신경계를 잘못 건드렸는지 이상하게 예민해지고 치사해졌다. 몸이 아프면 마음도 병든다는 거 엄마의 경우를 봤을 때 맞는 말이었다. 엄마가 건강하신 분이 아니기에 그 말을 무심하게 넘겨야 하는 것을 알면서도 엄마의 잔소리가 심해지면 심해질수록 이상하게 안나에게 반발감이 생겼다. 그러다가 반전이 일어났다. 안나는 예뻤다. 당연히 남자 친구도 있었다. 그래서 찾아오는 남자들이 많았다. 꽃을 사 오는 남자, 과일을 사 오는 남자, 케이크를 들고 오는 남자, 심지어는 농사지은 쌀을 보내는 남자도 있었다. 엄마는 스물일곱 살의 나와 비교를 했다. 대학 다니면서도 한 번도 남자 친구를 들인 일 없는데… 한 번도 외박을 한 일이 없는데… 벌써 몇 살 도 지도 않은 어린 것이. 그 말을 듣고 나는 더 이상 안나를 미워하지 않았다. 엄마가 안나 남자 친구에 대해 이야기를 하면 '어리니까 당연한 거야. 예쁘니까 더 당연한 거구. 엄마 질투하지 마' 하고 말했고, 엄마가 안나의 외박에 대해 타박을 하면 '나처럼 살게 할 거야? 친구 집에서 자고 싶은 나이야. 난 아홉 시 통금 시간에다가, 일본 엠티는 꿈도 못 꿨고, 수련회도 아빠가 학교에 전화해서 교수 참석하느냐고 확인하고서야 보냈잖아'라고 쏘아붙였다. 그러나 안나의 두 여동생들과 나누는 소통에서 소외되어 가면서 나는 자꾸만 안나 밖의 세상에 놓여진 외로움으로 시들어가고 있었다. 그 외로움은 안나를 향한 반발심으로 문득문득 나타났다. 연애 한 번도 못 해 보고 스물일곱이 된 책임을 엉뚱하게도 나 아닌 다른 사람에게서 찾으려 하는 비겁함과도 같은 맥락이었다.

결혼을 했고 아이를 낳았다. 결혼 전에 하던 일을 계속했다. 친정에 아이를 맡기는 일이 많아졌다. 엄마의 건강이 좋지 않았던 터라 아이를 맡길 때 친정 아빠가 계시지 않으면 맘이 불편했다. 그럴 때는 안나를 집으로 불렀다. 안나가 왔다 가면 집안에 윤기가 흘렀다. 결혼도 안한 처녀가 아이들까지 돌보면서 청소를 해 놓은 모습을 보고 엄마가 왜 그렇게 칭찬을 했는지 알 것 같았다. 청소는 하지 말고 아이만 보라고 해도 말을 듣지 않았다. 집으로 돌아가는 안나에게 용돈이며 구두 티켓 같은 것을 챙겨 주었다. 안나가 오면 무엇보다도 아이들이 좋아했다. 그녀를 자주 오라고 하고 싶지만 마음 한켠에 걸리는 것이 하나 있었다. 그녀가 자꾸만 예뻐져 간다는 사실이었다. 남편도 안나가 온다고 하면 좋아하는 눈치였다. 그녀가 해놓은 청소와 음식과 달라진 집안의 모습에 매우 흡족해했다. 안나에게는 묘한 매력이 있었다. 여자 냄새가 났다. 그건 단지 예뻐서만도 아니었다. 안나에게서 나오는 그 매력에 여자인 나도 감탄할 때가 많았다. 그것이 점차 부담스러워지기 시작했다. 안나를 부르는 횟수가 뜸해졌다 .

　안나의 결혼식은 작은 읍내에서 간소하게 치루어졌지만, 신부만은 정말 아름다웠다. 그날 온 하객은 모두 신부를 칭찬했다. 작고 소박한 결혼식장은 안나의 드레스 입은 눈부신 모습에 환해졌다. 안나의 신랑은 병원 원무과에서 근무하는 남자라고 했다. 결혼식이 끝나고 안나는 신혼여행을 미루고 시골집으로 들어가 하룻밤 잔다고 했다. 불편한 작은엄마와 아빠를 위한 안나 새신랑의 배려였다. 또 모두들 새신랑을 칭찬했다. 나도 당연히 시골집에 들렀다 집에 가는 것이 도리라는 생각으로 식당 앞에서 안나의 두 여동생과 할머니와 함께 봉고차를 기다렸다. 남편은 아이들과 집으로 미리 보냈다. 남편은 투덜거리며 두 아이들과 집으로 갔다. 봉고차가 왔다. 할머니가 제일 먼저 탔고, 작은아버지 작은엄마가 탔다. 나는 할머니 옆에 앉았다. 할머니가 내겐 엄마 같았다. 안나의 두 여동생이 탔고, 남동생이 탔다. 두 여동생 중의 큰아이의 약혼자도 있었다. 한 자리가 부족했다. 끼어 앉자고 말을 했다. 운전기사는 요즘 단속이 심해 그럴 수 없다고 했다. 잠시 침묵이 흘렀다. 여기서 내려야 할 사람은 나밖에 없었다. 나는 가방을 들고 내렸다. 할머니의 안타까운 눈빛이 닫히는 문에 가려졌다. 차려 신은 하얀 에나멜 구두가 속절없이 반짝였다.

안나의 소식은 친정엄마로부터 듣고 있었다.
"신랑이 아주 착하고 성실하대. 쉬는 날이면 와서 농사일을 거든대."
"안나에게 너무 잘한다고 작은엄마가 입이 벌어졌더라."

아이를 낳았는데 아이가 천재라는 둥, 엄마를 닮아 이쁘다는 둥의 이야기도 들려왔다. 안나의 이야기를 들으면서도 이방인 같았던 그녀의 결혼식 날이 생각나 선뜻 안나 집에 가보겠다는 말을 하지 못했다. 그들은 이미 막이 형성되어 있었다. 핏줄이라는 끈적거리는 질감의 재질로 만든 막은 견고하고 높았다. 거기서 나는 제외였다. 나 혼자만 그들 주위를 빙빙 돌았다는 상실감으로 한참을 힘들었고 그것을 잊을 즈음이 그즈음이었다. 그렇게 안나와 나는 멀어져 있었다.

안나가 아프다는 이야기를 들은 것은 안나가 결혼한 지 오 년 정도 되었을 때였다. 남편이 안나를 구박한다는 말이 들려오고 난 후였다.

뇌종양 수술을 받고 누워 있는 그 애를 만나러 갔다. 수술은 성공적이라고 했다. 성공적이 아니면 안 되는 거였다. 세상 사람들이 다 아파도 안나만은, 안나만은 아파서는 안 되는 거였다. 나는 차마 회복이 더디다는 안나의 모습을 볼 수가 없었다. 일부러 피해 다녔다. 시골 산소에 가도 집에는 들르지 않았다. 야멸차다고 할머니가 전화를 하셨다. 난 울었다.

할머니가 돌아가셨다는 말을 듣고 부랴부랴 내려간 내게 안나는 20킬로는 불어난 몸으로 웃으며 말했다.

"언니도 얼른 결혼을 해야지. 이렇게 이쁘게 하고 다니기만 하면 어떻게 해."

밖에서는 내 아이들이 안나의 아이들과 뛰어놀고 있었다.

"할머니 편찮으셔. 오래 못 사실 거 같아."

할머니의 영정사진이 거실에 걸려 있었고 조문객들로 붐비고 있었다.

혼돈 속의 안나가 가져다 오렌지 주스를 마신 게 그녀가 내게 준 이 세상의 마지막 선물이었다.

할머니 삼우제 날 안나도 떠났다. 할머니가 힘겨워하는 안나를 고생 덜 시키게 하려고 데리고 간 것이라고들 말했다. 그냥 두고 가기에 이 세상이 못 미더웠을 거였다. 작은엄마와 작은아버지는 울지 않았다. 그녀가 죽음을 예감한 혼돈의 몇 년 동안 내가 기억하는 그들만의 울음으로 꺼이꺼이 통곡했으리란 것은 보지 않아도 알 터였다. 그녀의 영정 앞에서 나는 엄청 울었다. 눈물로도 내가 안나에게 용서받아야 할 것들을 다 할 수는 없었다. 그토록 밝고 맑았던 그녀를 좀 더 가까이에서 지켜보지 못했다는 후회.

안나를 묻고 올라오는 길에 하얀 벚꽃이 흩날리고 있었다.
하얀 원피스를 입고 안나가 저만치 걸어가고 있는 게 보였다.

지리산 가던 날

그는 5번 출구로 나와 직진을 하라고 했다. 출구로 올라가는 계단은 누렇게 변색되어 있었다. 계단 중간쯤 올라서니 빛이 들어왔다. 눈이 부셨다. 눈을 찡그리며 오른손으로 햇빛을 가렸다. 어깨에 멘 가방이 딸려 올라와 지퍼의 손잡이가 진히의 팔꿈치 아래에서 달랑거렸다. 출구 밖에는 무화과, 부추, 상추, 토마토, 심지어는 찐 고구마까지 파는 노점상들이 나무 궤짝에 비닐을 깔아 만든 좌판에 물건들을 올려놓고 손님을 기다리고 있었다. 그가 일러준 기억대로 한 블록 더 가서 좌회전을 했다. 청계천과 맞닿아 있는 길이었다. 두 블록을 지나 다시 좌회전을 하니 페인트칠한 지 얼마 되지 않은 회색 건물이 나타났다. 계단을 올라갔다. 언제쯤 청소를 했는지 알 수 없을 정도로 계단은 까맣게 때가 굳어있었다. 아마 수십 장의 원서 중 초반 열 장 안팎의 원서를 낸 곳이었다면 계단에 발을 올려놓지도 않고 집으로 돌아갔을 것이었다. 이력서를 내고, 전화를 기다리고 면접을 보고, 거절당하는 동안 자존감은 바닥을 드러내고 있어서, 그녀를 필요로 하는 곳이라면 청춘을 바쳐 일할 각오가 되어 있었기 때문에 낡은 건물의 때 절은 계단쯤이야 아무렇지도 않았다.

더군다나 출판사라지 않는가. 출판사는 적당히 허름해야 감각 있는 출판물을 만들어내는 거라고 스스로 위로했다.

리라출판사라는 팻말의 문을 여니, 오른쪽에 복사기가 있었고 책상이 기역자로 네 개가 배열되어 있었는데 그중 가장 안쪽 책상에 사십 대 초중반으로 보이는 남자가 한 명 앉아 있었다. 그는 자리에서 일어나 옆에 있는 의자를 가리켰다. 진히를 맞이한 사람은 사장이었다. 전화를 건 사람이라고 그는 말했다. 이력서를 살펴보던 그는 출판사는 처음이죠? 묻더니 출퇴근 거리는 멀지 않네요, 하며 내일부터 일을 시작할 수 있는지를 물었다. 진히는 30초 정도 뜸을 들였다가 출근할 수 있다고 말했다. 왠지 금방 대답하면 안 될 것 같았다. 취업이 이렇게 십 분 만에 결정되는 거였다면 그동안 뿌린 이력서들은 무엇이란 말인가. 사무실 옆에 산더미처럼 쌓아놓은 책이 보였다. 노래책이었다. 노래가사집을 만드는 곳이었다. 출판사라고 해서 소설이나 시를 교정하는 일이라 생각했었기 때문에 허탈해지면서 눈앞으로 수십 장의 이력서와 부모님의 얼굴이 지나갔다. 터덜터덜 1호선에 몸을 실었다. 취직이 되었다는 것. 기쁨과 우울함이 교차하는 묘한 감정이었다.

첫 출근 날. 출판사 건물의 계단을 올라가는데 화장실 냄새가 지독했다. 계단의 때만큼 오래 묵은 그 냄새는 청소를 한다고 해서 없어질 종류의 냄새는 아니었다. 저녁때 건너편 광장시장 육회골목에서 신입사원 축하 회식을 했다. 전 직원이라야 사장과 오십이 넘은 영업부장까지 셋이었다. 진히에게 주어진 일은 노래가사를 찾아 모으는 일이었다. 스마트폰으로 검색하면 순식간에 주르르 가사가 쏟아지는 이 시대에 가사집을 만드는 출판사가 있다니. 불신 가득한 나와는 달리 사장은 이 일에 어떤 사명감이 있는 것 같았다. 진히 씨 이 노래 어때. 오늘 처음 발견했는데 가사가 봄바람 같아. 사랑이 오려하는지 ~~달빛이 유난히도 밝고~ 새로운 노래라도 발견하면 마치 맘에 드는 여자라도 발견한 것처럼 목소리 톤이 높아지고 얼굴이 발그레해져 노래를 흥얼거렸다. 그 노래 어디선가 들어본 적 있는데 제목이 뭐예요? 그치 우리가 하는 일이 바로 그거야. 들어본 적은 있는데 모르던 노래를 알게 하는 것. 아무리 인터넷 시대라지만 아직도 노래 가사를 찾아내지 못하는 사람들은 많거든. 그 사람들을 위해 우리가 존재하는 거라구. 실제로 그 책이 팔리긴 하는지 사장의 책상에는 가족과 동남아, 유럽 등 해외여행을 다녀온 사진들이 유리판 아래 나란히 끼워져 있었다. 영업부장은 서점이나 문방구를 돌며 책을 주문받고 택배를 부치고 직접 배달하기도 했다. 사장이 적어준 노래 목록을 보고 가사를 찾다 보니 시큰둥했던 그 일이 조금씩 재밌어졌다. 그래도 친구들에게는 노래가사집을 만드는 출판사에 다닌다는 말은 하지 못했다.

복도에 화분이 하나 있었다. 우윳빛 도자기로 된 화분이었다. 치우려고 보니 이파리가 나오고 있었다. 전임자가 두고 간 장미였다. 간신히 이파리를 올려낸 것처럼 하얀색에 가까운 연둣빛이었다. 제빛을 내지 못하는 그 장미를 창가에 놓아두었더니 이튿날 장미 이파리들의 색이 더 짙어졌다. 장미에 물을 주고 화분 받침을 해주고 영양제를 꽂아주었다.

사무실에서 나가면 바로 시장으로 통하는 골목이 있었고, 거기엔 서울 시내의 맛집에 속하는 유명한 집들이 몇 군데 있었다. 밥을 먹으러 가면서 보니, 뒤쪽 허름한 골목에 화려한

옷가게들이 많이 들어서 있는 것이 보였다. 등산복 가게였다. 문을 열고 들어가니 진희가 평소에 갖고 싶었던 브랜드들의 등산복들로 가득 채워져 있었다. 천막을 제작하고 싼 덤핑 물건들을 쌓아놓고 파는 것이 주종인 골목에 명품브랜드의 등산복 가게를 보니 마치 히말라야 산속에서 파스타 집을 발견한 것 같았다. 어느 선배가 종로 어디쯤에 가면 명품 등산복들을 30프로 정도 싸게 살 수 있는 곳이 있다고 했는데 그곳이 바로 여기였다. 등산화며 스틱이며 등산복 구경을 하기 위해 점심시간마다 그 가게들을 기웃거렸다. 사고 싶은 것들은 많았다. 목 있는 중등산화. 초경량 배낭, 땀에 젖는 순간 바로 마른다는 바지와 티셔츠, 등산용품은 한해가 다르게 새로운 기능성 제품들이 쏟아져 나왔고, 진희가 가지고 있는 옷이며 배낭 등은 이미 몇 년이 지나있어 구닥다리에 속했다. 그러나 기능성이 추가된 만큼 높게 뛰는 가격 때문에 몇 번의 이직을 반복하면서 실직의 기간이 길었던 나로서는 선뜻 손 내밀어 살 수 없는 물건들이었다. 거기서 파는 기능성 옷들을 입고, 배낭을 메고 지리산 능선을 걷는 상상을 하면 온몸이 짜릿해졌다.

진희가 산에 대해 관심을 갖게 된 것은 중학교 다닐 때부터였다. 등산반을 뽑는다고 했다. 선생님께서 다른 애들보다 키가 큰 내게 너 등산반 할래? 물으셨고 엉겁결에 아니요, 라고 대답했다. 대답해놓고도 매일 그 선생님 담당인 사회 시간이 돌아올 때마다 등산반에 가입할까 말까 망설였다. 등산반원이 결정될 때마다 속으로 갈등했다. 한 명이 부족하다는 사회 선생님의 말씀을 듣고 하마터면 손을 들 뻔했으나 결국은 손을 들지 못하고 50분을 보내버렸다. 머뭇거리게 된 가장 큰 이유는 화를 내며 반대할 것이 분명한 아버지 때문이었다. 머지않아 다섯 명의 등산반원이 모두 결정되었다는 소리가 들렸고 마지막으로 등산반에 들어가게 된 아이가 내가 앉은 자리의 맨 뒷줄에 앉아 있던 짱아라는 것을 알고 무언가 빼앗긴 것 같은 상실감을 느꼈다. 짱아에게는 다른 이름이 있었지만 이름의 중간자를 따라 그냥 짱아라고 불렀다. 짱아는 키도 크고, 얼굴도 하얗고, 공부도 잘하는데 약국을 운영하는 부잣집 딸이기도 해서 부러움과 질투의 대상이었다. 등산반원들이 바낭을 메고 빨간 타이즈를 종아리까지 올리고 교문을 나서는 모습을 3층 교실에서 내려다보면서부터 산에 대한 깊은 동경이 생겼다. 동경 밑바닥에는 강한 질투심이 깔려있었다. 수업시간마다 산을 오르면 보이는 것들에 대해 이야기하던 사회 선생님의 찬사도 한몫했다. 그렇게 산을 생각하면 교문을 나서던 여중 등산반원들의 당당했던 뒷모습이 떠올랐고, 거기에 끼지 못한 탓을 아버지에게 돌리며, 산은 진희와 뜨악한 관계를 유지하면서 서로 한 발 뒤로 물러나 질긴 견제를 하고 있었다.

대학교 때 산에 갈 기회가 생겼다. 지리산 종주를 한다고 선배들이 팀원을 모집하고 있었다. 좋아하는 선배가 같이 가자고 말했다. 군인인 아버지는 나의 지리산행을 단칼에 잘랐다. 여자이기 때문에 절대로 산에서 자게 할 수는 없다는 거였다. 산장에서 자는 것이라고 아무리 설명을 해도 막무가내였다. 이틀 동안 밥을 굶어가며 투쟁했지만 결국 지리산엔 가지 못했고, 아버지의 절대적인 지위는 세월이 지날수록 단단해지는 석고 건물 같아서 진희는 모든 일에 대한 결정권을 빼앗긴 채 젊은 날을 보내야 했다. 그러나 겉으로는 결정권을 박탈당한 순종적이고 착한 딸이었지만 속에서 끓어오르는 열망은 시간이 지날수록 더 열렬해졌다. 특히 산에 대해서 더 그러했다. 중학교 때의 막연한 산이 아니라 이제는 좀더 구체적이고 사실적인 산인 지리산을 그리워하기 시작했다. 아버지는 하나밖에 없는 딸의 행동반경을 심하게 제한했다. 하룻밤을 묵어야 하는 여행이나 친구들 방문 같은 것은 꿈도 꾸지 못했다. 아버지가 진급해서 광주 보병학교 훈련을 들어갔을 때 엄마는 여행을 다녀오라며 몰래 용돈을 주기도 했다. 아버지의 규제는 여행뿐 아니라 옷차림이나 공부하는 데 있어서도 마찬가지였다. 딱 맞는 청바지를 입으면 가벼운 여자 같다면서 호통을 치셨고, 미술 숙제를 하고 있으면 쓸데없는 그림이나 그리고 있다고 화를 내셨다. 아버지의 기분이 안 좋은 날의 집 분위기는 살얼음판이었다. 언제 화가 누구에게 향하게 될지 몰랐다. 조금이라도 진희의 귀가가 늦어지면 엄마와 동생들에게까지 호통을 쳐서 집안을 흔들어 놓았다. 진희가 자신의 일에 결정을 잘하지 못하는 성격 장애가 생긴 데는 한 가지 사건이 더 있었다. 졸업식 날 개근상을 받게 되어 졸업생 대표로 단상에 나갔다. 상을 받아 45도 각도로 인사를 하고 자리로 가야 하는데, 긴장한 탓에 상만 받고 인사도 없이 돌아서서 나왔다. 아버지는 그날 저녁, 상 받을 자격도 없다면서 야단을 쳤고 이후로도 술만 드시면 졸업식 날의 일을 두고두고 책망했다. 그 후 졸업식을 생각한다거나 티브이에서 졸업식 장면이 나오면 얼굴이 후끈거렸다. 분식집에서 메뉴 고를 때, 귀가하는 버스를 탈 때, 옷을 살 때조차도 결정을 하지 못하고 안절부절 불안해하는 증세가 나타나기 시작한 것도 그 무렵부터였다. 엄마가 데리고 간 병원의 의사 선생님은 그것을 '결정장애'라고 말했다. 반복될수록 강해지는 회오리바람처럼 아버지의 냉정한 눈빛을 대할 때마다 진희는 안으로 움츠러들었다. 움츠린 영혼이 자신과 맞닿는 그곳이 산이었고 산에 가고 싶다는 생각은 그럴수록 커져갔다.

그러다 진히가 처음 지리산에 간 것은 스물다섯 살 때였다. 대학을 졸업하고 첫 번째 취직을 한 곳은 청주의 공단에 있는 전기부품 회사의 공장장 비서실이었다. 아주 노련한 비서 언니가 직속상사였고, 결혼을 앞둔 그 언니의 후임으로 뽑혔지만 한 달 만에 그만둬야 했다. 손님이 오면 커피를 타다 줘야 하는데 쟁반을 들고 공장장실을 들어가지 못했다. 커피잔을 두어 번 공장장의 책상에 쏟은 후 자의 반 타의 반으로 사표를 냈다. 그리고 인터넷을 기웃거리며 집에서 빈둥거렸다. '결정장애'라고 진단한 의사는 부모의 과도한 관심이 원인일 수 있다고 했기에 아버지의 가시거리에서 많이 벗어나 있을 즈음, 지리산 종주할 동행자를 구한다는 글을 발견했다. 30대들의 산상만찬이라는 산악회에서였다. 30대 초반의 남자라고 자신을 소개하면서, 네 명이 함께 하면 좋겠지만 부득이한 경우 둘이어도 남자 또는 여자여도 상관없다고 했다. 지리산이라니. 마치 금맥을 찾은 듯했다. 첫 직장을 잃은 쓸쓸함을 그토록 가고 싶었던 지리산으로 위로받게 하는 것은 신의 배려였다. 적혀진 번호로 연락을 했다. 그에게서 바로 연락이 왔다. 이름은 김정산이고 S세무서에 근무한다고 했다. 신분까지 밝히는 그가 믿을 만하다고 생각해서 바로 지리산행을 결심했다. 밤 아홉 시에 정산 일행을 만나기로 했다. 서울역의 아홉 시는 나른한 피로 속에서 흥기찼다. 작은 키에 살이 찌지도 마르지도 않은 그는 첫눈에 산에 많이 다닌 사람처럼 보였다. 동행자를 더 구하지 못했다며 혼자 나왔다. 인상이 좋았으므로 그와의 동행이 싫지 않았다. 간단히 역사의 2층 식당에서 식사를 하며 밤 10시 50분에 떠나는 구례행 열차를 기다렸다.

산행이 처음이시라면서요.

고등학교 때 계룡산 가봤어요.

그럼 이번이 두 번째라는 거죠?

오히려 진희의 깨끗한 산행 경력이 즐거운 듯 정산은 지리산이며 설악산, 덕유산을 가본 경험을 이야기해줬다. 그런 곳을 갔었던 그와 지리산을 동행한다는 것이 자랑스러워졌다. 야간 산행을 하다가 곰을 만난 이야기며, 산행 도중 졸릴 때 잠자는 법 같은 이야기를 그는 끊임없이 말했고, 진희는 묵묵히 들었다. 잘 모르는 신입사원에게 업무를 가르치는 선임자 같았다.

새벽의 구례역에는 생각했던 것보다 사람이 많았다. 화장실에 다녀오니 정산이 택시 기사와 흥정을 하고 있었다. 그 옆에는 모르는 남녀가 서 있었다. 택시 기사는 오만 원을 달라고 했고, 정산과 옆의 남녀는 1인당 만 원에 해달라고 졸랐다. 성삼재행 버스가 길 건너 앞에서 시동을 켠 채 새벽의 승객들을 태우고 있었다.

저희는 성삼재에서 빈 차로 내려와야 하는데 오만 원은 받아야 해요. 오 년 전에도 이 가격이었어요. 차라리 버스를 타고 가세요.

안 가고 말겠다는 기사에게 네 명이 오만 원을 걷어서 주고 택시를 탔다. 트렁크에 네 개의 배낭을 싣고 어둠 속으로 택시는 달렸다. 저 어둠의 어딘가에 지리산이 버티고 서 있을 것이었다. 가슴이 뛰기 시작했다. 드디어 지리산으로 들어가는구나. 같이 택시를 탄 일행은 50대의 부부였다. 첫날 세석까지 간다고 했다.

대단하시네요. 세석까지 가신다니.

예전에는 무박 종주를 했었는데 지금은 나이가 드니 힘들어요. 어디까지 가세요?

벽소령까지 갑니다.

첫날 벽소령 산장, 이튿날 장터목 산장, 삼 일째 되는 날은 천왕봉에 올라가 중산리로 하산할 예정이라는 것만 알 뿐 그 거리에 대해서는 알지 못했다. 세석이 어디쯤에 있는 것일까.

그 부부는 진희와 정산을 연인이나 부부로 알고 있는 것 같았다. 정산은 그들에게 우리가 오늘 처음 만난 사이이며 인터넷 동행자 구함 사이트에서 알게 되었다고 묻지도 않는 말을 했다. 부부의 눈길이 처음 만난 남자를 따라나선 가볍거나, 이상하거나, 음탕한 여자를 바라보고 있었다. 갑자기 택시가 너무 천천히 가고 있다고 생각했다. 성삼재에 도착했다. 날은 밝지 않았지만 부드러운 바람이 감겨왔다. 이제까지 맞아 본 적이 없는 신선한 바람이었다. 스틱을 펴다가 하늘을 보고 하마터면 소리를 지를 뻔했다. 수많은 별들이 거기 있었다. 하늘에. 빼곡하게. 반짝거리며. 손을 내밀면 잡을 수 있을 만큼 가까이. 히말라야나 알프스의 오지에 가야만 이런 별들을 볼 줄 알았는데 이토록 가까운 내 나라 지리산에 이런 별들이 있었다. 그 별은 정산의 못마땅한 행동에 대한 보상 같았다. 세석까지 가려면 서둘러야 한다며 부부는 먼저 떠났다. 천천히 걷기 시작했다. 별들은 진희의 뒤를 진희의 속도로 따라왔다. 노고단까지는 큰길이었고 힘들지 않았다. 계단을 올라 숲길로 접어드는구나 싶더니 어둠 속에서 노고단 산장이 문득 모습을 드러냈다. 산장은 고요한데 취사장은 분주했다. 취사장의 희미한 불빛에 의지해 사람들이 꼼지락거리며 아침을 준비하고 있었다. 빈자리가 없어서 식사가 끝나가고 있는 팀 옆에서 그들이 자리를 비워주기를 기다리고 있었다. 그들은 큰 소리로 이름을 부르며 이미 거의 비워진 라면을 서로 권했다. 우린 그들 옆에 자리를 양보받아 버너를 피웠다.

두 분만 오셨어요? 부부가 취미가 같아서 좋겠네요.

우리 부부 아니에요.

정산은 누군가의 염려에 맞춤복을 만들어 주는 재단사처럼 대답을 하고 있었다. 마치 정직함이 지상 최대의 가치관이라고 교육받은 사람 같았다. 사람들은 택시에서의 그 부부와 같은 눈빛으로 우리를 번갈아 보았다. 지리산 종주를 하지 못하거나 길고 지루한 지리산 길이 될 것이라는 불길한 예감이 들었다. 불길한 예감은 한 치도 어긋나지 않고 맞아 들어갔다. 날이 밝아오자 돼지령이라고 하는 곳에서 간식을 먹고 있는데 지나가는 사람들이 '아내분이 미인이십니다'라는 인사말을 했고, 정산은 다시 '아내가 아니다'라고 대답하고 있었고, 정산의 너무나도 솔직한 그 답변은 온몸의 혈액을 종아리에서 꾸물꾸물 뭉치게 하더니 급기야는 소리도 지르지 못하고 입으로 신음을 삼키며 주저앉게 하고 말았다. 기를 쓰고 살아내다가 어느 순간 푹 하고 주저앉게 되는, 바로 그런 기분이었다. 쥐가 난 것이다. 지리산 종주가 허사로 돌아갔다는 아쉬움과 정산과 같이 가지 않아도 되는 핑계가 생겼구나! 라는 안도감이 동시에 밀려왔다. 컨디션이 좋아지기를 기다렸다가 같이 출발하자는 정산을 그냥 가던 길로 가라며 등 떠밀어 보내고, 뒤돌아서 왔던 길을 절룩절룩 걷기 시작했다. 비로소 고향 집 원드막 가는 길처럼 따뜻한 지리산이 보이기 시작했다. 낯선 사람과의 어색한 동행은 마치 얇은 막이 앞을 가려놓은 것처럼 우태로웠다. 시선과 사고를 툭툭 잘라 토막 내고 있던 동행. 그 동행이 해체되고 나서야 비로소 자유롭게 보고 생각하고 들으며 산길을 천천히 걸을 수 있었다. 노고단 산장에서 혼자 잠을 자며 꿈을 꾸었다. 꿈속에서 고등학교 교복을 입고 있었다. 아버지에게 지리산에 가게 해달라고 조르고 있었다.

그렇게 지리산에서 돌아와, 이제는 지리산 종주를 하고야 말겠다는 계획을 세우기 시작했다. 산에서 지리산으로, 그리고 지리산에서 지리산 종주로 꿈은 발전하고 있었다. 잠시 맡았던 지리산 길과 바람의 냄새와 별빛은 강렬했다. 어둠 속에서, 아침 햇살 속에서, 노고단 산장에서 보여준 지리산의 꿈꾸듯 아득한 능선들은 그곳에 가면 내가 원하는 무엇인가 있을 것 같았고, 잃어버린 무언가를 찾을 수 있을 것 같았다.

종로5가의 골목들은 여전히 활기찼다. 아침에 출근하면 커피포트에 물을 끓였고 장미 화분에 물을 주었다. 죽어가던 장미는 제법 활기가 살아나 잎이 제법 많아졌다. 컴퓨터 앞에 앉아 인터넷을 뒤지며 가사를 검색하고 편집하고 가끔 은행에 다녀오고 손가락이 얼얼해지도록 키보드를 두드렸다. 화장실은 꾸부려 앉는 80년대식 수세식 변기였다. 천정에 물통이 있고 거기에 달린 끈을 잡아당기면 물이 내려갔다. 그 물통이 고장이 나서 물이 고이지 않고 계속 흘렀다. 용변을 보고, 대걸레를 담아 놓은 양동이에 물을 담아와 뿌렸다. 가끔 누군가가 물을 뿌리지 않고 그냥 나올 때가 있었는데 그럴 때면 냄새가 건물 전체에 퍼졌다. 처음 출근하던 날의 그 지독한 냄새였다. 건물이라야, 1층에 양말 도매상, 2층에 출판사 사무실뿐이었다. 점심을 먹고 무료해질 쯤, 사이렌이 울렸다. 소방서의 사이렌인지 병원 구급차의 사이렌인지 구별이 되지 않았다. 사장도 그 시간이면 외근을 나가거나 사무실에서 졸았다. 화들짝 놀라 시계를 보니 여지없이 세 시에서 네 시 사이였다. 그건 지루한 사무실과 창밖의 풍경들을 일순간 바꾸어놓았다. 얇은 벽으로 줄을 그어놓은 이 세상과 저세상을 단박에 하나로 뭉뚱그려 우리 세상이라고 단정 짓는 소리였다. 머리 위의 물통에서 한 방울씩 떨어지는 물을 맞으며 앉아 있어야 하는 화장실 속의 이쪽 세상과 클릭 몇 번으로 전 세계의 호텔들을 예약할 수 있는 저쪽 세상을 연결시키는 연결음 같은 것이었다. 사이렌이 왜 을리는지 궁금해서 인터넷으로 오후 세 시, 사이렌, 종로5가라고 쳤다. 오후 세 시는 어느 여자의 일상을 담은 블로그가 나왔고 사이렌은 영화 리뷰이거나 기사가 나왔다. 그 사이렌 소리가 지나가고 나면 부스스 부스스 주변의 것들이 몸을 세우는 소리가 들렸다.

 퇴근하다가 등산복점에 들렀다. 산행할 때 목에 두를 스카프가 필요했다. 주인인 송이 나와 있었다. 서울 시내에 몇 개의 매장을 운영하고 있는 그는 자리가 잡혀 있는 종로나 영등포의 매장은 종업원에게 맡기고 개점한 지 얼마 되지 않은 도봉산 매장에 집중하고 있어서 가끔 얼굴만 보일 뿐이었다. 나이 차이가 크지 않아 몇 번 보지 않았어도 친절하게 아는 체를 하곤 했지만, 젊은 나이에 여러 개의 매장을 소유할 만큼 수완이 좋은 그의 상술이 얄팍해 보여 진희는 그의 친절을 불편해했다. 산에 대해 이런저런 이야기를 하다가, 그가 제일 좋아하는 곳은 지리산의 청학연못이라고 말했다. 정규 등산로가 아니어서 일반 사람들에게 잘 알려져 있지 않은 곳이었는데 그곳을 알고 있다니. 그동안 그를 뜨악하게 멀리 대했는데 청학연못을 좋아한다는 말에 갑자기 그가 진정한 산 사람답게 느껴지면서 친근해졌다.

청학연못. 그곳에 가본 적이 있었다. 정산과의 지리산행 이후 지리산 종주를 꿈꾸던 진희에게 어느 산악회에서 올라온 산행 공지가 눈에 띄었다. '지리산 비경 탐방'이었다. 얼른 가겠다고 신청을 하고 입금을 했다. 그리고 그날 동대문 모임 장소로 나갔다. 40인승 버스에는 서른 명쯤의 사람들이 앉아 있었다. 빈자리에 앉아 주변을 둘러보았다. 30대부터 70대까지의 다양한 연령의 사람들이 섞여 있었다. 검고 빛나는 얼굴들, 깡마른 몸매들이 예사롭지 않았다. 정산과는 또 달랐다. 그에게 아마추어 같은 풋풋함이 있었다면 이 사람들은 프로의 노련함이 보였다. 명확한 대상이 있어 공격을 앞두고 있는 사냥꾼 같은 비장함? 치열함? 버스가 도착한 곳은 거림이라는 곳이었다. 당연히 성삼재에서 출발한다고 생각했던 나는 당황했다. 산행 안내자를 바라보았으나 그는 저만치서 등산화 끈을 묶고 있었다. 차에서 나누어 준 종이를 펴 보았다. 거기에는 거림, 도장골, 청학연못, 촛대봉 같은 모르는 지형들이 굵은 글씨로 인쇄되어 있었다. 간신히 낯익은 이름을 찾은 것이 세석산장이었다. '중식'이라고 표시되어 있었다. 거기서 점심을 먹을 계획이라는 뜻이었다. 일행들이 출발하기 시작했다. 처음부터 좁고 험한 산죽길이었다. 사람들을 따라 무리의 중간에 섞여 걸었다. 산죽이 살갗을 스쳤다. 따가웠다. 나이 많은 사람들이 잘 가면 얼마나 잘 가겠어? 했던 생각들은 진희가 헤드랜턴 불빛을 조절하느라 아주 잠깐 지체하는 사이 사라져 버린 사람들을 보며 허망하게 깨져 버렸다. 온 힘을 다해 그들을 따라잡으려 걸었지만 그들의 불빛은 점점 좁혀오다가도 멀어져 갔다. 마치 불빛이 멀어지는 것이 아니라 어둠의 면적이 확 늘어나는 느낌이었다. 산에 오르기 위해 동사무소 헬스클럽에서 얼마나 뛰었던가. 퇴근 후 청계천 변을 얼마나 빠른 걸음으로 걸었던가. 점점 멀어져가는 불빛과 터져버릴 것 같은 심장은 나를 참담하게 했다. 산행을 포기하고 싶었다. 그러나 갈림길을 여러 번 지나 왔기에 뒤돌아 가면 분명 길을 잃을 것이었다. 무작정 앞을 보며 걸었다. 다음 갈림길에서 일행 중 한 사람이 기다리고 있었다.

　힘내세요.

　눈물이 나올 것 같았으나 숨이 차서 울 수도 없었다. 갈림길을 지나면서부터는 계곡이었다. 도장골이라고 했다. 처음 듣는 이름이었다. 지리산에 대해 아는 지식으로는 그런 곳이 없었다. 진희를 기다렸던 사람이 그녀를 앞세우고 따라왔다. 후미에 뒤처지는 사람을 챙기는 임무를 맡은 사람인 것 같았다. 그의 배려가 고마웠으나 빨치산처럼 지리산을 뛰어오르는 사람들 틈에서는 고마워할 느긋함도 태만이었다. 도장골은 계곡이라 바윗길이었다. 돌에서 돌로 발걸음을 옮기는 것은 흙길을 걷는 것보다 훨씬 힘들었다.

지리산이 맞기는 해요? 길이 왜 이래요?

그 사람은 여기는 정규적인 등산로는 아니며 청학연못에 가기 위한 지름길이라고 했다. 산행이 조금만 더 익숙해지면 이 계곡이 보일 것이고 그러면 얼마나 아름다운 계곡인지 나중에 알게 될 거라는 설명도 덧붙였다. 올라와서는 안 되는 길을 올라왔다는 말을 하면서, 그는 마치 해서는 안 될 사랑을 누군가에게 고백하는 것처럼 낮게 소곤거렸다. 초행길에 힘든 것은 당연하다고 진희를 위로하기도 했다. 일행들이 간식을 먹는지 넓은 바위 위에 모여 있는 것이 보였다. 부지런히 걸어 그들에게 합류하려는 순간 그들은 출발했다. 청학연못이라는 곳까지 가는 동안 몇 번이나 기다리고 출발하고를 반복하면서 약이 올랐다. 도착하면 출발하다니. 그들은 걸음이 느린 나를 위해 속도를 맞추어 주기 위해 쉬었다는 것을 나중에 알았다. 청학연못은 너덜 길을 세 시간쯤 오른 뒤에야 나타났다. 시간과 시간의 벽을 깨고, 공간과 공간을 넘어서 존재하는 것처럼 그 연못은 해발 1,800미터 높이 위에서 유유히 감돌고 있었다. 고여 있는 물인가 하고 살펴보면 썩어있지 않았고, 흐르는 연못이라기엔 숨소리마저 방해될 듯 고요했다. 등산객들이 가져온 소음으로는 감히 깨뜨릴 수 없는 아주 깊은 곳에서 올라오던 고요. 피어나던 꽃도 그 연못처럼 담청 빛으로 낮게 흐르고 있었다. 누군가 아주 오랜 옛날에 세상을 등지고 싶어 만들어 놓은 연못. 연못의 물은 저 안쪽 어딘가에서 솟아나는 샘물 때문에 순환이 되어 썩지 않는다고 했다. 진히는 생각했다. 나를 썩지 않게 하는 샘물 같은 존재는 어디에 있을까, 하고. 진히 때문에 예상보다 하산이 늦어져 예약된 식당에서 식사를 하지 못하고, 휴게소에서 우동이나 라면으로 때운 회원들이 투덜거렸다. 앞으로는 산행 실력이 떨어지는 사람은 합류시키지 마세요. 나중에 안 일이지만, 그 팀은 지리산이나 설악산의 오지만 다니는, 강도가 높기로 유명한 사람들의 모임이었다.

    청학연못에 다녀온 후, 무리한 산행 탓으로 무릎이 아프기 시작했다. 정형외과에 다니며 물리치료를 하고 한의원에 다니며 침을 맞으며, 한 달이 넘는 시간을 치료하고 나서야 무릎은 간신히 제 기능을 회복했다. 무릎이 괜찮아지니 청학연못이 자꾸간 눈에 어른거렸다. 바위에 새겨진 반쯤 지워진 문구가 보였고, 산죽으로 덮인 그 주변이 생각났다. 꿈속에서는 산죽 위로 낮게 깔려 있는 운무 위를 뛰어다녔다. 달리고 넘어지고 또 달리다 땀에 흠뻑 젖어 깨어나곤 했다. 청학연못을 검

지리산 가던 날   225

색하기 시작했다. 자세히 나오는 것은 없었다. 대부분 등산객들이 다녀와 사진을 올리는 것이 전부였고, 들은 것의 범주에 크게 벗어나지 않는, 인터넷을 통해서 알 수 있는 정보가 다였다. 그리고 청학연못은 점점 희미해져갔다. 노고단의 그 새벽이 그랬던 것처럼.

조용한 오후였다. 사랑이 오려 하는지 ~~달들이 유난히도 밝고~~~어느새 사장이 흥얼거리던 노래들을 나도 모르게 흥얼거리고 있었다. 그가 적어준 노래 제목들을 출력해서 옆에 두고 가사를 찾았다. 영상. 이라고 제목을 치면 영상이라는 노래가 여러 개 나왔다. 논두렁 밭두렁의 영상도 있었고, 안혜경의 영상도 있었고, 팝송은 아닌데 영어 가사인 영상도 있었다. 대부분 사장이 가수의 이름도 적어줬지만 그렇지 않을 때는 일단 제쳐두고 다른 노래를 검색했다. 오늘따라 그런 노래들이 많아 일의 속도를 내지 못하고 컴퓨터 앞에서 답답해하고 있었다. 사장은 외출하고 없었다. 문이 열렸다. 등산복 가게 주인인 송이었다. 눈을 동그랗게 떴다. 내가 여기 근무하는 줄 몰랐던 모양이었다. 사장과는 상인회에서 형님 동생 하는 사이라고 했다.

　우리 사장님하고도 산에 다니셨어요?

형님은 산에 가는 거 싫어해요. 궁구만 쳐요. 셋이 산에 한 번 가시지요. 형님 등산복 왕창 사시라고 ㅎ-고.

지난번 청학연못을 좋아한다고 했을 때 이미 그에 대한 편견이 없어졌기 때문에 시간이 된다면 같이 가자고 했다.

지금도 여전히 산에 자주 가시나 봐요.

그럼요. 산에 많이 다닙니다. 예전엔 전국의 산 다 돌아다녔죠. 처음에는 뒷산에 다니기 시작했고 그다음에는 북한산 관악산을 다녔죠. 그리고 설악산에 미쳐서 설악산만 줄기차게 다니고, 지리산에 반하고부터는 지리산만 매주 올라갔죠. 그러다 암벽을 시작했는데, 장군봉에서 하산하다가 다쳤어요. 지금은 워킹만 간신히 합니다. 하지만 산에서 할 수 있는 것은 다 해봤어요. 지금 우리 매장에 있는 아이들 모두 암벽 후배들이에요. 진히 씨는 산에 다닌 지 3년이나 4년쯤 되셨죠?

어떻게 그걸…

등산복점에 들어와서 등산복이나 배낭 고르는 것을 보면 짐작할 수 있어요.

몇 년이라고 말할 수는 없어요. 전 중학교 때부터 수십 번 산을 마음속으로 올라갔어요.

산에 대해 조숙하셨네요. 어떤 산행이 가장 기억에 남았습니까?

가장 기억에 남는 산이라고? 말할 것도 없이 짱아랑 갔던 그날의 지리산이었다. 짱아가, 아빠가, 지리산이 새로워졌고 무엇보다도 진히 스스로 다른 사람이 되었던 그날의 지리산.

'산에 다니는 사람은 다 좋은 사람이야'라는 말을 듣고 섣불리 따라나선 정산과의 동행에서, 좋지 않아서가 아니라 맞지 않아서 함께 하기 곤란한 사람도 있다는 것을 알았고, 산을 마치 정복해야 할 대상이라도 되는 듯 내달리는 사람들이 있다는 것도 배웠다. 산에 가보고 싶었지만 누군가를 따라나서기가 겁이 났다. 혼자 갈까라는 생각을 해보기도 했지만, 곰이라도 만난다면, 길을 잃기라도 한다면, 시간이 늦어 어두워지면, 과 같은 상황이 떠올라 포기했다. 그러다가 만난 것이 짱아였다. 산에 대해 질투하게 만든 중학교 동창생이었다. 그때와는 달리 작아진 키에 10킬로는 불어난 그녀를 보니 중학교 때의 질투심은 단숨에 사라져버렸다. 등산반에 대해 이야기 하다가 지금 산에 다니느냐고 물었더니 중학교 때 이후로 산에 올라간 적이 없다고 했다. 지리산 종주가 꿈이라고 말하는 진히를 향해 그녀가 눈을 동그랗게 떴다.

나랑 가자 지리산.

좋아.

그렇기 짱아와 지리산에 가기로 했다.

연전연패하던 전사가 보복을 준비하는 마음처럼 그날이 기다려졌다. 등산화와 배낭 외에는 전혀 등산 장비가 없는 짱아에게 바지만 하나 기능성으로 사 입게 했다. 남부터미널에서 원지 가는 버스를 탔다. 원지에서 점심을 먹고 중산리로 들어갔다. 중산리에서 장터목까지 올라가서 장터목에서 하루 자고, 짐을 장터목 산장에 둔 채 천왕봉에 올라갔다가 내려온 뒤에 세석을 지나 벽소령에서 하루를 더 자고 성삼재까지 가는 것으로 계획을 짰다. 짱아는 출발부터 신이 나 있었다. 마치 여행을 가는 모습이었다. 중산리로 들어가는 입구는 계곡부터 맘에 들었다, 쿵쿵 소리를 내며 물이 하얗게 쏟아져 내려가고 있었다. 그 물을 보며 걷다 보니 인생도 저렇듯 힘차게 거침없이 흘러갈 것만 같았다. 거침없이~ 하다가 아빠가 떠올랐다. 아빠는 아빠-나름대로 최선을 다해 자식들을 기르려 했을 터인데 거침없는 인생이라는 부분에서 머뭇거리며 아빠가 등장하는 것에 대해 잠깐 맘이 불편해졌다. 그러나 짱아랑 이야기하며 숲길을 오르다 보니 금방 잊혀졌다. 동창들 이야기만으로도 밤을 새울 만큼 공통 주제가 많았다.

장터목산장과 천왕봉의 이정표 앞에서 갈등했다. 원래 장터목으로 가기로 했고, 그 길로 가면 좀 빠르겠지만 내일 다시 천왕봉을 올라가야 했다. 계획을 수정해 천왕봉에 오늘 가기로 하고 법계사로 방향을 잡았다. 그 길은 가파른 경사길이었다. 짱아는 오르막에 취약했다. 20분도 오르지 못하고 쉬다가다를 반복했다. 로터리 산장에서 짱아는 얼굴이 하얗게 변해서 드러누웠다.

힘들면 안 올라가도 돼. 여기서 하룻밤 잘까?

아니야. 갈 수 있어.

천왕봉으로 다시 출발했다. 그러나 길은 더 급경사였다. 어떻게 이런 길이 있을 수가 있어!를 외쳐대면서 기다시피 올라갔다. 짱아의 발에 걸려 자갈이 굴러떨어졌다. 그 자갈은 한참을 내려가 굽어진 길에 가서야 멈추었다. 2킬로미터라는 이정표가 나왔다. 이런 속도라면 3시간은 걸릴 것이고 천왕봉에서 장터목까지 한 시간은 걸리기 때문에 어두워질 수도 있는데 올라가는 사람들은 모두 우리를 앞질러 갔다. 넓은 바위에 앉았다. 저 아래 까마득하게 보이는 마을들 모두가 발아래에 있었다. 손톱만 하게 보이는 마을들을 보면서 이상한 자신감이 솟구쳤다. 주말이면 배낭을 메고 산에 오르는 사람들이 이해되었다. 끝날 것 같지 않았던 오르막은 천왕봉에서야 끝났다. 서 있는 곳을 빼고 운해로 뒤덮여 있었다. 뛰어내리면 그

운해 위에 내려앉아 어디론가 흘러가버릴 것만 같았다. 그야말로 구름의 바다였다. 해가 지고 있었고 운해는 그 아래서 찬란하게 빛났다가 점점 빛을 잃어갔다. 어두워지는 것도 잊고 앉아 있었다. 지상에서 가장 아름다운 순간에 갇혀 꼼짝도 할 수 없는 사람들처럼.

짱아야, 중학교 때 생각나?

응 생각나지.

예쁘고, 공부 잘하고, 친구들에게 인기도 좋았던 네가 등산반이 되어 교문을 나설 때 나는 네가 너무 부럽고 미웠어.

짱아는 잠시 침묵하더니 천천히 말을 시작했다.

너 내 얘기 못 들었구나.

약국을 하던 아버지가 사기꾼에게 당해서 집안이 풍비박산 났어. 두 분이 이혼을 했는데, 문제는 그때부터였어. 두 분 중 어느 분도 나를 키우려 하지 않았어. 내가 양녀였던 거야. 두 분이 사랑해서 날 입양했는데 두 분이 헤어지면서 나를 버렸어. 난 자살하려고 손목을 그었어. 등산반에 들어갔을 때가 집안이 한창 시끄럽기 시작할 때였어. 나는 진히 네가 부러웠어. 네게 지극하신 너의 아빠가 우리 아빠였으면, 한 적도 있었어.

짱아가 내민 손목엔 아직도 희미하게 흔적이 남아 있었다. 운해 속으로 사라지는 해를 보면서 진히는 짱아의 손을 꼭 잡았다. 하늘이 더 붉게 물들었다. 그것은 곧 무지개처럼 층을 이루었다. 강렬한 블루와 레드가 뒤섞인 색들의 조합이었다. 색이 주는 감동은 그림이라고만 생각했는데 자연이 만들어 낸 색깔은 그 이상이었다. 그 앞에 그들이라는 사람이 있어, 울퉁불퉁 살아내서 여기까지 와 준 우리가 있어 더욱 감동일 거였다.

짱아는 결국 이튿날 장터목 산장에서 앓아누웠다. 그녀가 회복되기를 기다려 장터목에서 하루를 더 보내고 백무동으로 하산했다. 지리산 종주를 하리라는 야심 찬 계획은 어긋났지만, 천왕봉에서, 장터목에서 머무는 이틀 동안 지리산의 에너지가 주는 황홀함 속에 내내 몽롱해져 있었다. 지리산은 어느 한순간도 같지 않았다. 순간순간이 달랐다. 그런 지리산을 보며 진히는 태어나 처음으로 잘살아 보고 싶다는 열망에 사로잡히기도 했다. 높이에 따라 농도가 다른 산들이 중학교 때 그렸던 구성의 순서처럼 빙 둘러싸여 있었고, 그 산의 빛깔은 아침에 다르고 점심에 다르고 저녁에 달랐다. 구름까지도 시시각각으로 다른 모양 다른 성향 다른 성분으로 산 주변을 맴돌며 감동시켰다. 구름은 물이었다가 바람이었다가 안개가 되었다. 짱아와 지리산에 다녀온 후 진히는 무언가 응어리가 쑥 빠져나간 것 같은 느낌이 들었다. 늘 그녀를 옭아매던 그 무엇인가에서 완전히 벗어난 느낌. 지리산이 큰 손을 진히의 몸 속으로 쑥 집어넣어 어둠 덩어리들을 추려내 꺼내 간 것 같은 느낌이었다.

  가사를 모으고, 편집을 하고, 간혹 사람들과 어울려 술을 마시며 종로의 생활은 점점 몸에 맞춰져갔다. 사장의 가래 섞인 기침소리도, 삐걱거리는 계단도, 문 여닫는 소리처럼 일상이 되었고 그 안에서 장미 화분은 흑백영화 포스터에 포인트로 그려 넣은 총천연색 꽃병처럼 하루하루 물이 오르고 빛이 진해져갔다. 아무렇지도 않게 70년대 가사를 쓰며 노래를 흥얼거리다 보니 이제는 취향에 맞는 옛 노래도 생겼다. 사무실 그녀 자리에 앉아 작은 창으로 보이는 바깥 풍경을 보고 있었다. 어느 곳에 초점을 맞추고 바라보는 것이 아니라 전체 풍경을 바라보았다. 버스가 지나가고 사람들이 지나가고 택시들이 승용차가 온종일 지나갔다. 그러다 지리산을 떠올리면 뭔가 온몸의 죽어있던 근육들이 우르르 진저리를 치며 일어났다. 노고단과 청학연못, 세석산장이 내가 아는 전부였다 해도, 잊을 수 없는 첫사랑처럼 주변에서 맴돌고 있었다.
  송은 말이 나오기 무섭게 사장에게 등산복을 세트로 강매

하고 산행 날짜를 잡았다. 아직도 지리산 종주를 해보지 못했다는 나를 위해 지리산 종주를 감행하기로 했다. 진희 씨 때문에 죽게 생겼다며 사장은 벌써부터 엄살이었다. 안내 산악회 차량을 이용하기로 했다. 안내 산악회는 가는 날의 차량과 오는 날의 차량 그리고 하산하는 지점인 중산리에서 샤워할 곳을 마련해주었다.

금요일 밤 열한 시 사당역으로 나갔다. 전국의 산으로 가는 산악회의 차들이 사당역이나 동대문에서 출발했다. 배낭을 멘 등산객들과 휴일 전야를 만끽하려는 젊은이들로 술렁였다. 술 냄새와 땀 냄새 그리고 비릿한 욕망의 냄새가 뒤섞인 거리였다. 누군가 아는 척을 했다. 등산복을 입고 있었다. 누군지 기억이 잘 나지 않았다. 그는 지리산 도장골 산행 때 진희를 봤다고 했다. 중간에 그녀를 기다려주었던 후미 책임자였다. 아! 청학연못. 그때 정말 감사했다고 늦은 인사를 했다. 그는 설악산 서북능선을 간다며 그네들의 버스를 찾아 부지런히 떠났다. 등산복을 입은 사람들이 혼자 왔다가 삼삼오오 모였고, 그들의 차가 오면 우르르 그 차를 타고 어디론가 떠났다. 그 사람들은 거의 어디선가 본 듯 낯익은 얼굴들이었다. 설악산, 오대산, 지리산, 그리고 이름 모를 산들을 명찰처럼 차의 앞 유리에 크게 달아놓은 버스들을 보며 그녀도 저런

산을 오를 날도 있을까, 생각했다. 그 이름들은 낯설고 먼 나라 이름 같았다. 사람들이 모여들고 산으로 떠나고 또 다른 사람들이 모여들고 또 떠나는 모습이 끊임없이 이어지는 사당역에서 45L 배낭을 멘 진히는 송과 사장과 지리산으로 가는 버스를 기다리며 서 있었다.

해설

상처와 구원을 아우르는 큰 산
―우은선 소설집 『트레치데』
김성달·소설가

1.

 독자는 무엇보다도 먼저 이야기의 강력한 흡인력 때문에 소설을 선택한다. 물론 이야기가 전부가 아니지만 그렇다고 이야기 없이 독자와의 소통을 꿈꾸는 것은 무의미하다. 그래서 지금의 한국소설이 무엇보다도 먼저 이야기 능력을 회복해야 한다는 지적은 귀담아들어야 한다. 소설은 바로 이야기를 도구로 삼아 우리 삶에 의미를 찾아내는 노력이다. 그것도 구체적인 이야기를 통해 존재와 삶에 대한 고도의 형식을 부여하는 시도인 것이다. 그런 면에서 신인답지 않게 섬세하고 촘촘한 문장의 그물망에 다양한 이야기를 풀어가는 우은선 작가의 출현은 반갑기 그지없다.

시대의 유행에 의지 않고 당당하게 자신의 목소리를 풀어내는 우은선 작가의 소설 언어는 우리의 감각을 매혹하고 사유를 깊이 있게 되흔드는 개별적인 감각의 체험을 통해 사물 자체에 머물지 않고 새로운 세계와 존재의 발견으로 이어진다. 그래서 값지다. 특히 우은선 작가의 소설에서 그 새로운 세계와 존재를 발견하는 공간은 '산'과 '여행'이다. 그곳에서 본 세계와 존재는 작가의 집요한 시선에 잡혀 자기의 정체성을 얻으며, 지금껏 살아온 세계가 얼마나 작았는가를 자각한다. 그러면서도 우주의 중심에 닿아지는 나는 또한 어떤 존재인가를 생각한다. 유한한 현실 속에서 늘 구한한 상상 속의 나를 동경하며 현재, 여기를 떠나는 소설 속 인물들이 흥미롭게 만들어낸 여정이 우은선 작가의 첫 소설집 『트레치메』이다.

우은선 작가의 소설 『트레치메』는 자신 안에 존재하면서도 '아득히 멀리 있는 나'를 찾아가는 실존의 현장이기도 하다. 실존의 위험을 무릅쓰는 일이란 결코 쉬운 일이 아니다. 그것은 한편으로는 스스로의 정체성에 관해 질문하고, 다른 한편으로는 존재가 일상 안에서 꾸려나가는 삶의 진실과 허위의 이중성 사이에 아슬아슬하게 발을 걸치기 때문이다.

남편의 외도 때문에 상처받고 살아가는 여자(「폭설」), 빚에 허덕이며 결혼을 미루는 여자(「트레치메」), 태풍에도 기어이 산을 찾았다가 목숨을 잃을 뻔한 일행(「여름의 오후」), 실연을 하고 암벽 타기에 매달리는 여자(「비너스」), 재혼한 남자, 헤어진 남편과 이혼 하지 못하는 여자(「만항재」), 밤이면 집을 나가는 엄마 때문에 아홉 살에 술꾼이 된 아이(「몽마르뜨의 눈물」), 벙어리 큰 삼촌의 딸 안나(「수필같이 쓴 소설」), 완고한 군인 아버지 때문에 결정 장애에 시달리는 딸(「지리산 가는 날」)과 같은 인물들은 그런 이중성 때문에 혼란스럽고 고통스럽다. 혼란은 자신을 알 수 없는 데서 오고, 고통은 그럼에도 불구하고 일상 속에서 어떤 역할을 요구받는 존재가 되어야 하는 것에서 온다. 빠르게 전개되면서도 동시에 정교하게 엮은 『트레치메』 이야기를 풀어가는 작가의 호흡은 산과 여행이라는 여로 속에서 지나치게 현실적이지도 그렇다고 현실 방관자적인 것도 아닌 것처럼 보이지만, 그 속에 우리의 삶과 현실에 대한 많은 질문을 내포하고 있다.

  우은선 작가는 어떤 모호함이나 신랄함이 아니라 연민과 공감의 색채로 물들인 풍경을 독자들에게 보여준다. 이런 시선은 삶을 보는 작가의 태도에서 비롯된다. 그가 바라보는 삶이란 의미로 충만한 것이 아니라, 예측 불가능한 일들이 도처에 널려 있는 불행이 드리워진 곳이다. 이 속에서 개인들은 거의 언제나 운명으로부터 어긋난다. 온몸으로 세상의 그런 운명을 체득하고 있는 작가는 인생이란 가장 가까운 사람에게조차 외로움을 느끼는 불완전한 존재이고, 이것이야말로 인생의 진짜 얼굴이라는 것을 『트레치메』를 통해 증언하고 있다.

2.

「폭설」은 혼자라는 공포를 어차피 혼자였다는 것으로 달래는 여자의 이야기이다. 폭설로 전면 입산 통제된 설악산의 길을 뚫는 산행에서 여자는 윤을 만난다. 짧은 미니스커트를 입고 단발머리를 찰랑이며 카페로 들어와 남편을 좋아한다고 말하던 아이를, 폭설과 혹한의 협공이 휘몰아치는 산에서 중년이 되어 만난 여자는 '어쩌다 이렇게 된 것일까' 중얼거린다.

> 여기가 어디쯤일까. 수십 번 오르내린 길이지만 어딘지 가늠할 수도 없다. 이렇게 눈이 내린 날에도 여러 번 올라왔는데 오늘의 눈은 어찌된 것인지 도저히 위치를 알 수가 없다. 바람은 여전히 불고, 여기저기서 뚝뚝거리며 나뭇가지 부러지는 소리가 들리고, 나무들 사이로 무언가 휙 지나간다. 두런거리는 사람소리가 들리는 것 같아서 뒤를 돌아보면 후다닥거리는 바람만 급히 지나간다. 나뭇가지

모양은 수시로 모양을 바꾸어 새가 되었다가 동물이 되었다가 사람으로까지 변해버린다. 울고 싶을 만큼 혼자다. 혼자라고 생각하니 살면서 혼자이지 않은 적이 한 번도 없다. 아이들과 있을 때도, 친구들과 있을 때도 나는 늘 혼자였다. 혼자여도 혼자였고 함께 있어도 혼자였다. 혼자라는 공포를 어차피 혼자였다는 것으로 달랜다. 무서움이 조금씩 사라지기 시작한다. 그 여자가 생각난다. 점점 추워진다. 어쩌다 이렇게 된 것일까.(「폭설」)

산을 다니면서 잃어버린 것들을 잊어가며 시간을 보내는 여자는 그사이 그 아이가 남편을 떠나지만 명목상의 부부로 살아간다. 눈길에서 자꾸 미끄러지는 윤을 보며 여자는 본능적으로 손을 내밀지만, 손을 그냥 거두고도 싶다.

    나는 누구를 기다리는가. 그래도 윤이는 오지 않는다. 나는 무엇을 기다리는 것일까. 윤이는 여전히 안 보인다. 어찌된 일일까. 내 앞에 갔을까. 그럴 리는 없다. 그렇다면. 마음속의 두 개의 다른 그림자를 본다, 산장에서 헷갈리던 그 마음과는 또 다르다. 와야 한다는 것과 이대로 그 아이가 나타나지 말았으면 하는 그것.(「폭설」)

폭설을 뚫고 무사히 내려온 여자는 윤이 앉았던 버스 뒷자리가 비어있는 것을 발견하지만 침묵하고 버스는 출발한다.

그 후 윤을 폭설 속에 묻고 왔다는 죄책감에 짓눌리던 여자는 백화점에서 만삭의 윤을 보았다는 남편의 말에 마음속의 폭설이 사라진다. 고통스러운 인생을 넘어서려는 여자의 모습이 사유 깊은 문장고- 인생의 폭넓은 이해의 서사로 격조 있게 짜여있다. 폭설 속의 조우란 피할 수 없는 현실이다. 현실과 도피의 경계에 서 있는 여자가 할 수 있는 것은 자신을 내주어야 한다. 그런 여자가 자신을 둘러싼 허위의식 속에서 보여주는 심리 묘사와, 독자로 하여금 서사적 긴장감을 잃지 않게 만드는 섬세한 마무리가 돋보인다. 혼자라는 불완전한 인간에 대한 연민이자, 그 불완전함 때문에 벌어지는 고통의 폭설에서도 길을 잃지 않게 만드는 작가의 따뜻한 시선이 돋보이는 작품이다.

「트레치메」는 어느 날 '꼭 가야만 할 것 같은 그 무엇의 이유'로 로마의 400년 된 민박집을 찾은 여자는 작은 회사의 경리이다. 아버지 빚을 갚으려고 얻은 대출금 이자를 갚느라 허덕이고, 결혼하자고 조르는 남자의 말에 침묵하며 산다. 그렇게 서른을 넘긴 여자는 은행 대출금을 갱신하던 날, 시청 앞 전광판에서 붉은 노을로 물든 거대한 세 개의 봉우리를 본다. '그 앞에는 큰 배낭을 멘 여자가 지친 듯한 몸을 스틱에 의지

한 채 그 봉우리를 바라보고 있었다.'

이탈리아 북부 알프스산맥에 속한 돌로미테, 거기에 있는 세 개의 봉우리 이름이었다. 일몰이 되면 빛의 각도에 따라 분홍이었다가 황금빛으로 변하고, 나중에는 불타는 듯한 붉은 빛으로 변한다고 했다.(「트레치메」)

여자는 민박집 아르바이트를 구해 로마로 간다. 그렇지 않으면 돈도 가족도 젊음도 사랑도 다 사라질 것만 같다. 민박집에서 여자는 이런저런 손님들을 만난다. 스물일곱 살의 은행원 여자 손님은 새벽녘 민박집 주방에 혼자 앉아서 운다. 대학생 딸과 엄마 손님은 다투고 화해하기를 반복한다. 이틀 또는 사흘을 묵고 떠나는 그들에게 여자는 돌로미테를 아느냐고 묻지만 아는 사람이 없다. 그곳이 실제로 존재하는 것인지 의심스럽던 여자는, 제대하는 날 로마로 출발했다는 학생 손님들에게서 비로소 돌로미테가 이탈리아와 오스트리아 최대의 산악 격전지라는 것을 듣는다. 바티칸 박물관을 돌아보던 여자의 눈앞에 많은 것들이 스쳐 지나간다.

아담과 하와가 지나갔고, 웃시야와 요담과 아비야가 지나간다. 다윗과 골리앗도 있다. 숲에 취한 노아는 나를 노려보며 무슨 말을 건네려다 말고 지나친다. 천정 곳곳에서는 수많은 눈동자들이 여자를 내려다보고 있다. 벽에서도 많은 인물들이 여자 앞으로 다가온다. 자신의 껍질을 손에 든 바르톨로데오가 지나갔고, 열쇠의 무게가 힘겨운 듯 구부정한 어깨를 늘어뜨리며 베드로가 지나갔다. 당나귀를 한 디다스도 지나갔다. 뱀을 몸에 감고 있었다. 비아지노 다 치세나의 영혼도 함께 보였다. 그리고 고개를 젖히고 한 손에 팔레트를, 한 손에 붓을 들고 그림을 그리고 있는 한 사람이 있었다. 그 모습은 희미하지만 천천히 오래오래 여자 앞에 머물렀다. 그가 지나가고 한 여자가 보인다. 무거운 짐을 어깨에 짊어지고 지치고 힘든 얼굴로 서 있는 여자. 아버지와 줄어들지 않는 빚과 축축한 테르미니 역과 떠도는 이민자들까지 그 여자 주변을 맴돌다 사라져갔다.
　그 앞에 거다 란 트레치메가 서 있었다.(「트레치메」)

　「트레치메」의 화자는 자신에게 익숙한 존재와 세계에서 벗어나 낯선 공간을 찾아간다. 익숙한 일상 안에 갇혀 있을 때와는 달리 새로운 곳에서 새로운 사물과 사람을 만나면서 색다른 긴장을 경험한다. 그 과정에서 피곤한 일상 속의 나는 존재의 전부가 아니라, 일상 밖의 또 다른 내가 다른 영혼의 핏줄을 느끼고 있다는 자각에 이른다. 서로 다른 두 마음의 소리가 하나로 섞이면서 깊은 곳에서 올라오는 소리의 울림은 천둥처럼 크고도 깊다. 트레치메란, 그 소리가 만들어 낸 크나큰 충격이다.

「여름의 오후」는 태풍이 오는데도 초등학교 동창들과 함께 지리산을 찾아가는 나는, 자신에게 동물적인 감각이 있어 위험을 정확히 재빨리 감지한다고 믿는다. 그 믿음에 의지해 백두대간에 속하는 구룡령에서 진동리까지의 산행 중간지점인 조경동에서 비박을 한다. 조경동은 단 두 가구만 살고 있는 오지 중의 오지이다. 동네 아저씨 집 맞은편 공터에 텐트를 친 일행은 한밤중에 폭우를 만난다. 불과 이십여 분 동안 쏟아진 비는 마을의 다리를 덮을 기세이다.

아주 순식간이었다. 세상이 바뀌는 것은. 그러나 아주 긴 시간이기도 했다. 시간 속 어느 부분이 굴곡져 있어서 그곳에 들어가면 시간을 멈추게 하는 그런 공간이 있는 것만 같았다. 이런 적이 또 있었다. 지하철에서, 생각에 빠져 있다가, 열려진 문으로 고요함을 뚫고 갑자기 몰려오는 지하철 소음에 화들짝 놀라 이름을 확인하면 겨우 한 정거장밖에 오지 않았다. 한 정거장을 달려오는 동안에 이제까지 살아온 전 인생을 통틀어 생각하고 고민하고 추억하며 오고갔는데 그 시간이 겨우 2분이었다. 나는 그 짧은 2분 동안 어느 허공을 떠돌다 온 것일까. 내가 알지 못하는 또 다른 차원의 시간이 있을지도 모른다고 생각했었다.(「여름의 오후」)

물건을 챙기러 간 아저씨와 기수의 행방을 모른 채 산으로 피신한 나와 선희는 길고 긴 어두운 밤이 지나가고 아침 해가 떠오르자 마을로 내려가기 시작하는데 갑자기 부재중 전화가 뜬다. 그것은 머지않은 곳에 사람이 산다는 뜻이고, 수십 번 찍힌 기수의 부재중 전화는 그가 무사하다는 것이다. 선희와 나는 개망초꽃을 헤치며 부지런히 걷는다.
　세계와 나 사이에 발생한 이십 분 동안의 폭우로 삶은 온통 혼란에 빠지고 만다. 이 소설은 절박한 상황을 묘사하거나 의미를 파헤치려고 쓴 소설이 아니다. 소설은 이런 경험들이 지극히 일상적일 수 있다는 현실을 역설적으로 보여주고 싶은 것이다. '여름의 오후'라는 평범한 제목부터가 그렇다. 우리 일상 속에서 얼마든지 일어날 수 있는 일들이 일상과 섞여 있는 모습을 보여주고 있다. 이 소설의 긴장은 초자연적인 세계의 순간과, 지극히 일상적인 현실의 순간이 엇비슷한 힘으로 우리 삶을 위협한다는 사실 그 자체이다. 삶의 생기이며 살아있음의 충만한 기쁨이 동시에 그 활로를 위협하는 검은 그림자가 되는 순간을 기막히게 포착한 작품이다. 우리 인생에서 세계가 근원에서부터 흔들리고 친숙하던 주변이 갑자기 낯설어지는 순간에 관한 무서운 경고가 바로 나른한 「여름의 오후」이다.

「비너스」는 울산바위의 비너스 길 암벽등반 장면의 섬세한 묘사와 그 밑에 깔려있는 심리묘사가 기막히게 접목된 작품이다. '암벽 하시는 정이 씨죠? 여쭈어볼 것이 있어서 전화를 드렸어요' 하는 여자의 전화를 아무런 경계도 없이 받아들인 후 정이의 삶은 달라진다. 그 여자는 수리봉에 오겠다고 해놓고 나타나지 않는다. 이따금 전화를 걸어오는 여자의 목소리에는 사람의 마음속으로 파고드는 힘이 있다. 여자는 정이에게 암벽등반에 필요한 장비를 구입한 이야기를 오랫동안 들려준다. 여자의 이야기가 재미있는 정이는 수리봉에 꼭 오라고 하며 전화를 끊는다. 비너스 암벽 길 2피차에 오른 정이는 주변을 둘러보니 가슴이 트인다. 바윗길이 어려울수록 이름은 아름답다. 비너스 길 역시 녹록지 않다. 정이는 갑자기 바위 아래의 땅이 궁금해지고 잠시 스쳐 간 사람들까지도 그리워진다.

까마득한 이 벼랑위에서 무엇과 싸우는지도 모르고 필사적으로 바위에 붙어 오르려고 하고 있는 나를 이 순간 그들은 궁금해 할까? 자주 가던 홍대 그 술집, 목동역 1번 출구의 그 커피집, 그 거리의 포장마차, 거기 드나들었던 내 아는 사람들이 스치고 지나간다. 그리고⋯ (「비너스」)

수리봉에 오겠다던 여자가 약속을 지키지 않고 연락도 없자 정이가 먼저 문자를 보낸다. 이튿날 여자로부터 연락이 왔고 그 후부터 정이는 그녀의 전화가 오지 않은 날이면 기다리게 된다. 술에 취한 여자가 '나이 들어 석모도에 커피집을 열어 운영하면서 함께 늙어가는 모습을' 보자고 한 7년 된 남자친구 이야기를 하며, 그 사람이 요즘 변해서 자신이 알던 사람이 아니라고도 한다. 여자는 그 후로 부쩍 남자친구 이야기를 많이 하면서 다른 여자가 생긴 것 같다고도 한다. 정이는 여자의 남자 친구 이야기를 반복해 들으면서 어디선가 마주했을 것 같은 익숙함이 느껴진다. 공포의 4피치에서는 모두가 숨조차 쉬지 못한다. 결국 근육이 딱딱하게 뭉친 정이는 대장인 A가 자신을 많이 배려하고 있다는 것을 안다. 줄의 느낌만으로 정확하게 상대의 상황을 파악하고 감지하는 A는 지진계 같은 사람이다. 정이는 수리봉에 나타나지 않아 얼굴도 모르는 여자에게 약혼자가 있는 줄 모르고 사귀다가 헤어진 남자 이야기를 한다. 그 후로 정이를 보는 사람들의 시선이 야릇하고 유부남과 연애를 한다는 소문이 들린다. 이상하게 여긴 정이가 여자에게 전화를 하지만 받지 않는다. 그러면서 M이라는 여자가 여기저기 정이의 험담을 하고 다닌다는 소문이 들린다.

그 무렵 정이는 종로5가 골목길에서 M이라는 여자와 실랑이를 벌이는 남자를 본다. A이었다. 멀리서 보면 비너스의 뒷모습과 같아서 비너스 길이라고 지은 대망의 6피치이다. 그 앞에 서자 정이는 가슴이 뛰기 시작한다. 그때 A가 힘드냐고 묻는다. 힘들다고 하자 A가 말한다. '뒷모습이잖아. 네가 뒷모습에 약하잖아.'

앞모습을 보여주지 않는 것이 어찌 비너스 그녀뿐일까. 나는 그녀들의, 그대들의, 그 누군가들의 뒷모습에만 매달려 온갖 희로애락과 에너지를 모두 탕진하고 점점 시들어가고 있는 것은 아닐까. 저 아래에서는 티끌로도 보이지 않을 지금의 내 모습을 생각하니 갑자기 몸이 가벼워진다. 나를 짓누르고 있던, 나를 채우고 있던 찌꺼기들을 모두 날려버린 것처럼(「비너스」)

세속의 이야기를 암벽등반의 과정에 잘 접목시키고 있다. 평범한 일상의 뒤편에 그림자처럼 붙어 있는 상처와 고단한 삶의 현장에 박혀 있는 고통을 명료하게 인식하고 있는 작품으로 그 이면의 우리가 바라는 이상의 표정이 어떤 것인가를 비너스의 뒷모습으로 상징하는 시선과 이야기꾼의 능숙함이 도드라진다. 여자에게 사랑은 절대적 원칙이다. 이 사랑의 욕망은 어느 순간 그러하듯이 현실의 억압과 단죄를 두려워하지 않는다. 이런 은자와 정이의 고통과 절망을 그려나가는 작가의 문장은 극적이지 않으면서도 주어지는 상황을 그대로 따라가기 때문에 더욱 극적이다. 따라서 상황 속에 있는 인물의 감정선이 더욱 도드라져 나타난다.

'드디어 만항재이다'로 시작되는 「만항재」의 화자는 연일 계속되는 한파주의보를 뚫고 '운무가 바람 따라 출렁출렁 움직이면서 능선들이 사라졌다가 나타난다'는 만항재를 찾아간다. 그 근처에 작은 원두막 하나 만들어 놓은 선배의 초대로 아내와 오랜 비박 동료인 황, 재영과 함께 팀을 꾸린다. 만항재에 도착한 일행은 몽유도원을 찾아 두리번거리지만 '고개를 올리면 보이는 든덕, 그 위로 끝없이 뻗은 길 운탄고도, 운탄고도를 감싸고도는 백운산 그리고 운탄고도의 끝에 보이는 함백산, 그리고 그뿐이다.' 텐트를 친 일행은 각자 가져온 음식을 내놓지만 재영의 배낭에서는 끝내 아무것도 나오지 않는다. '늘 알 듯하지만 모르는, 모르는 것 같은데 어느덧 친해져 있는' 그녀이다. 비박 장비에 관해 장황설을 늘어놓는 황은 신학을 전공한 독실한 기독교 신자였는데 단전호흡을 알고부터는 신학을 포기하고 산으로 돌아다닌다. 일행은 둘러앉아 고기를 구워 먹으며 술을 한 잔씩 주고받는다. 취기가 오른 나는 밖으로 나온다.

　　어둠에 잠겨 조용히 숨 쉬고 있는 낮에 보았던 능선들의 목소리가 들리는 것 같다. 그들의 이야기는 늘 다르다. 눈이 내릴 때 부드럽고, 비가 올 때 까탈스럽다. 내가 맑을 때 산은 침묵하지만, 슬플 때 산은 유난히 수다스럽다. 내게 산은 무엇인가. 이런 질문은 이제 더 이상 신선하지 않다. 수없이 내게 질문하지만 그 답을 나는 아직도 모른다. 이것인가 하면 아니었고 저것인가 하면 또 아니었다. 어쩌면 '산은 내게 무엇인가'의 대답은 삶이 흐르듯, 세월이 흐르듯, 사람들이 변하듯, 흘러가고 달라지고 변색하는 것인지도 모른다.(「만항재」)

　　어둠 속에서 나는 아들과 전처를 떠올린다. 사업실패와 돌아누운 아내의 등에서 나오던 냉기, 아이들의 처진 어깨, 일을 다시 시작해도 늘 그 자리를 맴도는 현실을 감당하지 못하고 배낭 하나를 메고 백두대간을 걷는다. 혼자서 걷다가 죽도록 힘이 들어 하산을 하고 싶어도 '집과 현실'은 나를 자꾸 산 위로 떠민다. 정선 단임골에서 왔다며 일행 사이에 자연스럽게 끼어든 사내는 만항재가 자신의 해방구라고 한다. 아내는 일행의 이야기를 들으며 술안주 챙기기에 바쁘다. 지난가을 설악산 노인봉 정상에서 본 크고 밝은 별과 아침의 운무에 빠진 아내에게 노인봉은 그날 이후 그리움이다. 밤늦도록 이야기를 하고 노래를 부르며 취해가는데 재영이 불쑥 뱉는다. '저 결혼했었어요. 이혼한 건 아니구 헤어졌어요. 이유요? 제가 싫대요.' 지난 십 년 동안 마치 살아있는 시체처럼 살았다는 재영은 집에서는 늘 아프고 무기력하지만 산에 오면 살아나 목숨처럼 산에 다닌다고 한다. 일행은 단임골이 피운 장작불 앞으로 모여들고 그가 단임골에 오면 따뜻한 방 한 칸을 내어주겠다고 하자 재영은 환하게 웃고, 황은 눈을 감고 음유시인처럼 노래를 읊는다. '만항재의 밤은 그렇게 깊어간다. 몽유도원도처럼, 신선처럼, 사람처럼, 삶처럼 시간처럼 그렇게 깊어간다.'

 마음속 몽유도원을 그리는 사람들의 사연이 현실감 있는 이야기로 다가온다. 이 소설의 인물들에게 등산이란 갑각류처럼 굳어진 감각과 인식에서 벗어나 세계와 스스로의 삶에 대해 새롭게 성찰하는 일이다. 그것은 결국 지금, 여기에서의 삶을 지속하기 위한 노력인 것이다. 이 작품이 더욱 매혹적인 것은 현실과 산이라는 서로 다른 소리를 뚜렷한 선율로 조화롭게 잘 엮은 구성 때문이다. 상처 입은 사람들을 산이 품으면서 들려주는 선율은 간결하면서도 큰 산의 메아리처럼 벅차고도 깊은 울림을 준다. 초자연적인 세계와 인물들의 현실이 어우러져 개연성과 모종의 깨달음의 의미까지도 획득할 수 있었다.

「몽마르뜨의 눈물」은 어린 화자를 통해 본 예술가의 소설이다. 화실에서 금방 온다는 엄마는 오지 않고 창문을 열자 술을 부르는 언덕에 바람이 분다. 나는 이층 창문에서 보이는 성당의 탑을 보며 엄마가 밤에 화실에 나가지 않도록 해달라고 빈다. 뒤늦게 나타난 엄마는 아저씨와 함께 온다. 아저씨가 오면 나는 위층에서 밑으로 내려가지 못한다. 그렇게 이층에 갇히는 날이면 창밖의 거리 풍경을 스케치한다. 성당 위 근처의 광장에는 그림 그리는 사람들이 많다. 엄마도 가끔 그곳에서 그림을 그린다. 엄마가 없는데 화가 난 얼굴로 찾아온 아저씨가 함께 광장으로 가자고 한다. 엄마가 화장을 하고 광장이 아니라 바에 춤추러 외출을 했지만, 광장에 가보고 싶은 난 아저씨 뒤를 따른다. 나는 엄마를 찾지 못한 아저씨가 광장에서 얼굴을 약간 숙이고 나를 향해 서 있는 모습에서 엄마와 헤어진 아빠의 얼굴을 본다. 저녁 시간이 와인을 많이 마신 얼굴로 들어온 엄마는 아저씨와 다툰다. 그 이후로 아저씨는 오지 않는다. 독주를 마신 엄마는 병원에서 일주일 만에 퇴원하고 화실에 나가지 않는 날이면 그림만 그린다. 나는 '엄마가 젊고 예쁘다는 것이 자랑스러웠고, 엄마가 모델이라는 것이 부끄러웠다.' 엄마는 내게 다른 아저씨를 소개한다. 엄마 없이 잠드는 것이 힘든 나는 엄마가 마시던 와인을 한 모금 마신다. 외할머니가 우리 집에 함께 산 이후로 엄마는 집에 들어오지 않는 날이 많다. 잠이 오지 않아 와인을 마신 나는 몸이 허공에 붕 떠오르고 마음도 같이 붕붕 떠다닌다. 이튿날 심하게 앓아누운 나를 들여다보는 할머니의 눈빛은 '손자를 향한 다정한 눈빛은 아니었다. 가엾은 눈빛도 아니다. 길거리의 주정뱅이를 바라보는 경멸의 눈빛이었다.' 그날 이후 나는 와인을 마시고 몽마르뜨의 골목을 비틀거리며 헤매다 지쳐서 잠든다. 세탁부 일을 하던 할머니가 아버지를 알 수 없는 엄마를 낳았고, 모델을 하던 엄마가 아빠를 알 수 없는 나를 낳았다. 나는 내가 낳은 아이는 어떤 아이가 될까? 생각하면 마음이 이상해지고 술이 마시고 싶다. 와인이 없어 뒤지다가 싱크대 안쪽에서 하얀 술을 발견하고 한 병을 다 비웠는데도 이상하게도 눈앞이 또렷해진다.

  커튼을 열었다. 저 멀리 성당이 보였다. 거리에 지나가는 사람들, 음악가들, 시인들, 화가들이 모여드는 이 언덕이 오늘따라 너무 아름다웠고, 엄마도 할머니도 아빠도 피에르도 아저씨도 모두 이 술 안의 세상에서는 사랑스럽고

건강했다. 물감을 풀어 그림을 그렸다. 바닥에다가도 그
렸고, 침대에도 그렸고, 커튼에도 그렸고, 벽에다가도 그
렸다.(「몽마르뜨의 언덕」)

세상 위에 그림을 그리고 싶고, 술이 아닌 물감으로 세상을 칠하고 싶은 그래서 내 생을 이렇게 통쾌하게 붓질하고 살고 싶은 아홉 살 아이의 시간과 세계를 세밀화처럼 표현하고 있다. 이 작품은 소설 자체가 소설을 이끌고 있는 상황으로 읽힌다. 아홉 살 아이의 행동에 어떤 위엄을 지닌 추상적인 초자아 존재가 깔려 있는데, 다름 아닌 작가의 예술혼이 어른거린다. 소설은 아홉 살 소녀의 동선을 따라가지만 그림자처럼 동행하는 작가의 체취를 기민한 독자들이라면 간과할 것이다. 이 작품은 이미지에 예민하게 반응하고 무의식의 욕망과 금기를 넘나드는 아홉 살 소년을 통해 거부할 수 없는 명령처럼 무의식으로 작품 전반에 깔려있는 작가의 예술혼을 탁월하게 묘사하고 있다.

「수필처럼 쓴 소설」의 첫 문장은 의미심장하다. '나는 그 턱을 넘어왔을까? 가끔 생각한다. 그녀가 넘지 못한 턱을 나는 어디쯤에서 넘어왔는지 아니면 얼마만큼 앞에 두고 있는 것인지.' 여기서 말하는 그녀는 작은집의 딸 '안나'이다. 경찰공무

원인 아버지가 충남 서산의 바닷가 마을에 발령이 나자 엄마는 나를 할머니 집에 맡긴다. 나는 국민학교에 들어가기 전까지 할머니 집에서 산다. 삼촌은 말을 못 하는 벙어리인데, 이웃 동네에 같은 시기에 같은 병으로 말을 잃은 여자를 만나 결혼을 해서 낳은 첫딸이 안나이다. 작은엄마는 안나가 나처럼 예뻤으면 좋겠다고 수화로 말하곤 한다. 할머니 집을 떠나온 나는 방학이면 할머니 집에 가서 안나를 만난다. 남동생만 셋인 나는 여자인 그들과 이야기하는 게 좋아서 친동생이라고 여긴다. 나는 산업체 고등학교에 입학한 안나를 면회하고 다섯 시간 동안 걸어온다. 며칠 동안 하얀 작업복을 입고 머리에 에어프론을 쓴 열다섯 살의 안나가 나를 따라다닌다. 그때 나는 비로소 '안나의 세계와 내 세계 사이에 공단의 탁한 매연과도 같은 떼가 희미하게 둘러쳐 있다는 것을 처음' 안다. 그래서 그런지 안나는 나의 면회를 불편하게 여겨 고향집에서 가끔 만나곤 한다. 할아버지 칠순 잔치 내내 안나와 그 두 여동생 셋은 자기들끼리 소곤거리는 모습을 몇 번이나 보였고, 나는 툭 떨어져 나온 소외감을 느낀다. 고등학교를 졸업하고 바로 취업을 한 안나는 직장이 우리 집 근처라 같이 살면서 엄마는 매사에 나와 안나를 비교한다. 그런 엄마에 대한 불만이 커갈수록 안나에 대한 반발감이 생긴다. 결혼해서 아이를 낳은 후에도 일을 계속하느라 나는 아이들 때문에 안나를 집으로 불렀는데 그녀가 왔다 가면 집안에 윤기가 흐른다. 남편도 안나가 오면 좋아하는 눈치이다. 안나에게서 나오는 그 매력에 여자인 나도 감탄할 때가 많다. 나는 그것이 부담스러워 안나를 부르는 횟수가 뜸해진다. 안나가 아프다는 말을 들은 것은 그녀가 결혼한 지 오 년 정도 되었을 무렵이다. 뇌종양 수술을 하고 누워있는 안나를 만나러 간 나는 회복이 더디다는 그녀를 차마 만나지 못하고 일부러 피해 다닌다. 할머니 부음 소식에 달려간 나를 보며 20킬로나 불어난 몸으로 할머니가 편찮으셔서 오래 못 살 것 같다는 말을 하던 안나는 결국 할머니 삼우제 날 세상을 떠난다. '안나를 묻고 올라오는 길에 하얀 벚꽃이 흩날리고' 있었고, '하얀 원피스를 입고 안나가 저만치 걸어가고 있는 게' 내 눈에 보인다.

  이 작품은 겉으로 드러나는 진술과 묘사의 언어가 아니라 감춰져 있는 어떤 진실이 중요한 것이라는 것을 성실하게 알려준다. 우리 인생의 감춰진 부분의 드러나지 않은 진실을 추구하고 있다. 특별한 극적 구조를 갖지 않고 전적으로 화자의 진술로 이어지는데도 불구하고 남은 어떤 정서의 절실함이 강하게 독자를 자극한다. 예기치 않은 안나의 죽음과 그로인한 정서적 결핍에 시달리는 화자의 내면이 담담하면서도 직절하게 그려지고 있다. 존재와 관계에 관한 견디기 쉽지 않은 외로움과, 관계의 어떤 기원에 관한 회귀로의 욕망, 그 양가성이 조화롭게 발현되고 있다.

「지리산 가던 날」은 광장시장 육회골목에 있는 노래가사집 만드는 출판사에 근무하는 여자의 지리산에 관한 얽힌 이야기이다. 여자는 출판사 근처 등산복 가게에서 파는 옷을 입고 배낭을 메고 지리산 능선을 걷는 상상을 하면 온몸이 짜릿해진다. 여자가 산에 관심을 가진 것은 중학교 때부터이다. 여자는 '등산반원들이 배낭을 메고 빨간 타이즈를 종아리까지 올리고 교문을 나서는 모습을' 보면서 산에 대한 깊은 동경이 생기지만 군인인 아버지 때문에 포기한다. 여자는 대학교 때 지리산 종주를 한 기회가 생겼지만 아버지는 여자를 산에서 자게 할 수 없다며 단칼에 자른다. 여자는 아버지에게 결정권을 박탈당해 '결정 장애'를 겪는 순종적인 딸이지만 속에서 끓어오르는 열망은 더 열렬해진다. 특히 산에 대해서는 더 그렇다. 여자가 처음 지리산에 간 것은 스물다섯 살 때이다. 김정산이라는 세무서에 근무하는 직장인과 함께이다. 어쩌다 남자와 여자 둘만 하는 종주길이라 주변사람들이 모두 연인이거나 부부 사이로 착각했고 그때마다 동행한 남자는 '누군가의 염려에 맞춤복을 만들어 주는 재단사처럼' 대답한다. 그것을 보며 여자는 지리산 종주를 하지 못할 것 같은 예감이 들었고 그 예감은 적중한다. 다리에 쥐가 난 여자는 종주를 포기하고 남자를 먼저 보낸다. 그러자 비로소 지리산이 보이기 시작한다. 지리산에서 돌아와 '그곳에 가면 내가 원하는 무엇인가 있을 것 같았고, 잃어버린 무언가를 찾을 수 있을 것' 같아 지리산 종주 계획을 세운 여자는 지리산 청학연못에 갔을 때의 정경이 생생하게 떠오른다. 너무 힘이 들어 포기하고 싶었지만 뒤돌아 가면 길을 잃을 것 같아 억지로 일행을 쫓아간 여자는 시간과 시간의 벽을 깨고, 공간과 공간을 넘어서 존재하는 것처럼 해발 1,800미터에서 유유히 감돌던 청학연못을 만난다. 지리산은 이렇게 여자에게 각별하다. 특히 짱아와 갔던 그날의 지리산은 가장 기억에 남는다. 짱아는 여자가 산에 대해 질투하게 만든 중학교 동창이다. 여자가 짱아와 함께 우여곡절을 겪으며 도착한 천왕봉은 운해로 덮여 있다. 그곳에서 짱아는 중학교 등산반에 들어가던 무렵 약국을 하던 아버지의 사업실패로 양녀였던 그녀를 누구도 키우려 하지 않아 자살을 시도했다는 이야기를 들려준다. 여자는 아직도 손목에 희미하게 흔적이 남은 짱아의 손을 꼭 잡는다. 그러면서 한순간도 같지 않고, 순간순간이 다른 그런 지리산을 보며 태어나 처음으로 잘 살아 보고 싶다는 열망에 사로잡힌다.

> 사무실 그녀 자리에 앉아 작은 창으로 보이는 바깥 풍경을 보고 있었다. 어느 곳에 초점을 맞추고 바라보는 것이 아니라 전체 풍경을 바라보았다. 버스가 지나가고 사람들이 지나가고 택시들이 승용차가 온종일 지나갔다. 그러다 지리산을 떠올리면 뭔가 온몸의 죽어있던 근육들이 우르르 진저리를 치며 일어났다. 노고단과 청학연못, 세석산장이 내가 아는 전부였다 해도, 잊을 수 없는 첫사랑처럼 주변에서 맴돌고 있었다.(「지리산 가는 날」)

여자의 지리산에 대한 열망의 심리가 지리산을 걷는 풍경 속으로 자연스럽게 스며들어 마음속의 꿈틀거림을 기민하게 포착하고 있다. 작가는 이 작품에서 누구보다도 사람살이의 고단함을 다듯한 시선으로 바라 보고 있는데 이런 시선이 오히려 작품 속에서 비극성으로 와 닿는다. 그것은 한없이 고독한 개인의 맨얼굴을 마주해야 하기 때문이다. 지리산을 갈망하는 열망에서 느껴지는 어떤 권위로도 구속할 수 없는 개인의 실존을 향한 격한 몸부림이 느껴진다. 지리산을 통해 현실과 내면의 경계를 지우면서 폭넓은 존재에 관한 성찰을 유감없이 드러내고 있다. 자아와 세계에 대한 성찰을 가능케 하는 지리산 걷는 길은 많은 노력과 고통이 따른다. 그래서 선택은 각자의 선택에 달려있다는 역설의 현장을 보여주고 있는 것인지도 모른다.

3.

소설『트레치메』의 인물들은 여행이나 등산을 통해 일상으로부터 떠나 잠시나마 사회적 관계에서 자유로울 수 있으며, 그 과정을 통해 사회의 고유한 금기로부터 자유로워진 자신의 욕망과 마주하게 된다. 즉 내 안의 나를 마주하게 된다. 그러면서 삶의 일상이나 순간에서 느끼는 의식이 전부가 아니라 일상 속에서 사회적 검열과 처벌이 두려워 잘 드러내지 못하고 억압하고 있던 광활한 무의식 속의 자아 역시 자신인 것을 확인한다. 그러면서도 본능에 가까이 가는 체험에 기쁘지만 일상으로부터 멀어지기에 당혹스럽기도 하다. 그래도 우리가 늘 접하는 일상이 영혼의 폭발을 통해 나 혼자가 아닌 모두가 함께 다시 태어나기를 소망하는 것이 바로 소설집『트레치메』이다. 작가는 새로운 이 세계와 삶은 그 누구의 것도 아닌 바로 우리 자신의 것이라는 것을 명확히 자각하고 있다.

  소설의 인물들 모두에게는 누구나처럼 견뎌야 하는 삶이 있다. 그 삶을 바라보는 작가의 시선은 안타까움이나 동정을 넘어서는 신뢰를 보인다. 누구의 삶도 가리지 않고 어김없이 그어놓은 상처를 보아내는 작가의 시선은 그늘 깊은 산 그림자를 닮았다. 그러면서 작가는 혼자 맘으로 부르는 노래 속 세상은 우리와 분리되지만, 소리를 내어 함께 부르면 세계를 함께 공유하는 것이라고 말한다.

공동체의 의미를 깨닫게 만드는 산의 의미를 작가는 우리에게 이렇게 전달하고 있다. '산에서 만난 사람들은 본인이 말하기 전에는 개인사를 묻지 않는다. 그것이 예의라고 여겼다. 나이와 이름만 주고받을 뿐이다. 변호사도, 의사도, 택시기사도 빌딩 청소부도 다 같은 동행이다. 산행 스타일이 맞으면 산우이고, 사는 스타일이 맞으면 친구가 된다.' 이처럼 융숭깊은 그의 시선은 대상에 대한 깊이 있는 이해와 인간에 대한 폭넓은 공감의 다층적인 소설적 성과를 이루고 있다.

우은선 작가의 소설집 『트레치데』의 세계는 산과 여행을 주축으로 하는 이야기로 시작해 세상에서 상처받은 존재들에 관한 성찰로, 다시 그 눈길을 사회적 관계로까지 넓히고 있다. 그 과정에서 소설적 구조는 긴밀하고 때로는 쿨하고 때로는 감상적인 화자들의 어조로 과거의 고통과 미래의 불안과 싸운다. 그 싸움의 결과 반드시 승리할 수는 없지만 상처와 구원에 대한 질문을 던질 수 있다는 것은 우은선 작가가 자신의 소설

쓰기에 상당한 자의식의 눈을 가지고 있다는 증거이다. 그런 눈이야말로 소설에서 개연성과 핍진성이 남다른 차원의 이야기를 만들어낼 수 있기에 소중하고 값지다.

　우은선 작가의 소설은 예정된 뻔한 길을 받아들이는 것이 아니라 뒤집고 부정하는 산길 벼랑 끝의 위험한 길을 걸어서라도 진실을 만나려는 질문을 계속한다. 그 질문은 소설 속의 삶이 아니라, 소설로서의 삶을 생각하는 질문이고, 이것은 결국 그가 창조해내는 이야기의 맥락에서 자리를 찾게 된다. 그런 그의 결단과 의지의 발길은 어렵지만 멋있고 위험하지만 아름답다. 이런 작가의 자세가 만들어낸 『트레치메』는 독자들에게 상처와 구원을 아우르는 큰 산의 울림으로 다가온다.

작가의 말

소설을 쓰는 것은 정말 힘들었습니다.

무거운 쇳덩이를 가득 싣고 힘겹게 고개를 넘어가는 2톤 트럭이 그렇게 힘들었을까요.

자신의 용량보다도 더 싣게 된 트럭처럼,

소설가라는 이름의 무게가 참으로 무거워서

하루 글을 쓰고 나면 이틀을 앓았습니다.

열 시간 넘게 지리산을 걷고 난 다음 날의 야릇한 쾌감을 동반한 통증과는 다른 통증.

이것만 쓰고 쓰지 말아야지

이것만 쓰면 안 쓸거야. 이런 말을 달고 살았습니다.

쓰고 아프고 쓰고 아프고를 반복하니

그 아픔이 언젠가부터 재밌어지기 시작했습니다.

그래 얼마만큼 아픈지 맞장 떠보자 생각하니 승부욕도 생기더군요.

죽이느냐 살리느냐를,

사고영역 속의 모든 것들에 대한 이야기를

내 생각과 자판위의 내 열손가락의 협업으로 만들어낸다는 것은 참 매력적인 작업이었습니다.

내가 소설을 쓴다는 것이 과연 옳은 것인가

그런 호의에 젖어 있기도 했습니다.

그냥

산에 미쳐 산에 다니고,

돈만 생기면 비행기 표를 검색하느라 정신이 없는,

사우나에 모여앉아 동네 아줌마들과 백화점 세일 정보나 주말에 보았던 드라마 이야기로 수다나 떠는,

전달보다 적게 들어온 생활비 때문에 남편과 부부싸움을 하며

이렇게 그렇게 늙어가는 아줌마가 나다운 나가 아닐까하는 생각을 늘 하곤 했습니다.

수없이 쏟아져 나오는 활자화된 종이들
게다가 이제는 e북이며 유튜브며 독자들이 접해야할 매체는 나날이 쏟아져 나오는데
적게나마 남아있는 책 읽는 이들에게
내 책까지 들이밀어 부담을 주는 것은 아닐까,
그들이 내 책을 읽는 동안의 소중한 순간을 보상할 수 있는 글을 쓸 수 있을까하는 의구심.

그러나
하고 싶은 말이 너무 많아서 소설을 쓰기 시작했듯이
하고 싶었던 말들을 소설을 통해 조금씩 세상 밖으로 보내고 싶습니다.
영하40도,
눈이 허벅지까지 쌓여있는 덕유산을 물 한 모금 과자 한 조각으로 열다섯 시간을 걸으면서 보았던 세상,
춘천 용화산의 전설 바위 옆에서 임시로 박아놓은 볼트가 빠져 추락 직전이었을 때의 공포,
어깨 위에 올려진 삶이 힘겨워 털어버리고 싶었던 젊은 날
갓 돌을 지난 둘째아이가 미끄럼틀에서 놀다가 나를 보고 꽃처럼 웃던 얼굴과

그 위로 쏟아지던 밝은 빛과

그 빛과 어우러지던 아이의 웃음소리에서 삶의 이유를 보았던 어느 도시 작은 동네 허름한 소아과 병원.

말을 잘 하는 방법을 몰라 떠듬거리며 썼던 글들을 이제야 퍼내려 합니다.

오랜 시간 망설이고 망설이다가

이제 활자화되어 세상 밖으로 나갑니다.

쓰고 싶은 일들 주변을 빙빙 돌기만 한 것 같아서 많이 부끄럽습니다.

아직은 못 다 한 말들이 많아

소설은 계속 써야 할 것 같습니다.

트레치메

초판 1쇄인쇄 2020년 1월 10일
초판 1쇄발행 2020년 1월 15일

저　자　우은선
발행인　박지연
발행처　도서출판 도화
등　록　2013년 11월 19일 제2013 - 000124호
주　소　서울시 송파구 중대로34길 9 - 3
전　화　02) 3012 - 1030
팩　스　02) 3012 - 1031
전자우편　dohwa1030@daum.net
인　쇄　(주)현문

ISBN | 979 - 11 - 90526 - 06 - 7*03810
정가 13,000원

잘못 만들어진 책은 교환해 드립니다.
저자와 출판사의 허락 없이 책의 전부 또는 일부 내용을 사용할 수 없습니다.

도화道化, fool는
고정적인 질서에 대한 익살맞은 비판자,
고정화된 사고의 틀을 해체한다는 뜻입니다.